JOOST JENSEN
DÜNENKUTTER

AUFRUHR AUF BORKUM Die Journalistin Fenna Kruskopp lebt zusammen mit der zahmen Möwe Ziepeltrine in einem ausrangierten Fischkutter in den Borkumer Dünen. Weil sie den Kutter bunt angestrichen hat und ihr Aussehen und ihre Lebenseinstellung an Pippi Langstrumpf erinnern, wird ihr Heim auf der Insel »Villa Kutterbunt« genannt. Und das soll nun einer Beautyklinik des Schönheitschirurgen Dr. Gerber weichen. Doch nicht mit Fenna! Sie rebelliert gegen ihre Vertreibung und ruft die Bevölkerung dazu auf, sich gegen den Ausverkauf der Insel an die Reichen und Schönen zu wehren. Wenige Tage später ist der Mediziner tot, ermordet mit einer Giftkapsel – und Fenna, allseits bekannt für ihre impulsive Art, wird von dem ehrgeizigen Polizisten Paul Bakenhus verhaftet. Ihr Bruder, Inselpolizist Jonas, kann gegen die Festnahme nichts ausrichten. Die zerstrittene Familie Kruskopp ist von Fennas Unschuld überzeugt und nimmt eigene Ermittlungen auf. Mit vereinten Kräften entdecken sie ein Geheimnis, dessen Enthüllung Jonas das Leben kosten könnte ...

© Mario Dirks

Joost Jensen, Jahrgang 1964, wuchs in Norddeutschland auf und verbrachte die Sommer seiner Kindheit auf einer Ostfriesischen Insel. Nach dem Abitur absolvierte er eine Lehre als Buchhändler und ein Studium der Betriebswirtschaft. Aus Freude am Schreiben führte er lange Zeit ein geheimes Leben als Buchautor und veröffentlichte erfolgreich unter verschiedenen Pseudonymen Kriminalromane. Schauplatz seiner Geschichten ist neben der Nordseeküste die Insel Borkum, auf der er inzwischen lebt. Jensen ist Mitglied im Syndikat (Verein für deutschsprachige Kriminalliteratur). Im Gmeiner-Verlag ist »Dünenkutter« seine erste Veröffentlichung.

JOOST JENSEN

DÜNENKUTTER

NORDSEE-KRIMI

GMEINER

Immer informiert

Spannung pur – mit unserem Newsletter informieren wir Sie regelmäßig über Wissenswertes aus unserer Bücherwelt.

Gefällt mir!

Facebook: @Gmeiner.Verlag
Instagram: @gmeinerverlag

Besuchen Sie uns im Internet:
www.gmeiner-verlag.de

© 2025 – Gmeiner-Verlag GmbH
Im Ehnried 5, 88605 Meßkirch
Telefon 07575/2095-0
info@gmeiner-verlag.de
Alle Rechte vorbehalten
1. Auflage 2025

Lektorat: Susanne Tachlinski
Satz: Mirjam Hecht
Umschlaggestaltung: U.O.R.G. Lutz Eberle, Stuttgart
unter Verwendung eines Fotos von: © Lutz Eberle mit Adobe Firefly;
willma / photocase.de; Roberto Moretto / Pixabay; G.C. / Pixabay;
Dimitris Vetsikas / Pixabay
Druck: CPI books GmbH, Leck
Printed in Germany
ISBN 978-3-8392-0776-5

PROLOG

Die Blicke der Anwesenden brannten sich wie winzige Flammen in seine Haut. Ihr Lachen und die hämischen Bemerkungen hörten sich dumpf an, als hätte jemand eine unsichtbare Glasglocke über ihn gestülpt, unter der er wie eine Jahrmarktattraktion zur Schau gestellt wurde.

Mit kreisförmigen Bewegungen wischte er über die raue Mauer. Die Muskulatur seiner Unterarme hatte sich inzwischen derart verkrampft, dass sie hart wie Stein war. Die Finger schmerzten. Er biss die Zähne zusammen, drückte die Stahlborsten der Bürste fester auf den farbigen Untergrund und schrubbte verbissen weiter. Rötliches Putzwasser floss an der Wand entlang und bildete eine Lache auf dem Boden.

In seiner Fantasie handelte es sich dabei nicht um Farbe, sondern um das Blut seines Peinigers. Am liebsten hätte er dessen Kopf in den Putzeimer gesteckt und ihn in dem verdreckten Wasser ertränkt.

Er presste die Lippen zusammen und versuchte, die Stimmen der Umstehenden, die sich lauthals über den »Halbstarken« unterhielten und von einer »gerechten Strafe« sprachen, zu ignorieren. Aber das war unmöglich, denn die Worte fraßen sich wie Parasiten in sein Gedächtnis.

Die Bürste rutschte aus seinen nassen Fingern und fiel zu Boden. Er griff danach, aber das laugenfeuchte Putzwerkzeug glitschte über die Steinplatten, als hätten sich die Borsten in unzählige Beine verwandelt.

Der Mann, dem er seine missliche Lage zu verdanken hatte, stellte seinen Fuß auf die Bürste, bückte sich und hob das Arbeitsgerät auf.

Einen winzigen Moment lang hatte er die Hoffnung, dass seine Tortur nun ein Ende hätte, aber der Uniformierte drückte ihm die Bürste wieder in die Hand.

»Du bist noch nicht fertig.« Die befehlsgewohnte Stimme duldete keinen Widerspruch.

Seine Finger schlossen sich erneut um das feuchte Putzgerät. Er schluckte eine Beleidigung hinunter und schrubbte so lange die Farbe von dem Gebäude, bis es wieder in altem Glanz erstrahlte.

»Du kannst jetzt gehen.«

Er warf die Bürste in den Eimer und marschierte mit geballten Fäusten davon. Diese Schmach würde er weder vergessen noch verzeihen.

ELF JAHRE SPÄTER
IN DER VILLA KUTTERBUNT

Der Verbrecher bahnte sich rücksichtslos seinen Weg durch die Menschenmenge. Die Beute hielt er mit der rechten Hand fest umklammert. Er wusste, dass ihn nur ein Mann aufhalten konnte, und das war …

Fenna Kruskopp hielt mitten im Satz inne, nahm die Finger von der Tastatur ihres Laptops und drehte sich zur offen stehenden Eingangstür der Kajüte um. Dort hatte sie das Geräusch schlagender Flügel gehört.

Eine Lachmöwe, die ein rotes Tuch um den Hals gebunden hatte, stand auf der obersten Stufe des ausrangierten Fischkutters, der inmitten der Borkumer Dünen einen sandigen Hafen gefunden hatte. Der Seevogel blickte sie mit schräg gelegtem Kopf an.

»Ziepeltriene, komm zu mir.«

Sie streckte die Hand aus und die Möwe hüpfte die fünf Stufen ins Schiffsinnere hinunter, in dem Fenna sich häuslich eingerichtet hatte.

An diesem späten Nachmittag saß sie auf einem der beiden Stühle an dem schmalen Tisch, der das Zentrum des bescheidenen Interieurs bildete. Auf der gegenüberliegenden Seite war eine Holzbank, die ein geschickter Handwerker – wie auch die übrige Einrichtung – aus alten Schiffsplanken angefertigt hatte.

Fenna schrieb bereits seit einer Stunde an den Artikeln für ihre Inselzeitung »Flaschenpost«, die sie monatlich herausgab. In den Texten informierte sie ihre Leser über alle wichtigen Neuigkeiten, die sich auf Borkum ereigneten. Momentan arbeitete sie an einem Bericht über den Diebstahl einer Flasche Bier, die ein junger Mann in einem Inselmarkt eingesteckt hatte. Damit sich die Leser bei ihrer Zeitungslektüre nicht langweilten, peppte Fenna ihre Geschichten immer wieder mit etwas Seemannsgarn zu spannenden oder lustigen Erzählungen auf.

Sie beugte sich vom Stuhl hinunter. Der zahme Seevogel machte einen Hüpfer, mit dem er seine roten Füße auf ihrer Handfläche platzierte.

»Wo bist du heute gewesen?« Fenna hob die Lachmöwe hoch und stellte sie neben den Laptop auf den Tisch.

Statt einer Antwort neigte der Vogel den Kopf wieder zur Seite und blickte auf den Monitor, als würde er den Text konzentriert lesen.

»Habe ich bei dem Artikel zu dick aufgetragen?«, fragte Fenna und strich Ziepeltriene über den Kopf.

Die Möwe öffnete den Schnabel, als wollte sie ihre Frage beantworten – nur um ihn wenige Augenblicke später wieder zuzuklappen, ohne einen Mucks von sich gegeben zu haben.

»War das ein Ja oder ein Nein?«

Fenna nestelte an dem blutroten Tuch, das sie ihrem Lieblingsvogel als Erkennungsmerkmal um den Hals gebunden hatte. Das Baumwolltuch, das Fenna immer wieder wechselte, grenzte den dunklen Kopf vom weißen Körper ab und passte hervorragend zu dem roten Schnabel – den der Vogel erneut öffnete. Aber auch dieses Mal blieb er stumm.

»Verstehe, du hast Hunger.«

Ziepeltriene senkte den Kopf, was Fenna als ein Nicken interpretierte.

»Hast du heute keinem Urlauber die Pommes stibitzt oder einem Kind das Eis geklaut?«

Ziepeltriene sah sie einen Moment lang mit ihren dunklen Knopfaugen an, als müsste sie die Frage überdenken. Dann pickte sie in die neben dem Laptop stehende Schale, in der Fenna ihre Sanddornhappen aufbewahrte.

»Die habe ich leider schon alle aufgefuttert. Warum fliegst du nicht an den Strand und suchst dir ein paar Krebse oder Würmer? Das machen deine Kumpel schließlich auch alle. Mit etwas Glück ergatterst du sogar einen frischen Fisch.«

Ziepeltriene gab nun einige Laute von sich, als wollte sie Fennas Vorschlag empört zurückweisen.

»Du musst nicht gleich so laut werden. Ich habe ...«

»Moin, Fenna.«

Die Angesprochene verstummte und blickte zur Kajütentür, in der ihre Adoptivschwester Emilia stand. In der rechten Hand trug die zierliche Frau einen blauen Korb. Trotz des sommerlichen Wetters hatte sie dünne Handschuhe an.

Ziepeltriene breitete die Flügel aus, wobei sie die Schale zu Boden fegte. Ohne die Scherben eines Blickes zu würdigen, flatterte der Vogel auf die hölzernen Dielen und schlurrte erstaunlich flink auf Emilia zu, die inzwischen die letzte Stufe erreicht hatte.

»Wie oft habe ich dir schon gesagt, dass du hier unten nicht mit den Flügeln schlagen sollst?«, grummelte Fenna.

»Du kannst keinem Vogel das Fliegen verbieten. Willst du einen Fisch?« Die Inhaberin des Borkumer Spezialitätenrestaurants Piratenbraut trat in die Kajüte, zog die Handschuhe aus und ging vor dem Vogel in die Hocke.

»Du verwöhnst Ziepeltriene zu sehr. Wenn das so weitergeht, sitzt die Möwe irgendwann neben mir auf dem Sofa, guckt Fernsehen, knabbert Chips und trinkt meine Prickelbrause.«

»Ich gebe ihr doch nur einen Hering.« Emilia öffnete eine im Korb befindliche Plastikbox, nahm ein Matjesbrötchen heraus und zog den Fisch zwischen den Brötchenhälften hervor. Ziepeltriene schnappte danach und hüpfte mit ihrer Beute die Treppenstufen hinauf. Oben angekommen breitete sie die Flügel aus und war wenige Augenblicke später verschwunden.

»Bist du nur gekommen, um meine Möwe zu füttern?« Fenna blickte Emilia fragend an. Diese war, wie an jedem Nachmittag, wenn sie mit ihrem mobilen Fischstand über die Strandpromenade fuhr und die fangfrischen Leckereien an die Urlauber verkaufte, als Freibeuterin kostümiert. Heute trug sie ein mit Fransen verziertes Oberteil zu einer Carmenbluse. Die figurbetonte braune Stoffhose endete in langen schwarzen Lederstiefeln. Auf dem Kopf hatte sie einen mit bunten Federn geschmückten Hut.

»Nee, ich wollte mit dir ein Fischbrötchen essen. Wie wäre es mit einem Bismarckhering?« Emilia griff erneut in die Plastikbox.

»Ist dir meine Bruchbude dafür denn fein genug?«

»Ich habe nichts gegen die Villa Kutterbunt, das solltest du eigentlich wissen. Willst du jetzt ein Fischbrötchen oder nicht?«

»Hast du auch Bärlauchmatjes?«, lenkte Fenna ein, die nicht wieder mit ihrer Adoptivschwester streiten wollte.

»Leider nicht. Den letzten Matjes hat Ziepeltriene ver-
drückt.

»He, das war mein Matjes. Du magst die Möwe lieber
als mich.« Fenna zog demonstrativ eine Flunsch. Dann
sammelte sie die Scherben ein und warf diese in den Mülleimer, der in der Kombüse stand, die durch eine halbhohe
Bretterwand vom Wohnbereich des Schiffes abgegrenzt
wurde. »Setz dich.«

Fenna nahm zwei Teller aus einem Schrank und trug
diese zum Tisch, an dem Emilia in der Zwischenzeit Platz
genommen hatte. Die Box stand in der Mitte der Tischplatte.

Neugierig überflog Emilia den Text, der auf dem Monitor des Laptops sichtbar war.

»Das klingt wie die Passage aus einem Groschenroman
und nicht wie ein Zeitungsartikel.«

»Tut mir leid, wenn meine Texte deinen Intellekt belei-
digen, aber ich muss über irgendetwas schreiben. In den
letzten Wochen ist trotz der vielen Sommerurlauber auf
Borkum so wenig passiert, dass ich damit nicht einmal
eine einzige Seite füllen könnte.« Fenna ließ sich auf der
Bank nieder.

»Das wird sich bald ändern.« Emilia nahm ein Fischbrötchen und reichte es ihrer Schwester.

»Wie meinst du das denn?« Fenna griff danach und biss
herzhaft hinein.

»Gerber will auf der Insel eine Klinik eröffnen.« Emilia
klatschte in die Hände, als wollte sie sich für diese Mitteilung selbst applaudieren. Dann ließ sie sich ebenfalls ein
Brötchen mit Bismarckhering schmecken.

»Gerber? Da klingelt bei mir nichts.«

»Erinnerst du dich nicht mehr an die Jingles, die im

Frühjahr ständig im Radio liefen? ›Mit Falten gehörst du zu den Alten‹ oder ›Die Brüste zu klein, der Hintern zu dick? Gerber macht dich richtig schick‹.«

»Gerber ist dieser Schönheitsdoktor aus der Werbung?«

»Jo. Wenn du also wie ein Model aussehen möchtest, solltest du dich von ihm operieren lassen.«

»Dazu gibt es keinen Grund. Mir gefallen meine Lachfalten und die Wohlfühlrundungen.« Fenna strich sich über die gut gepolsterten Hüften. »Ich bin nun einmal ein Genussmensch und kein Hungerhaken. In nächster Zeit könnte ich allerdings wieder zum Friseur gehen.« Sie fuhr sich durch die halblangen rotblonden Haare, die farblich gut zu ihren Sommersprossen passten, welche Nase und Wangen sprenkelten – als hätte der Schöpfer aus lauter Übermut ein paar Farbkleckse in ihr Gesicht gespritzt. »Du bist doch genau seine Zielgruppe. Woher weißt du eigentlich von der Borkumer Klinik?«

»Ich habe ein Gespräch von zwei aufgetakelten Schnepfen mitbekommen, die sich in der Warteschlange vor meinem Fischstand unterhalten haben. Eine von ihnen hat übrigens zu jedem Fischbrötchen nicht nur eine genaue Kalorienangabe verlangt, sondern auch eine Nährwertanalyse. Ist das zu fassen?«

»Wenn Gerber auf der Insel praktiziert, werden viele Schickimickis und Möchtegern-Promis nach Borkum kommen«, prophezeite Fenna, ohne auf die letzte Frage einzugehen, und überlegte dann laut: »Warum eröffnet der Silikondoktor seine Klinik nicht auf Sylt? Dort ist die Schickeria inzwischen weitestgehend unter sich.«

»Keine Ahnung.« Emilia biss von ihrem Fischbrötchen ab. »Ich freue mich jedenfalls auf den Beauty-Palast. Das

Geld, das seine betuchten Patienten auf die Insel bringen, kann ich gut gebrauchen.«

»Willst du die reichen Schnösel etwa in deinem Restaurant bewirten?« Fenna riss verwundert die Augen auf.

»Warum denn nicht? Für meine neuen Gäste würde ich die Preise vorher ordentlich anheben«, freute sich Emilia auf ein gutes Geschäft. »Wäre doch super, wenn ich meine Labskausmaultaschen als Spezialität in den elitären Kreisen etablieren könnte. Mit etwas Glück werde ich dann in einem angesagten Restaurantführer vorgestellt.«

»Das kann doch nicht dein Ernst sein«, polterte Fenna urplötzlich los.

»Wieso denn nicht?« Emilia legte das angebissene Fischbrötchen auf den Teller und blickte ihr Gegenüber verwundert an.

»Weil sich die normalen Gäste dein Essen dann nicht mehr leisten können. Wenn auch weitere Gastronomen und Hoteliers die Preise anheben, werden sich viele Urlauber andere Ferienziele suchen müssen. Eine Zeitschrift hat Borkum einmal als ›Insel der gewöhnlichen Leute‹ bezeichnet. Das war zwar als Beleidigung gedacht, aber für mich war es ein Kompliment.«

»Du hast vorhin doch selbst gesagt, dass auf Borkum nichts passiert. Frische Impulse werden der Insel sicherlich guttun. Ich hätte zudem nichts dagegen, wenn am Monatsende etwas mehr Geld in der Kasse wäre.«

»Hauke gehört als Kapitän eines Kreuzfahrtschiffes doch zu den Großverdienern.«

»Ohne das Einkommen meines Lebensgefährten könnte ich mir weder das Restaurant noch den Fischstand leisten. Auch wenn ich immer weniger Zuschüsse von ihm brauche, werde ich frühestens im nächsten Jahr damit eigenes Geld verdienen. Zudem futtert mir Lukas die Haare vom Kopf.«

»Dein Sohn wird sicherlich nicht hungern müssen.«

»Ich verstehe einfach nicht, warum du etwas gegen Gäste hast, du viel Geld auf die Insel bringen werden.«

»Weil ich keinesfalls möchte, dass Borkum auch zu einem luxuriösen Ghetto für Reiche verkommt und sich die Einheimischen ein Leben auf der eigenen Insel nicht mehr leisten können.«

»Jetzt beruhig dich mal wieder.« Emilia nahm den Hut ab und legte ihn neben sich auf den Tisch. Dann strich sie sich eine lange schwarze Strähne, die sich aus ihrem Pferdeschwanz gelöst hatte, hinter das Ohr. »Wenn ich geahnt hätte, dass du heute derart auf Krawall gebürstet bist, hätte ich kein Wort über die Borkumer Klinik verloren.«

»Was willst du wirklich hier? Normalerweise bist du um diese Zeit längst im Restaurant und bereitest das Abendessen vor.«

»Meine Aushilfe hat sich krankgemeldet und ich brauche Unterstützung in der Küche. Ich hatte auf deine Mitarbeit gehofft, aber …«

»… was?«, hakte Fenna sofort nach.

»Nichts. Vergiss es.« Emilia griff nach ihrer Kopfbedeckung und stand auf.

»Habe ich dich jemals hängen lassen?« Fenna erhob sich ebenfalls.

»Nein.«

»Und das werde ich auch jetzt nicht tun, obwohl mich deine Begeisterung für die Schönheitsklinik ärgert. Das Vorhaben kommt auf die nächste Titelseite meiner Zeitung. Ich bin gespannt, wie die Insulaner darauf reagieren. Los jetzt.«

»Habt ihr noch ein Fischbrötchen für mich?« Stine Kruskopp steckte den Kopf durch die Tür und winkte den Stiefschwestern zu.

»In der Box auf dem Tisch sind noch Brötchen mit Bismarckhering. Nimm dir welche. Wir müssen uns jetzt vom Acker machen.« Emilia setzte sich den Hut wieder auf.

Stine, die als Psychologin im Borkumer Rehazentrum »Olde Düne« arbeitete und mit Fennas leiblichem Bruder Jonas verheiratet war, polterte die Treppen hinunter. Dabei fuhr sie sich mit der Hand durch die lockigen Haare, die danach aussahen wie ein vom Wind zerzaustes Möwennest. »Fenna, einen Moment noch.« Sie blieb vor den beiden stehen.

»Was ist mit dir los? Du siehst so ernst aus.« Fenna musterte ihre Schwägerin, die ihr seit vielen Jahren so vertraut war wie eine weitere Schwester.

»Dr. Gerber will auf Borkum eine neue Klinik bauen.«

»Emilia hat mir gerade davon erzählt.«

»Kennst du auch den genauen Standort seines neuen Schönheitstempels?«

»Nein und es ist mir auch egal. Meinetwegen kann er seine Privatklinik auf einer Sandbank bauen, dann spült die nächste Flut den blöden Schuppen gleich wieder ins Meer. Bist du extra zur Villa Kutterbunt gefahren, um mir das zu sagen?«

Stine nickte. »Jo, aber das ist noch nicht alles. Setz dich besser.«

»Hat das nicht Zeit bis morgen? Fenna hilft mir heute in der Piratenbraut und wir sind schon spät dran«, drängte Emilia zum Aufbruch.

»Es dauert nur ein paar Minuten. Ich möchte nicht, dass Fenna es von anderen Leuten erfährt.«

»Was ist denn los?« Die Angesprochene stemmte ihre Hände in die Seiten.

Stine atmete tief ein und ließ die Luft langsam durch Mund und Nase entweichen. »Gerber wird seine Klinik mitten in die Dünen bauen.«

»Die stehen unter Naturschutz. Dafür bekommt er niemals eine Baugenehmigung. Die Villa Kutterbunt ist die einzige Ausnahme und wird an dieser Stelle seit Jahren nur geduldet, weil … Nein, das glaube ich jetzt nicht.« Fenna riss die Augen auf und sah ihre Schwägerin fassungslos an.

»Es tut mir leid.« Stine senkte den Blick.

»Willst du uns ernsthaft erzählen, dass die Villa Kutterbunt für Gerbers Klinik weichen muss?«, schaltete sich Emilia in das Gespräch ein.

»Der Stadtrat wird Fennas Erbpachtvertrag nicht verlängern und das Grundstück an Gerber verkaufen. Mit dem Kaufpreis soll frisches Geld in die chronisch klamme Haushaltskasse der Insel gespült werden.«

»Die haben doch nicht mehr alle Latten am Zaun!« Fenna stapfte die Treppe nach oben an Deck.

»Wo willst du hin?« Stine folgte ihr.

»Ich werde den Vollpfosten im Rathaus so lange in ihre Allerwertesten treten, bis sie ihre Entscheidung rückgängig gemacht haben.«

»Bleib hier!« Emilia, die ebenfalls an Deck gekommen war, schnappte sich Fennas Arm. »Mit einem Auftritt als Dramaqueen wirst du nichts erreichen.« Dann wandte sie sich an Stine. »Woher hast du die Information überhaupt?«

»Jonas hat mir eben davon erzählt. Als Leiter der Polizeistation hat er gute Kontakte zum Rathaus und

bekommt viele Informationen vor der offiziellen Veröffentlichung.«

»Kann unser Bruder nichts dagegen unternehmen?«

»Fenna, was soll er denn machen? Wenn mit dem Verkauf keine Gesetze gebrochen werden, sind ihm die Hände
gebunden.«

Die Journalistin schüttelte fassungslos den Kopf, trat an
die quietschgelb gestrichene Reling und ließ den Blick über
die wundervolle Dünenlandschaft schweifen, die von der
im Westen stehenden Sonne mit einem goldenen Schimmer überzogen wurde. Eine leichte Brise trug das Rauschen der Brandung zu ihr, welches immer wieder von
den Schreien der Möwen und den Rufen der Austernfischer unterbrochen wurde.

Sie drehte sich um und betrachtete den Kutter, als sähe
sie das ausgemusterte Schiff zum ersten Mal. Ihr Blick
ruhte einen Moment auf den bunten Masten, die sie in
roter und blauer Farbe gestrichen hatte, und glitt dann zu
der Hängematte, die zwischen den Masten hing.

Auf dem aus alten Fischernetzen gefertigten Schlafla-
ger hatte sie viele Nächte unter dem Sternenzelt verbracht,
geschaukelt vom Wind und geküsst von der salzigen Luft.
Das Brandungsrauschen war die Melodie ihres Schlaflie-
des gewesen. Wenn sie an Deck übernachtete, ruhte Ziepeltriene oft mit ins Gefieder gestecktem Kopf auf ihrem
Bauch.

Die abblätternde Farbe des Rumpfes wurde jedes Jahr
mit neuen Bildern überpinselt. In diesem Jahr waren flie-
gende Möwen, Seehunde und ein Leuchtturm zu bewun-
dern. Wegen des farbenprächtigen Erscheinungsbildes war
das Schiff bei Insulanern als »Villa Kutterbunt« bekannt
und diente vielen Urlaubern als Fotomotiv. Auch wenn

manche Leute in dem Kutter nur einen kunstvoll bemalten Bretterverschlag sahen, war es für Fenna mehr als ein Ort zum Arbeiten und Schlafen.

Es war ihr Zuhause.

Fenna konnte sich keinesfalls vorstellen, woanders zu leben. Der Gedanke, Ziepeltriene in einem Käfig in einer kleinen Wohnung unterbringen zu müssen, ließ sie erschaudern.

»Wir werden eine schöne Bleibe für dich finden.« Emilia nahm Fenna in den Arm.

»Ich werde mich mal umhören«, versprach Stine und legte die Arme um die Stiefschwestern. Einen Augenblick lang standen die drei Frauen eng umschlungen an Deck des Schiffes.

Keiner sagte ein Wort, bis Fenna sich aus der Umklammerung löste und laut und deutlich verkündete: »Ich werde nicht gehen.«

»Fenna, ich verstehe deinen Frust, aber du musst vernünftig sein.« Stine trat einen Schritt zurück.

»Einen Scheiß muss ich.«

»Wenn du die Villa Kutterbunt nach Ablauf des Erbpachtvertrages nicht räumst, wird dein Bruder polizeilich gegen dich vorgehen müssen. Willst du das?«

»Stine, so weit wird es nicht kommen. Ich werde mich mit allen Mitteln gegen den Grundstücksverkauf wehren.« Fenna ballte die Hände zu Fäusten.

»Wenn dir etwas nicht in den Kram passt, benimmst du dich wie Pippi Langstrumpf. Die hat sich ihre Welt auch zurechtgeschustert, wie es ihr gefiel. Du solltest langsam erwachsen werden. Okay, ich bin schon ruhig.« Emilia hob in einer abwehrenden Geste die Hände, als sie Fennas entschlossenen Gesichtsausdruck sah.

»Besser ist das.«

Fenna verließ das Deck über die schmale Treppe, deren Stufen sie in unterschiedlichen Farben gestrichen hatte, und trat in den weichen Dünensand. Die beiden anderen Frauen folgten ihr kurz darauf.

PROTESTAKTION

NEIN zu Dr. Frankenstein!

Kommt am Samstag alle zur Demonstration gegen die geplante Schönheitsklinik. Treffpunkt ist um 15 Uhr beim Musikpavillon. Von dort aus marschieren wir durch das Inselzentrum zur Villa Kutterbunt.

Hauptkommissar Jonas Kruskopp knickte das orangefarbene Plakat, das er von der Eingangstür der Borkumer Polizeistation abgerissen hatte, in der Mitte zusammen und stampfte in sein Büro. Mit dem rechten Fuß trat er die Tür hinter sich zu.

Seit drei Wochen gab es auf der Insel kaum noch ein anderes Thema als das geplante Immobilienprojekt. Während sich vor allem Gastronomen und Hoteliers auf steigende Umsätze freuten, befürchteten viele Borkumer einen Ausverkauf der Insel. Die Mitglieder des Stadtrates wagten sich wegen der teilweise heftigen Anfeindungen kaum noch aus dem Rathaus. Der Bürgermeister Torben Puschen war nach einer öffentlichen Sitzung, die in einem Tumult geendet hatte, untergetaucht.

Im Zentrum der Entrüstung, die wie ein Wintersturm über die Insel fegte, stand ausgerechnet seine Schwester Fenna, die sich bei der letzten Protestaktion provokativ an den Vordermast ihrer Villa Kutterbunt gekettet und lauthals verkündet hatte, dass sie lieber mit ihrem Schiff untergehen als weichen würde.

Ihre Weggefährten – allen voran Jonas' eigener Vater, der auf der Insel nicht ohne Grund »Opa Gnadderkopp« genannt wurde – hatten sie dabei gefilmt und die Aufnahme online gestellt. Diese wurde in den sozialen Netzwerken wie verrückt geteilt und mit vielen zustimmenden, aber auch ablehnenden Kommentaren versehen. Befürworter und Gegner standen sich auf der Insel zunehmend unversöhnlich gegenüber und es war nur eine Frage der Zeit, bis es zu ersten Handgreiflichkeiten kommen würde.

»Schiet ok.«

Jonas warf das Plakat in den Mülleimer und ließ sich auf seinen Schreibtischstuhl fallen. Gerber hätte seinen Luxusschuppen überall bauen können – warum musste er dafür ausgerechnet die Villa Kutterbunt versenken?

Der Hauptkommissar stellte die Ellenbogen auf die Schreibtischplatte und verbarg den Kopf in den Händen.

Er war vollkommen erledigt. In den letzten Nächten hatte er kaum geschlafen, weil entweder Fenna oder Emilia stundenlang auf ihn eingeredet hatten, die jeweils andere Schwester endlich zur Vernunft zu bringen. Der Einwand, dass sie doch einfach selbst miteinander reden sollten, wurde von beiden Seiten empört zurückgewiesen. Zickenalarm dieser Art hatte es in der Familie Kruskopp früher öfter gegeben – aber damals waren die beiden noch Kinder beziehungsweise Jugendliche gewesen und keine erwachsenen Frauen.

Zu allem Überfluss hatte seine bessere Hälfte Stine vor einigen Wochen irgendeine fernöstliche Meditation für sich entdeckt, deren Namen er sich einfach nicht merken konnte und die sie aus unerklärlichen Gründen ausgerechnet im Wohnzimmer praktizieren musste. Statt sich mit ihm auf dem Sofa zu fläzen und gemeinsam einen Fernsehkrimi anzusehen, saß sie mit geschlossenen Augen und verknoteten Beinen auf einer fliederfarbenen Schaumstoffmatte und gab Geräusche von sich, die ihn an einen winselnden Hund erinnerten. Angeblich suchte sie ihr weibliches Universum. Jonas hatte keine Ahnung, was seine Frau ihm damit sagen wollte, und er hatte auch nicht nachgefragt. Seiner Meinung nach gehörten die meisten Psychologen ohnehin selbst auf eine Therapiecouch, aber auch das hatte er Stine gegenüber nicht geäußert, weil er sich neben seinen Schwestern nicht auch noch mit ihr anlegen wollte.

Zu allem Überfluss hatten sich seine beiden Töchter Lisa und Laura, die auf dem Festland in ein Internat gingen, ebenfalls mit ihrer Lieblingstante solidarisch erklärt und bombardierten ihn mit WhatsApp-Nachrichten und Links zu Fennas Protestaktionen. Die grenzenlose Zuneigung war kein Wunder, schließlich hatte Fenna ihnen nicht nur alles durchgehen lassen, als sie Kinder waren, sondern auch jeden Blödsinn mit ihnen mitgemacht.

Als Polizist war ihm damals die Rolle des strengen Vaters zugefallen, der seine Kinder, die sich mit schokoladenverschmierten Schnuten oft an der Grenze eines Zuckerschocks befanden, aus der Villa Kutterbunt abholen und ins Bett bringen musste.

An dieser undankbaren Rolle hatte sich bis heute nichts geändert. Für seine Familie war er noch immer der kleinkarierte Beamte, der auf die Einhaltung der Regeln pochte. Dabei hätte es deutlich weniger Probleme gegeben, wenn sich alle an die bestehenden Gesetze und Verordnungen gehalten hätten.

Jonas hob den Kopf und sah zu dem Foto, das in einem silbernen Rahmen auf dem Schreibtisch stand – direkt neben den fünf Ermittlungsakten, die akribisch genau übereinandergestapelt waren. Auf dem Bild hatte er den Arm um seine neben ihm stehende Frau gelegt. Rechts und links von ihnen waren ihre Töchter, daneben seine Schwestern und ganz links war sein Vater zu sehen. Die Aufnahme stellte eines der schönsten Familienbilder dar, weil *alle* gleichzeitig lachten. Auf den anderen Fotos starrte mindestens eine der Frauen missmutig in die Kamera, weil sie mit ihrer Frisur, der Kleidung oder was auch immer unzufrieden war. Auf einigen Aufnahmen legte Opa Gnadderkopp so gekonnt die Stirn in Falten, als wäre die Haut seines Gesichts ein Laken, das ihm jemand über den Kopf geworfen hatte – und das alles nur, weil er seine Zigarette vor dem Fotografieren ausmachen musste.

Wahrscheinlich würde es eine Weile dauern, bis erneut alle gleichzeitig miteinander lachten. Wenn es überhaupt jemals wieder geschah.

Jonas lockerte die Dienstkrawatte und öffnete den obersten Knopf des Hemdkragens. Während er tief einatmete, fuhr er sich mit den Händen über den Bauch, der in den letzten Jahren wie ein Hefeteig aufgegangen war und nun deutlich über dem Gürtel hing. Er musste dringend wieder etwas für seine Fitness tun. Zunächst einmal musste er aber für Ruhe und Ordnung auf der Insel sorgen, bevor sich die Leute gegenseitig an die Gurgel gingen.

Jonas warf einen Blick auf das Telefon, das rechts neben dem Bildschirm stand – in einer Linie mit der Computertastatur.

Er streckte die Hand danach aus und hielt dann einen Moment lang inne. Sollte er ein weiteres Gespräch riskieren?

Obwohl die Aussicht auf eine gütliche Einigung gering war, wollte er es zumindest noch einmal probieren und suchte sich im Kurzwahlverzeichnis die Telefonnummer der Hausverwaltung Klabautermann heraus.

»Kruskopp«, meldete sich kurz darauf eine Stimme, die klang, als hätte jemand mit Reißzwecken gegurgelt.

»Moin, Vadder.«

»Bist du endlich zur Vernunft gekommen? Du könntest …« Der Rest des Satzes ging in einem bellenden Husten unter.

»Du solltest weniger rauchen«, sagte Jonas und bereute seine Anmerkung sofort, denn die Antwort ließ nicht lange auf sich warten.

»Willst du mir meine Zigaretten etwa auch noch verbieten?«

»Ich will dir nichts verbieten, sondern nur auf eine gesunde Lebensweise hinweisen.«

»So alt wie ich musst du erst einmal werden«, unterbrach ihn sein Vater ungehalten. »Fasse dich kurz, ich muss gleich los.«

»Willst du etwa zu der Demonstration?«

»Selbstverständlich. Da die Polizei nichts gegen die Kapitalisten unternimmt, die sich unsere schöne Insel unter den Nagel reißen wollen, müssen sich die Bürger selbst wehren.«

»Deine Hausverwaltung wird von den neuen Gästen doch auch profitieren«, versuchte Jonas ihn zu ködern, aber vergeblich.

»Auf die Bonzen kann ich gut verzichten. Ich bin schon in den 60er-Jahren gegen das Establishment auf die Straße gegangen und …«

»Vadder, bitte verschone mich mit deinen alten

Geschichten«, unterbrach Jonas ihn genervt. »Du kannst die damalige Situation nicht mit den Protesten gegen die Schönheitsklinik vergleichen. Hierbei geht es keinesfalls um eine Demonstration gegen herrschende Kräfte, deren Macht angeblich auf Unterdrückung der nicht privilegierten Schichten beruht, sondern lediglich um ein Bauprojekt. Da diese Demonstration nicht angemeldet ist, riskiert Fenna als Veranstalterin eine Freiheitsstrafe.«

»Willst du etwa deine eigene Schwester festnehmen?«

»Von wollen kann keine Rede sein. Die Rechtslage lässt mir in dieser Hinsicht aber wenig Spielraum.«

»Klei mi ann Mors mit deiner Rechtslage«, fuhr ihm sein Vater in die Parade.

»Jetzt sei doch vernünftig. Kannst du nicht mit Fenna reden? Zusammen werden wir sicher eine Lösung finden und … hallo … hallo?«

Jonas schüttelte den Hörer, als könnten die Worte herausfallen. Dann stellte er das Telefon in die Basisstation zurück und raufte sich die Haare, die nicht nur zunehmend grauer, sondern auch in erschreckend schnellem Tempo immer weniger wurden. Sollte der Ärger bis zur Fertigstellung der Klinik weitergehen, würden bei der Eröffnung von Gerbers Luxushospital wahrscheinlich nur noch wenige Stoppeln auf seinem Kopf um ihr Überleben kämpfen wie Gräser in einer kargen Steppenlandschaft.

Jonas stand auf, ging zur Tür und öffnete sie. Er überquerte den Flur und trat in das Büro seiner Mitarbeiter.

An einem der vier Schreibtische, von denen sich jeweils zwei wie Inseln im Raum gegenüberstanden, saß Martin Eggen, ein junger Polizist, und malträtierte seine Computertastatur. Alle anderen Tische waren unbesetzt.

»Wo sind Tammo und Steffen?«

Der Angesprochene hob den Kopf und blickte ihn verwundert an. »Tammo ist krank und Steffen hat Urlaub.«

»Wir haben hier alle Hände voll zu tun. Wer hat das genehmigt?« Jonas' Tonfall war so kalt wie ein Frosthauch.

»Sie selbst haben die freien Tage am Montag bewilligt. Zusammen mit meiner Fortbildung. Haben Sie das etwa vergessen?«

»Natürlich nicht«, versicherte Jonas sofort, obwohl er sich daran nicht mehr erinnern konnte. Wie an so viele andere Dinge auch. Der Stress setzte ihm nicht nur körperlich zu, sondern schien auch sein Gedächtnis in eine Rumpelkammer verwandelt zu haben, in der er auf der Suche nach einer Information mitunter stundenlang kramen musste. Stine sorgte sich deshalb bereits wegen einer Demenzerkrankung, aber davon wollte Jonas nichts wissen. Er brauchte nur ein paar Tage Ruhe, dann funktionierte er wieder so präzise wie ein Schweizer Uhrwerk.

»Dann müssen wir beide während der Demonstration die öffentliche Ordnung aufrechterhalten.«

Eggen schaute ihn nun vollkommen verständnislos an. »Nee, denn ich arbeite nur noch schnell meine Mails ab, dann bin auch ich verschwunden. In der nächsten Woche bin ich auf der Polizeiakademie in Hannover. Fortbildung.« Eggen zog das letzte Wort in die Länge, als spräche er mit einem begriffsstutzigen Kind.

Martin. Fortbildung. Polizeiakademie. In Jonas' Kopf blinkten die Begriffe auf wie Werbetafeln und er nickte wieder. »Kannst du vielleicht erst morgen fahren? Ich brauche dich zur Unterstützung auf der Insel.«

»Das geht nicht. Ich muss an diesem Samstag zur Hochzeit.«

»Meine Gratulation.«

»Nee, ich doch nicht. Mein Bruder. Ich habe mir extra einen Inselflieger genommen, damit ich es noch rechtzeitig zur Trauung schaffe. Hoffentlich komme ich vor dem angekündigten Unwetter noch auf das Festland.« Eggen stand auf, nahm seine Jacke von der Garderobe und verabschiedete sich.

Jonas blieb allein zurück und ließ seinen Blick konsterniert durch die leere Dienststelle schweifen. Dann drehte er sich um und schlurrte zu seinem Schreibtisch zurück.

Eine halbe Stunde vor der Demonstration machte er sich auf den Weg zum Musikpavillon. Der Wind hatte in den letzten Stunden aufgefrischt und trieb dunkle Wolken vor sich her. Trotz des drohenden Regens waren im Inselzentrum viele Urlauber unterwegs. Während einige von ihnen die Schaufensterauslagen betrachteten, genossen andere ein herbes Bier oder einen süffigen Cocktail in einer der vielen Gastronomien.

In der Bismarckstraße schoben sich Feriengäste und Demonstranten dicht gedrängt aneinander vorbei. Aus der Menge ragte ein Schild hervor, auf dem in roter Farbe zu lesen war: Borkumer Frauen sind wunderschön, Gerber kann gleich wieder gehen. Dieses gehörte zu einer fünfköpfigen Gruppe, die sich ihm in den Weg stellte.

»Was unternimmt die Polizei gegen diesen Verbrecher?« Die Ehefrau des Bürgermeisters hielt ihm den Besenstil, auf den das selbst gemalte Pappschild aufgenagelt war, wie eine Lanze entgegen. Da sich ihr Mann für den Bau der Schönheitsklinik ausgesprochen hatte, schien Jonas' Familie nicht die einzige zu sein, in der die Fetzen flogen.

»Dr. Gerber hat sich bisher nichts zuschulden kommen lassen.«

»Er reduziert die Frauen auf ihre Körper. Das ist total sexistisch«, ließ sich eine Mitarbeiterin der Borkumer Kleinbahn vernehmen.

»Große Titten und geiler Arsch, darauf fahren Männer wie Sie doch ab«, meldete sich eine zierliche Frau zu Wort, die Jonas aus der Tourist-Information kannte.

»Das kann man so nicht sagen. Zudem bitte ich Sie um eine angemessene Ausdrucksweise.«

»Diese Sprache verstehen selbstverliebte Machos doch am besten. Die meisten Kerle träumen doch von einer heißen Nummer mit diesen lebenden Silikonpuppen.« Eine Frau von etwa 50 Jahren, die der Polizist nie zuvor gesehen hatte, verschränkte die Arme vor ihrer fülligen Brust.

Jonas seufzte. Aus Erfahrung wusste er nur zu gut, dass bei einer Diskussion mit Frauen ein falsches Wort zu den Themen Sexualität, Figur, Kleidung oder Frisur eine Bombe war, die jederzeit detonieren und in einem Streit enden konnte, auf den er besonders heute gut verzichten konnte.

Da Jonas gerade mitten in einem Minenfeld zu stehen schien, suchte er sein Heil in der Flucht, machte einen Seitenschritt und drängte sich an der Gruppe vorbei. Glücklicherweise ließen ihn die Protestierenden ohne weiteren Kommentar ziehen.

Wenige Augenblicke später eilte er über die Treppe zur unteren Strandpromenade. Diese war bereits voller Demonstranten, die sich um den Musikpavillon versammelt hatten. Die Kneipen und Restaurants hatten die Bestuhlung ihrer Außenterrassen abgebaut und die Türen verschlossen. Die Fenster des Musikpavillons standen offen. Das Borkumlied »Insel meiner Träume« schallte über die Strandpromenade und wurde von vielen Teilnehmern textsicher mitgesungen.

Jonas ließ seinen Blick über die Menge schweifen, konnte Fenna aber nirgendwo entdecken. Urplötzlich ertönte ein Aufschrei und viele Demonstranten reckten ihre Arme in die Höhe. Einige klatschten, als wollten sie einem Rockstar applaudieren. Jonas folgte ihren Blicken und sah Fenna – die mit einer Leiter auf das Dach des Musikpavillons geklettert war. In der rechten Hand hielt sie ein Megafon, mit der linken klammerte sie sich an der auf der Spitze des Daches angebrachten Wetterfahne fest. Ziepeltriene hatte sich neben ihr niedergelassen und musterte die Teilnehmer mit schief gelegtem Kopf. Eine Windbö fegte über die Promenade und zerzauste die Frisuren der Anwesenden. In der Ferne hörte Jonas das Grollen eines herannahenden Gewitters.

Hatte seine Schwester jetzt endgültig den Verstand verloren?

Wenn der Blitz in die Wetterfahne einschlüge, würde Fenna geröstet wie ein Brathähnchen. Selbst wenn sich die am Horizont zuckenden Blitze ein anderes Ziel suchten, konnte sie abrutschen und sich dabei ernsthaft verletzen. Ein unglücklicher Sturz konnte auch tödlich enden.

»Komm sofort da runter!«, schrie Jonas, aber seine Aufforderung ging im Lärm der Demonstranten unter, die nun »Kutterbunt, Kutterbunt« skandierten.

»Die Villa Kutterbunt wird niemals untergehen.« Fennas Stimme klang durch das Megafon leicht verzerrt. »Ich werde so lange kämpfen, bis Gerber sein Projekt aufgibt. Seid ihr dabei?«

Die Menge antwortete mit Jubelrufen und Klatschen. Jonas wartete, bis die Protestler wieder leiser geworden waren, und rief dann: »Geht nach Hause. Diese Demonstration wurde nicht angemeldet.«

Einige Umstehende blickten ihn irritiert an, aber ansonsten reagierte niemand auf seine Anweisung, die von einem Donner begleitet wurde, als wollte selbst die Natur gegen ihn aufbegehren.

»Alter, mach dich vom Acker.« Jemand legte ihm von hinten eine Hand auf die Schulter.

Jonas drehte sich um und blickte in die blutunterlaufenen Augen eines Strandkorbvermieters, der die Statur eines Bären hatte. »Tjark, du solltest meinen Anweisungen folgen, sonst passiert …«

»… was?« Der Angesprochene ballte eine Hand zur Faust.

»Bedrohst du mich etwa?« Jonas versuchte, seine Stimme einschüchternd klingen zu lassen, brachte aber nur ein Krächzen heraus.

Bevor Tjark seine Frage beantworten konnte, zerfetzten plötzlich Trillerpfeifen das Stimmengewirr.

Über die Treppen strömten weitere Menschen auf die untere Strandpromenade. Dabei veranstalteten diese einen derartigen Lärm, dass selbst Fenna mit ihrem Megafon kaum noch durchdringen konnte. Über den Köpfen der Neuankömmlinge tanzten Schilder mit Aufschriften wie: *Gerber bringt Geld in unsre Inselwelt, Lieber schön und reich als arm und bleich* oder *Paläste für unsere Gäste.* Angeführt wurden sie von einer grazilen Person mit langen schwarzen Haaren, die wie eine Freibeuterin gekleidet und ebenfalls mit einem Megafon bewaffnet war.

Emilia.

Jonas stöhnte. Heute blieb ihm aber auch nichts erspart. Aus leidvoller Erfahrung wusste er nur zu gut, dass man besser in Deckung ging, wenn die beiden Schwestern wie ungebremste Güterzüge aufeinander zurasten. Obwohl er die Strandpromenade am liebsten verlassen und sich in seinem Büro eingeschlossen hätte, musste er als Polizist die Ordnung auf Borkum wiederherstellen.

Ein bärtiger Mann nahm Emilia das Megafon aus der Hand und brüllte: »Wir versenken die Villa Kutterbunt bis auf den tiefsten Meeresgrund!«

Seine Worte, auf die ein erneutes Donnergrollen folgte, wirkten wie ein Schlachtruf. Während Emilias Gefolgschaft weiter auf die untere Strandpromenade drängte, drückten Fennas Anhänger nach oben.

»Werft die Piratenbrut in die Höllenglut!« Fennas Antwort ließ nicht lange auf sich warten.

»Schiet ok, wir sind hier doch nicht bei einem Poetry-Slam«, grummelte Jonas. Da ihn in der Menge niemand beachtete, würde er trotz des herannahenden Gewitters mit der Leiter auf das Dach des Musikpavillons klettern und die Demonstranten mit Fennas Megafon von dort aus zerstreuen müssen, bevor es Verletzte gab.

Der Hauptkommissar zog den Kopf ein, drückte die Schultern nach vorn und bahnte sich wie ein Rammbock seinen Weg zum Musikpavillon. Nach einer gefühlten Ewigkeit – und einigen blauen Flecken später, die von in die Seiten gerammten Ellenbogen oder Tritten an die Waden herrührten – hatte er sein Ziel erreicht.

Opa Gnadderkopp stand vor einer Leiter, in der rechten Hand hielt er eine Leuchtpistole.

»Vadder, steck das Ding ein und verschwinde von hier. Die Situation kann jederzeit eskalieren.«

»Nichts da. Ein Seemann bleibt auch im Sturm auf seinem Kurs.« Die selbst gedrehte Zigarette tanzte beim

Reden im Mundwinkel. Rauch kräuselte sich in Kringeln nach oben und verteilte sich in der Luft. Die Wolken hingen inzwischen so tief, dass es den Anschein hatte, als könnte man sie wie dunkle Zuckerwatte vom Himmel zupfen.

»Fenna darf die Leute nicht weiter aufstacheln.«

»Sie sagt den Menschen nur die Wahrheit. Statt als Piratenbraut einen Aufstand anzuzetteln, sollte sich Emilia lieber um ihren Sohn kümmern.«

»Wo ist Lukas jetzt überhaupt?«

»Stine passt auf ihn auf. Meines Wissens wollte sie mit ihm meditieren.«

»Armes Kind«, entfuhr es Jonas.

»Das kannst du laut sagen und … He, was soll das?«

Opa Gnadderkopp griff nach der Signalpistole, die ihm sein Sohn aus der Hand gerissen hatte. Jonas reckte den rechten Arm in die Höhe und zog den Abzug durch. Ein greller Blitz sauste in den Himmel. Sein Vater und einige Demonstranten legten die Köpfe in den Nacken und folgten dem Licht mit ihren Blicken. Jonas nutzte den Moment der allgemeinen Verwirrung und kletterte die Leiter hinauf.

»Komm da runter, aber sofort«, rief er seiner Schwester zu, sobald er über die Dachkante gucken konnte.

»Du hast mir nichts zu sagen.« Sie funkelte ihn wütend an.

»Als Polizist muss ich die unangemeldete Demonstration zerstreuen und …«

Eine heftige Windbö fegte über die Anwesenden hinweg und Jonas krallte seine Finger um die Holme der Leiter.

»Halt den Sabbel«, unterbrach ihn Fenna aufgebracht und brüllte in das Megafon: »Die Polizei will die Demonstration verbieten. Wollen wir uns das gefallen lassen?«

»Nein!«, ertönte ein vielstimmiger Chor und dieses Mal schienen sich die Anhänger von Fenna und Emilia ausnahmsweise einig zu sein.

»Runter da!«, zeterte Opa Gnadderkopp von unten. Jonas ignorierte seinen Vater und drohte Fenna: »Ist dir eigentlich klar, dass ich dich festnehmen kann?«

»Willst du mir vor allen Leuten Handschellen anlegen und mich abführen?«

»Nee, aber wenn mir keine andere Wahl bleibt, werde ich dich verhaften. Jetzt sei doch vernünftig.«

»Die Villa Kutterbunt wird niemals untergehen!« Fenna reckte den rechten Arm zu einer Siegespose in die Höhe.

»Statt dumme Sprüche zu klopfen, solltest du dich lieber mit der Realität auseinandersetzen.«

»Ich werde niemals ...«

Fenna verstummte, als die ersten Tropfen auf das Dach klatschten. Innerhalb weniger Augenblicke wurde aus dem Regen eine Sturzflut, als hätte sich im Himmel eine unsichtbare Schleuse geöffnet. Der Regen lief über das runde Dach und rauschte wie ein Wasserfall zu Boden.

Die Protestierenden versuchten, sich vor dem Unwetter in Sicherheit zu bringen. Da sie wegen der geschlossenen Gastronomien aber nur in der Wandelhalle einen Unterschlupf fanden, drängten viele Demonstranten über die Treppen nach oben – die noch immer von Emilias Anhängern blockiert wurden.

Diesen schien der Regen weniger auszumachen als Fennas Unterstützern, denn sie blieben einfach stehen. Als sich die ersten Demonstranten rücksichtslos zur oberen Strandpromenade durchkämpfen wollten, wurden sie grob zurückgedrängt. Innerhalb weniger Augenblicke glich die

Menge einem tosenden Meer aus Köpfen, die wie Wellen hin- und hergeworfen wurden. Inzwischen war es fast so dunkel wie in tiefer Nacht. Blitze zuckten im Abstand von wenigen Sekunden über den Himmel und erhellten die gespenstische Szene, die Jonas an eine Kampfarena erinnerte. Wenige Sekunden später knallte der Donner laut wie ein Kanonenschlag über die Insel.

»Warum laufen die Vollpfosten nicht an den Strand?« Er schüttelte den Kopf über so viel Dummheit und wandte sich dann erneut an seine Schwester. »Gib mir das Megafon.«

»Niemals!«

»Jonas, runter von der Leiter.« Der Befehl von Opa Gnadderkopp war trotz des rauschenden Regens gut zu verstehen.

»Jetzt reicht es mir aber.« Jonas kletterte auf den Sprossen weiter nach oben. Zumindest hatte er das vor, aber sein Vater hielt ihn am Fuß fest.

»Loslassen!«

Jonas zog sein Bein mit einem festen Ruck aus der Umklammerung. Durch die abrupte Bewegung verlor die Leiter ihren Halt und kippte nach hinten.

Einige bange Augenblicke lang tanzte sie auf den Holmen und Jonas fürchtete abzustürzen. Panisch verlagerte er sein Gewicht nach vorne und die Leiter kippte im Zeitlupentempo wieder zum Dach.

Erleichtert atmete Jonas auf. Die nasse Kleidung klebte an seinem Körper. Wasser rann aus seinen Schuhen, die sich in Planschbecken verwandelt hatten. Die Holme der Leiter waren wegen des herablaufenden Wassers inzwischen so rutschig, dass er kaum noch Halt fand.

»Komm runter!«, brüllte er seiner Schwester zu.

»Das kannst du vergessen.«

»Jetzt reicht es mir aber wirklich!« Jonas erklomm eine weitere Sprosse und setzte dann einen Fuß auf das regennasse Dach. Als er das Gewicht darauf verlagerte, rutschte er ab und konnte sich erst im letzten Moment an der Leiter festhalten.

Er atmete tief durch und wagte sich dann erneut auf das Dach. Dieses Mal balancierte er seinen Körper besser aus und stand wenige Sekunden später auf dem rutschigen Untergrund. Fenna, die sich noch immer an der Wetterfahne festhielt, wich einen Schritt zurück.

»Komm endlich runter«, rief Jonas.

Der Regen hatte die abschüssige Fläche inzwischen mit einem dünnen Wasserfilm bedeckt, der unablässig zu Boden rauschte. Jonas breitete die Arme aus, um das Gleichgewicht besser halten zu können – was ihm auch gelang. Vorsichtig machte er einen Schritt auf Fenna zu.

Ein weiterer Blitz zuckte über den Himmel und setzte seine Schwester wie eine zu allem entschlossene Kämpferin in Szene.

»Los jetzt!«, drängte Jonas und streckte die Hand nach Fenna aus. Aber diese blickte ihn nur trotzig an.

Urplötzlich erhob sich vor ihm ein geisterhafter Schatten und raste direkt auf sein Gesicht zu. Jonas riss einen Arm schützend davor und erkannte Ziepeltriene, die wenige Zentimeter über ihn hinwegflog.

Dabei verlor er sein Gleichgewicht. Einige Sekunden lang tanzte Jonas auf dem Dach so unbeholfen wie eine Holzfigur mit rostigen Gelenken. Dann stolperte er zum Dachrand.

Panisch ergriff der Polizist die Holme der Leiter. Aber seine nassen Hände rutschten daran ab. Einen Augenblick schien er in der Luft zu schweben. Dann forderte die Schwerkraft ihren Tribut und zog ihn unbarmherzig in die Tiefe. Mit einem Aufschrei stürzte Jonas vom Dach.

GIFTMISCHERIN

Alexander Gerber stand am Fenster und blickte in den parkähnlichen Garten, der seine Privatklinik am Oldenburger Stadtrand umgab. Der restaurierte Gutshof fügte sich harmonisch in die künstlich gestaltete Landschaft ein, durch die ein Bachlauf floss, der in einer über fünf Stufen gestalteten Kaskade endete, die ihre Fluten in ein rundes Becken der unteren Terrassenlandschaft ergoss.

Das von einem Landschaftsarchitekten entworfene Kleinod wurde von vier angestellten Gärtnern in Schuss gehalten. Kein Blatt durfte auf den Wegen liegen, kein Unkraut in den Beeten wuchern. Verwelkte Blüten wurden sofort entfernt, morsche Äste umgehend entsorgt. Moderne Mähroboter sorgten für einen gleichmäßig hohen Rasen, dessen sattes Grün auf gezieltes Düngen zurückzuführen war. Auch die anderen Pflanzen verdankten ihre leuchtenden Farben und ihre Blütenpracht chemischen Hilfsmitteln.

Alexanders Meinung nach war die Natur so unvollkommen, dass die Menschen ihre Umwelt mit allen verfügbaren Mitteln verbessern und nach ihren Vorstellungen formen mussten.

Der Schöpfer hatte aber nicht nur bei der Entstehung des Planeten geschlampt, sondern auch bei der Erschaffung der menschlichen Spezies. Bis auf wenige Ausnahmen, bei denen sich Gott – oder wer auch immer für diese stümperhafte Arbeit verantwortlich war – ordentlich ins

Zeug gelegt hatte, waren alle Körper fehlerhaft und viele zudem unansehnlich.

Seine Aufgabe bestand nicht nur darin, den Menschen jene Schönheit zu verleihen, die ihnen die Natur verwehrt hatte, sondern sie auch vor einem raschen biologischen Verfall zu bewahren. Zumindest diejenigen, die sich seine Operationen und die sündhaft teuren Vitalpillen leisten konnten.

Ein Windstoß fegte durch den Garten und ließ die Blätter der Bäume rascheln. Am Horizont zogen dunkle Wolken auf, die, von einem böigen Nordwestwind gepeitscht, rasch näher zogen.

Alexander drehte sich um und schritt zu seinem Schreibtisch, hinter dem ein lebensgroßes Ölgemälde hing, das ein Künstler von ihm angefertigt hatte.

Auf seinem Weg kam er an einem hochmodernen Standspiegel vorbei, der hinter einer computergesteuerten Waage stand, deren Anblick die meisten Patientinnen mehr ängstigte als ein hungriges Raubtier. Er blieb stehen und betrachtete sein Ebenbild, das dem Wort »Perfektion« eine neue Bedeutung verlieh.

Den durchtrainierten Körper verdankte der 53-jährige Mediziner seinem täglichen Schwimmtraining. Der blendend weiße Arztkittel wies keine Falte auf. Die handgefertigten Lederschuhe waren auf Hochglanz poliert.

Alexander trat einen Schritt näher und beugte sich so weit vor, bis sein Gesicht nur noch wenige Zentimeter vom Spiegel entfernt war. Mit prüfendem Blick suchte er nach einem Makel, aber kein Pigmentfleck oder – Gott bewahre – Pickel störte die ebenmäßige Haut. Die lockigen blonden Haare waren akkurat geschnitten und so geschickt koloriert, dass sie sein schmales Gesicht wie ein goldener Heiligenschein umrahmten.

Er aktivierte die im Rahmen integrierten Kameras, die mit einem auf künstlicher Intelligenz basierenden Computerprogramm verbunden waren, das den Körper in einem perfekten Zustand zeigte. Da er zwischen der künstlichen Darstellung und seinem realen Spiegelbild keine Unterschiede erkennen konnte, zwinkerte er seinem Ebenbild zu und schritt zum Schreibtisch. Er wollte sich gerade setzen, als sein Smartphone vibrierte und ihn an die Einnahme seiner Vitalpille erinnerte. Der Arzt griff in seine linke Hosentasche und förderte eine goldene Taschenuhr zutage, die er ständig bei sich trug. Mit einem Fingerschnippen klappte er sie auf und öffnete das im Deckel befindliche Fach, in dem zwei Tabletten lagen. Die nur stecknadelkopfgroßen Pillen, die seine Frau im Labor kreiert hatte, enthielten eine Tagesration aller Vitamine und Mineralstoffe in konzentrierter Form. Er nahm eine der weißen Tabletten heraus und steckte sie sich in den Mund. Dann griff er nach dem auf dem Schreibtisch stehenden Wasserglas, spülte die Pille mit einem Schluck hinunter und setzte sich auf den ledernen Stuhl.

Mit zufriedenem Grinsen blickte er auf den Computerbildschirm, der in der Mitte der gläsernen Tischplatte stand. Darauf war das Foto eines ausgemusterten Kutters zu sehen, der mitten in den Dünen platziert war. An der gelb gestrichenen Reling stand eine Frau und reckte dem Fotografen die zur Faust geballte rechte Hand entgegen. Auf ihrer Schulter hockte eine Möwe, die ein rotes Halstuch trug. *Die Villa Kutterbunt wird niemals untergehen*, war über der Aufnahme zu lesen, die in einem sozialen Netzwerk hochgeladen worden war.

Sein Grinsen wurde breiter. Die Insulaner waren bis auf wenige Ausnahmen soziale Neandertaler, um die sich seine Anwälte kümmern würden. Querulanten wie Fenna Kruskopp waren für seine juristischen Bluthunde eine leichte Beute, die sie noch vor dem Frühstück verspeisten.

Alexander klickte mit der Maus auf ein kleines Kreuz in der oberen rechten Ecke des Fotos, das daraufhin verschwand. Wenige Augenblicke später betrachtete er die Entwürfe des neuen Klinikgeländes, das aus fünf Gebäuden bestand, die sich über ein zwei Hektar großes Areal verteilten. Die Bauwerke waren in eine wundervolle Dünenlandschaft gebaut, die seine Landschaftsarchitekten neu gestaltet hatten. Die einzelnen Häuser waren durch verschlungene Pfade miteinander verbunden. Alle Wege mündeten in einer breiten Prachtstraße, die von Skulpturen gesäumt wurde und direkt zum Privatstrand führte.

Mit der neuen Luxusklinik wollte Alexander sein Imperium »Golden Gerber«, das neben dem Geschäft mit den Schönheitsoperationen aus einer Firma bestand, die Lifestyle-Produkte herstellte, auf dem Weg zu einem internationalen Konzern einen weiteren Schritt voranbringen. Falls alles planmäßig lief, würde Borkum in wenigen Jahren das weltweit erste Beauty-Island sein, eine Insel der Schönheit, die keinen Makel duldete.

Wenn er die Haushaltskasse Borkums mit seinen Geldern überflutete, würde der Stadtrat sicherlich über Naturschutzbedingungen und andere Hindernisse, die seinen Plänen entgegenstanden, hinwegsehen. Der Bürgermeister hatte die Entwürfe der Anlage bereits abgenickt, den Kaufvertrag für das Grundstück in den Dünen hatte ein Notariat schon aufgesetzt.

»Wir haben ein Problem.« Seine Frau Sabine trippelte ins Büro.

Alexander blickte auf. Ihre Bluse spannte über einer

voluminösen Brust, die in einen flachen Bauch überging. Die schlanken Beine wurden von einer eng anliegenden Hose betont, die Füße steckten in weißen Leinenschuhen. Ihre Laborbrille baumelte an einem Brillenband um ihren Hals. Die haselnussbraunen Haare, die sie bei öffentlichen Veranstaltungen zu raffinierten Hochsteckfrisuren auftürmte, waren zu einem Pferdeschwanz zusammengebunden.

Alexander hatte seine Frau in mehreren Operationen ganz nach seinen Vorstellungen gestaltet. Nun hatte sie einen nahezu perfekten Körper, der begehrenswerte Blicke der Männer – und neidvolle Blicke der Frauen – auf sich zog. Vor seinem Schreibtisch blieb Sabine stehen.

»Kannst du nicht anklopfen?«, raunzte er sie an.

»Warum sollte ich? Hast du etwas zu verbergen?« Die hohe, etwas piepsige Stimme passte nicht zu ihrer sinnlichen Erscheinung. In Erwartung einer Antwort starrte sie ihren Mann mit jenem Gesichtsausdruck an, bei dem er das Gefühl hatte, dass sie direkt in ihn *hineinsehen* konnte. Auch wenn er wusste, dass das Unsinn war, fürchtete Alexander, dass sie sein gut gehütetes Geheimnis eines Tages entdecken würde.

»Natürlich nicht«, antwortete er daher hastig und zwang sich zu einem Lächeln. »Was ist denn los?«

»Die neue Anti-Aging-Pille hat unerwartete Nebenwirkungen. Wir müssen die Markteinführung verschieben.«

»Dafür ist es längst zu spät, denn die Marketingkampagne für den ›Goldenen Herbst‹ läuft bereits auf Hochtouren. Wir können jetzt keinen Rückzieher mehr machen.«

»Das ist mir egal. Aus meinem Labor kommen nur Wirkstoffe in erstklassiger Qualität.« Sie schob die Unterlippe etwas vor – wie immer, wenn sie schmollte.

»Schatz, das weiß ich doch.« Alexander stand auf, eilte um den Schreibtisch herum und ergriff die Hände seiner Frau. »Du bist eine hervorragende Chemikerin. Daher bin ich sicher, dass du das Problem schnell in den Griff bekommen wirst. Bis dahin werden wir …«

»… kein Produkt mit Nebenwirkungen ausliefern. Ich habe schließlich einen guten Ruf zu verlieren.« Sie schob die Unterlippe so weit vor, bis sie ihre Nase, an der er mehrere Stunden gewerkelt hatte, beinahe berührte.

Und ich eine Menge Geld, dachte Alexander. Aber das sagte er natürlich nicht. Stattdessen fragte er: »Über welche Nebenwirkungen reden wir denn?«

»Bei einigen Testpersonen kam es zu Nierenversagen. Das kann in der Folge zu einem Schlaganfall oder einem Herzinfarkt führen.«

»Ich kenne die Auswirkungen eines Nierenversagens«, unterbrach Alexander seine Frau. »Aber die Wahrscheinlichkeit, dass es zu tödlichen Folgeschäden kommt, ist doch extrem gering, oder?«

»Bei den Probanden besteht das zweiprozentige Risiko eines tödlichen Verlaufs.« Sie entzog ihm ihre Hände. Demnach schien sie ernsthaft sauer zu sein.

»Auch bei Menschen ohne Vorerkrankungen?«

Sabine schüttelte den Kopf. »Das Nierenversagen trat nur bei Personen auf, die sich bereits in ärztlicher Behandlung befanden oder eine Operation hinter sich hatten.«

»Hatten wir uns nicht darauf geeinigt, nur gesunde Probanden in deine Studien aufzunehmen?«, fragte er im tadelnden Tonfall eines Lehrers, der einem begriffsstutzigen Schüler einen einfachen Zusammenhang zum wiederholten Mal erklären musste.

»Das schon, aber ich wollte mich bei der neuen Test-reihe um einen repräsentativen Querschnitt der Bevölke-rung bemühen.«

Alexander überlegte fieberhaft, wie er seiner Frau trotz der Risiken eine Markteinführung schmackhaft machen konnte, ohne dass er wieder nächtelang im Gästezimmer schlafen musste. Sabine konnte sehr nachtragend sein.

Das Klingeln des Telefons riss ihn aus seinen Gedanken.

Alexander griff nach dem Hörer und warf einen Blick auf das Display, in dem eine Nummer mit Borkumer Vor-wahl angezeigt wurde, die er inzwischen gut kannte.

Er seufzte vernehmlich. Auf ein Gespräch mit dem Provinzpolitiker konnte er gut verzichten. Solange er den Kaufvertrag für das Inselgrundstück aber noch nicht unterschrieben hatte, musste er den Bürgermeister und seine Lakaien aus dem Stadtrat bei Laune halten.

»Da muss ich rangehen«, raunte er seiner Frau zu und nahm den Anruf entgegen. »Moin, Torben. Was verschafft mir die Ehre?«

»Es geht um dein Bauprojekt.« Sein Gesprächspart-ner kam sofort zur Sache. Das bedeutete nichts Gutes, da ihn der Volksvertreter sonst zunächst überschwäng-lich begrüßte.

Unter normalen Umständen hätte er dem ostfriesischen Einfaltspinsel niemals das Du angeboten, denn ein über-gewichtiger Mann in billigen Anzügen, dessen von roten Adern durchzogene Knollennase im Gesicht leuchtete wie eine Signalboje, spielte nicht in seiner Liga.

Da er aber bis zur Vertragsunterzeichnung auf sein Wohlwollen angewiesen war, hatte er damit eine Vertrau-lichkeit herstellen wollen, die es in Wirklichkeit nicht gab. Zumindest nicht von Alexanders Seite aus.

»Was ist damit?«, hakte er sofort nach.

»Heute kam es wegen der Schönheitsklinik zu Tumulten auf der Insel. Dabei ist ein Polizist vom Dach des Musikpavillons gestürzt.«

»Na und?« Alexanders Tonfall hatte nun jede Freundlichkeit verloren. »Willst du deshalb etwa einen Rückzieher machen?«

»Ganz im Gegenteil. Der Stadtrat hat in einer vor wenigen Minuten zu Ende gegangenen Sondersitzung beschlossen, die Vertragsunterzeichnung vorzuziehen. Wenn wir endlich Fakten geschaffen haben, werden deine Gegner einsehen müssen, dass jeder Widerstand zwecklos ist.«

»Sturköpfe wie Fenna Kruskopp machen auf mich eher den Eindruck, als würden sie bis zum bitteren Ende um die Villa Kutterbunt kämpfen.«

»Die selbst ernannte Retterin der Insel wurde heute von einer ebenbürtigen Gegnerin herausgefordert.« Puschen machte eine theatralische Pause, bevor er hinzufügte: »Von ihrer Schwester Emilia.«

»Emilia Kruskopp«, überlegte Alexander laut. »Ist das nicht die Inhaberin des Restaurants Piratenbraut?«

»Richtig. Ihre Labskausmaultaschen gelten in kulinarischen Kreisen inzwischen als Geheimtipp.«

»Wir könnten die Schwestern gegeneinander ausspielen«, überlegte Alexander laut. »Wenn sich die beiden streiten, hat Fenna weniger Zeit, gegen die Schönheitsklinik vorzugehen.«

»Das haben wir uns bei der Sitzung auch gedacht. Was hältst du von einem großen Festakt, dessen Höhepunkt die feierliche Unterzeichnung des Kaufvertrages ist? Bei der Gelegenheit können wir der Öffentlichkeit auch deine

Baupläne vorstellen. Habe ich dir schon gesagt, wie fan-
tastisch ich deine zukünftige Anlage finde?«

Alexander verdrehte die Augen. Der Bürgermeister ließ
keine Gelegenheit aus, sich bei ihm durch übertriebene
Schmeichelei beliebt machen zu wollen. Die Baupläne
hatte er bereits viermal gelobt.

»Das freut mich zu hören. Dann sollten wir die Gunst
der Stunde nutzen und die Veranstaltung für das nächste
Wochenende terminieren.« Alexander drängte auf eine
schnelle Unterzeichnung.

»Das ist unmöglich. In der Hauptsaison ist ...«

»In meinem Wortschatz existiert der Begriff ›unmöglich‹ nicht«, fiel er Puschen ins Wort. »Bisher habe ich
dich für einen Mann der Tat gehalten, einen Macher, der
Borkum in eine goldene Zukunft führen will. Da ich mich
anscheinend geirrt habe, werde ich wohl Kontakte zu
anderen Inseln aufnehmen müssen. Dort weiß man meine
Investition sicherlich mehr zu würdigen.«

Alexander atmete ein und hielt die Luft an. Wenn
er den Bürgermeister richtig einschätzte, würde dieser
Gespräche mit anderen Inseln unter allen Umständen
unterbinden. Hoffentlich hatte er damit keinen Fehler gemacht.

»Das ist keinesfalls nötig. Ich werde mich sofort um
die Vorbereitung der Feierlichkeiten kümmern.«

Alexander ließ die Luft langsam entweichen. Demnach
war seine Gesprächstaktik erfolgreich gewesen. »Kann
ich mich auf dich verlassen?«

»Selbstverständlich«, versicherte der Amtsträger.

»Dann sind wir uns also einig.«

Alexander beendete das Gespräch grußlos und warf das
Telefon achtlos auf den Schreibtisch. »Jeder Straßenköter

hat mehr Würde als dieser Wichtigtuer«, sagte er an seine Frau gewandt.

»Was genau hast du vor?« Sabine sah ihn mit großen Augen an.

»Ich werde Emilia Kruskopp ein lukratives Angebot machen, das sie unmöglich ausschlagen kann. Wenn ich einen Keil in die Familie treibe, sind die Kruskopps derart mit ihren internen Streitigkeiten beschäftigt, dass sie nicht länger gegen meine neue Klinik rebellieren werden.«

»Du warst schon immer ein Meister der Intrige.«

»Aus deinem Mund klingt es wie ein Kompliment.« Alexander grinste verschmitzt. »Was hältst du davon, wenn wir die Feierlichkeiten auf Borkum nutzen, um die neue Anti-Aging-Pille vorzustellen?«

»Bis zum nächsten Wochenende kann ich die Nebenwirkungen unmöglich eliminieren. Zudem müssen die Pillen noch produziert und abgefüllt werden.«

»Das habe ich bereits in Auftrag gegeben.«

Sabine blickte ihren Mann entgeistert an. »Das ist meine Aufgabe. Du bist für die Operationen und ich bin für die Forschung zuständig.«

Alexander ergriff erneut die Hände seiner Frau und zog sie zu sich. »Ich weiß. Wir brauchen aber die Einnahmen aus dem Verkauf für den Bau der neuen Privatklinik.«

»Warum bittest du die Bank nicht um einen weiteren Kredit?«

»So einfach ist das leider nicht.«

»Sind wir etwa pleite?« Ihr Körper verkrampfte sich.

»Natürlich nicht«, widersprach Alexander schnell. »Uns fehlt nur etwas Liquidität. Kein Grund zur Beunruhigung. Das Gerichtsverfahren hat viel Geld gekostet und uns in der Öffentlichkeit in ein schlechtes Licht gerückt. Mit dei-

nem neuen Wundermittel und der Borkumer Klinik werden wir bald so reich sein wie nie zuvor.«

Dass die Einkünfte auf seinem geheimen Konto landen
würden – wie die zuvor dorthin transferierten Firmengel-
der –, verschwieg Alexander.

Sabine war eine brillante Chemikerin, die von Buchhal-
tung aber so viel verstand wie eine Kuh vom Fliegen. Daher
würde sie die fehlenden Vermögenswerte erst bemerken,
wenn er sein Geheimnis gelüftet hatte und sie nichts mehr
dagegen unternehmen konnte. Da sie bis dahin keinen
Verdacht hegen durfte, musste er sie unbedingt bei Laune
halten.

Alexander legte den Arm um ihre schmale Taille und
drückte sie an sich. »Ich hätte mit dir sprechen sollen.
Kannst du mir verzeihen?«, flüsterte er ihr ins Ohr.

»Später vielleicht. Momentan bin ich echt sauer.« Sabine
löste sich aus seiner Umarmung und stolzierte zur Tür.
Im Rahmen blieb sie stehen und funkelte ihn wütend an.
Einen Moment hatte es den Anschein, als ob sie etwas
sagen wollte, aber dann knallte sie die Tür wortlos hinter sich zu.

Ihre Verärgerung würde Alexander einen Strauß roter
Rosen und ein Abendessen bei ihrem Lieblingsitaliener
kosten.

Obwohl Sabine sich seinen Wünschen oft fügte, durfte
er seine Frau keinesfalls unterschätzen. Mit ihrem Wissen konnte sie nicht nur hervorragende Lifestyle-Produkte kreieren, sondern auch tödliche Cocktails brauen.
Mit einer Giftmischerin verheiratet zu sein, fühlte sich in
Momenten wie diesen an wie ein Tanz auf dem Vulkan.

Wenn er nicht zu ihrem Opfer werden wollte, musste er
sein Geheimnis noch sorgfältiger hüten als bisher.

Für Alexander war das Leben wie eine Schachpartie, bei der nicht unbedingt der beste Spieler, sondern jener Stratege gewann, der viele Figuren für ein höheres Ziel zu opfern bereit war.

LABSKAUSMAULTASCHENPARTY

Polizei macht einen Abflug.

Fenna sah sich auf ihrem Laptop den unter dieser Über-
schrift eingesetzten Videoclip an, den sie in einem Inter-
netforum der »Borkumer Inselfreunde« gefunden hatte.
Trotz des strömenden Regens konnte man darauf einen
Mann in der Uniform eines Polizisten erkennen, der vom
Dach des Musikpavillons rutschte und zu Boden stürzte.
Auch wenn das Gesicht nicht zu sehen war, wusste Fenna
genau, dass es sich dabei um ihren Bruder Jonas handelte.

Sie las sich die darunter geschriebenen Kommentare durch.
Viele waren mehr oder weniger gehässig, kaum jemand zeigte
Mitgefühl mit dem Polizisten. Fenna scrollte weiter durch
den Chatverlauf und fand kurz darauf ein Foto, auf dem sie
an der Reling der Villa Kutterbunt stand und dem Betrachter
eine zur Faust geballte rechte Hand entgegenstreckte. Ziepeltriene hockte mit geöffnetem Schnabel auf ihrer Schulter,
als wollte sie dem Fotografen etwas zurufen.

Die Villa Kutterbunt wird niemals untergehen, stand über
dem Bild. Viele hatten die Aufnahme mit einem Smiley oder
einem hochgereckten Daumen gelikt. Dazwischen fanden
sich aber auch ablehnende Kommentare, in denen Fenna
vorgeworfen wurde, mit ihren Aktionen die Zukunft der
Insel zu gefährden.

Wenige Stunden zuvor hatte jemand eine Fotomontage
dieser Aufnahme hochgeladen, auf der die Villa Kutterbunt

als Trümmerhaufen in den Dünen lag und Emilia am rechten Bildrand stand. Vor ihr war eine Kanone zu sehen, wie sie zu Zeiten der Freibeuter auf Piratenschiffen verwendet worden war. Die Botschaft des amateurhaft zusammengesetzten Bildes war klar erkennbar: Leg dich nicht mit Emilia an.

Wieso musste ausgerechnet ihre Schwester mit diesem Lackaffen zusammenarbeiten? Auf Borkum gab es schließlich genug Restaurants, die das Catering für die geplante Feierlichkeit übernehmen konnten. Die überraschende Neuigkeit hatte ihr Emilia gestern in einem Telefonat mit triumphierender Stimme mitgeteilt. Während sich die Schwester ihre Labskausmaultaschen von Gerber vergolden ließ, würde Fenna juristischen Schiffbruch erleiden, denn nach der Unterzeichnung des Grundstückskaufvertrages war jeder Widerstand zwecklos.

»Noch ist der Kampf nicht verloren«, sprach sie sich selbst Mut zu. »Bleibst du bis zum Ende an meiner Seite?«

Die Frage richtete sie an Ziepeltriene, die auf dem schmalen Tisch neben dem Laptop hockte und Heringshäppchen aus einer Schale pickte. Die Möwe hielt kurz inne und sah Fenna mit schief gelegtem Kopf an. Dann gab sie einen krächzenden Laut von sich und wandte sich wieder ihrer Mahlzeit zu.

Das Knarzen der Schiffsplanken ließ Fenna aufhorchen.

Sie hielt den Atem an und lauschte. Auf Deck waren Schritte zu hören, die rasch näher kamen. Fenna stand leise auf und griff nach einer auf dem Herd stehenden Bratpfanne.

In den letzten Tagen hatten sich Emilias Anhänger immer wieder in der Nähe des Schiffes herumgetrieben. Viele hatten nur alberne Parolen gebrüllt, einige hatten

zudem rohe Eier und faule Tomaten gegen den Schiffs-
rumpf geworfen.

Die Schritte hatten inzwischen die Kajüte erreicht.
Fenna packte den Griff fester.

»Wer ist da?«, rief sie.

Einige bange Augenblicke war außer dem Rauschen des
Meeres nichts zu vernehmen. Entweder war der geheimnisvolle Besucher stehen geblieben oder schlich sich nun auf
leisen Sohlen an. Fenna huschte zur untersten Treppenstufe.

»Wir müssen reden«, hörte sie eine bekannte Stimme.
Jonas trampelte die Stufen hinunter und blieb vor ihr stehen. »Willst du mich etwa in die Pfanne hauen?« Ein
Lächeln huschte über sein Gesicht, aber es erlosch so
schnell wie das Glimmen eines Glühwürmchens.

»Wenn es sein muss. Bist du nicht mehr krankgeschrieben?« Mit einem Kopfnicken deutete Fenna auf seine Uniform und stellte das Küchengerät auf den Herd zurück.

»Nee, ich habe nur einige Prellungen. Glücklicherweise
standen die Menschen bei der Demonstration so dicht
zusammen, dass sie mich auffangen konnten.«

»Du hättest niemals auf das Dach klettern dürfen.«

»Jemand musste deinen Protest doch beenden.«

»Wenn Emilia mit ihrer Truppe nicht bei meiner
Demonstration aufmarschiert wäre, hätte es keine Zusam-
menstöße gegeben und alles wäre friedlich verlaufen.
Glücklicherweise gab es keine ernsthaften Verletzungen.«

»Es war nicht deine Demonstration«, stellte Jonas klar.
»Zudem war sie nicht einmal angemeldet.«

»Darüber hatten wir schon gesprochen. Was willst du
hier?« Fenna stemmte die Hände in die Seiten.

»Ich möchte dich bitten, bei der heutigen Veranstaltung
keinen Ärger zu machen. Zu den Feierlichkeiten reisen

Journalisten aus ganz Deutschland an. Das Event wird von einem regionalen Fernsehteam gefilmt und live übertragen. Zudem werden Landespolitiker und Prominente als Gäste erwartet.«

Fenna hob die rechte Hand. »Ich habe verstanden. Du sorgst dich nicht um mich, sondern um das Image von Borkum. Du willst auch keine Einheimischen schützen, sondern ein Spektakel sichern, bei dem sich Gerber als Inselkönig inszenieren kann.«

»Ich mache nur meinen Job.« Jonas wich Fennas zornigem Blick nicht aus.

»Und ich kämpfe nur für meine Rechte. Wenn du einen friedlichen Abend verbringen willst, solltest du dich mit einem Bier vor den Fernseher setzen, denn ich werde die Party so lange rocken, bis Gerber diese Insel auf Nimmerwiedersehen verlässt.«

»Fenna, du kannst die Unterzeichnung des Kaufvertrages nicht mehr verhindern«, beschwor Jonas seine Schwester.

»Tote unterzeichnen keine Verträge.« Fenna hatte die Worte ausgesprochen, ohne darüber nachzudenken.

»Wenn das ein Witz sein soll, kann ich keinesfalls darüber lachen. Die Veranstaltung ist übrigens eine geschlossene Gesellschaft und wird von einer privaten Security gesichert. Diese Jungs verstehen keinen Spaß. An deiner Stelle würde ich mich nicht mit denen anlegen. Warum meditierst du nicht mit Stine? Das wird deine Hormone oder was auch immer wieder ins Gleichgewicht bringen. In den letzten Tagen warst du so ausgeglichen wie ein Stier in der Arena.«

»Dann solltest du besser nicht mit einem roten Tuch wedeln.« »Du kannst Gerber nicht mehr aufhalten«, beschwor Jonas seine Schwester.

»Da wäre ich mir nicht so sicher.«

»Schiet ok! Solltest du Gerber bedrohen oder die Veranstaltung stören, werde ich dich festnehmen müssen. Hast du das verstanden?« Jonas stupste Fenna bei jedem der letzten vier Worte den Zeigefinger in den Solarplexus.

»Willst du etwa deine eigene Schwester verhaften?«

»Ich werde meine Pflichten erfüllen.« Der Polizist drehte sich um und polterte die Stufen der Treppe hinauf.

Fenna sah ihrem Bruder nach, bis er die Kajütentür hinter sich zugeknallt hatte. Dann setzte sie sich an den Tisch und strich Ziepeltriene über den Kopf. »Wollen wir uns geschlagen geben?«

Die Möwe blickte sie mit ihren schwarzen Knopfaugen einen Moment lang an, öffnete dann den Schnabel und gab ein lang gezogenes *Krriärr* von sich.

»Also nicht. Dann werden wir Gerbers Labskausmaultaschenparty ordentlich aufmischen.«

Fenna griff nach ihrem auf dem Tisch liegenden Smartphone, scrollte durch das Kurzwahlverzeichnis und tippte auf die unter »Gnadderkopp« gespeicherte Nummer.

»Was willst ...« Die restlichen Worte der Frage gingen in einem Hustenanfall unter.

»Du solltest weniger rauchen.«

»Ich bin so fit wie ein junger Hering.« Ihr Vater rang hörbar nach Atem.

»Du klingst eher nach einer Räuchermakrele.«

»Der war gut. Du rufst aber sicher nicht an, um dich nach meinem Gesundheitszustand zu erkundigen. Was ist los?«

»Jonas war vorhin bei mir und hat mit einer Verhaftung gedroht.«

»Willst du die Demo deshalb absagen?«

»Natürlich nicht. Ich frage mich nur, ob wir unser Ziel mit friedlichem Protest erreichen können oder ob wir härtere Geschütze auffahren müssen.«

»Was hast du vor?«, hakte ihr Vater sofort nach.

»Weiß nicht.« Gedankenverloren strich Fenna der Möwe sanft über das Gefieder. Ziepeltriene reckte den Kopf vor und schmiegte sich in ihre Hand.

»Keine Gewalt, darin waren wir uns einig. Wir ziehen unsere Aktion besser wie geplant durch.« Er beendete das Telefonat.

Fenna legte das Handy auf den Schreibtisch und warf einen Blick auf die an der Wand befestigte Uhr, deren Gehäuse einem alten Kompass nachempfunden war.

Noch eine Stunde bis zum Showdown.

Fenna löste den Knoten des roten Tuches um Ziepeltrienes Hals und ersetzte es durch ein schwarzes Tuch, auf dem ein weißer Totenkopf abgebildet war. »Kannst du während der Demonstration über das Veranstaltungsgelände fliegen und Gerber mit deinen Sturzflügen das Fürchten lehren? Dabei darfst du auch gerne einen ordentlichen Möwenschiss auf den Vertrag kleckern.«

Der Vogel legte den Kopf schief, als wollte er den Vorschlag überdenken. Dann gab er ein weiteres *Krriärr* von sich.

»Ich wusste doch, dass ich mich auf dich verlassen kann. Jetzt brauche ich erst einmal einen Tee.«

Fenna stand auf und füllte einen Wasserkessel. Wenige Minuten später peppte sie das heiße Getränk mit einem gehörigen Schuss Rum auf und trank in kleinen Schlucken.

Den leeren Keramikbecher stellte sie danach in die Kombüse, zog sich das weiße T-Shirt mit dem »Borkum«-

Schriftzug an und bändigte ihre rotblonden Haare mit einem Stirnband.

20 Minuten vor der Veranstaltung hielt sie Ziepeltriene, die noch immer auf dem Tisch hockte, die rechte Hand entgegen. Die Möwe tapste auf die Handfläche und Fenna schritt mit ihr zur Treppe. Auf der untersten Stufe sah sie sich noch einmal in der Kajüte um, die seit vielen Jahren ihr Zuhause war.

Der Gedanke, die Villa Kutterbunt wegen des reichen Schnösels verlassen zu müssen, machte sie wütend und traurig zugleich. Obwohl sie sich nach außen hin kämpferisch gab, wusste Fenna, dass sie mehr aus Trotz handelte als aus der Überzeugung, Gerber mit einer letzten Demonstration von seinem Vorhaben abbringen zu können. Dennoch würde sie ihm bis zur letzten Sekunde Widerstand leisten.

Fenna stieg die Treppe zum Deck empor. Die Sonne schien an diesem späten Nachmittag von einem azurblauen Himmel, der wie blank gescheuert wirkte – als wollte sich die Natur von ihrer schönsten Seite zeigen und Gerber auf Borkum willkommen heißen. Eine leichte Brise wehte und trug neben dem Brandungsrauschen auch Musikfetzen zu ihr.

Fenna runzelte die Stirn. Hatte die Veranstaltung bereits angefangen? Nach der Ankündigung des Bürgermeisters sollten die Feierlichkeiten erst in einer Stunde beginnen. Hatte Gerber den Termin etwa vorgezogen, um weiteren Protesten aus dem Weg zu gehen?

»Kannst du mal nachsehen, was da los ist?«, raunte sie Ziepeltriene zu, die auf ihrer Schulter hockte. Der Vogel öffnete den Schnabel, als wollte er sich dazu äußern. Dann klappte er ihn wieder zu und flog davon.

Fenna hastete zum Neuen Leuchtturm, an dem sie sich mit den anderen Protestlern treffen wollte. Das Inselzentrum war voller Menschen, die an diesem Sommertag durch die Straßen flanierten. Familien zogen ihren Nachwuchs in Bollerwagen hinter sich her. Verliebte Paare schlenderten Hand in Hand an den Schaufenstern der Geschäfte vorbei. Ältere Leute ruhten sich auf den zahlreichen Parkbänken aus, die Gesichter der Sonne zugewandt.

Inmitten der meist leger gekleideten Urlauber entdeckte Fenna einige Gäste, die wie Fremdkörper aus der Menge hervorstachen. Frauen stöckelten auf eleganten Pumps durch die Straßen. Dazu trugen sie modische Kleider und hatten kunstvoll gesteckte Frisuren, die keiner Windbö standhalten würden. Ihre Begleiter stolzierten in der Haltung von Königen, die sich widerwillig unter das gemeine Volk gemischt hatten, zwischen den Touristen hindurch. Dabei achteten sie darauf, niemanden zu berühren – als wäre die Gewöhnlichkeit der Menschen eine ansteckende Krankheit, vor der sie sich schützen mussten.

Der Gedanke, dass die Einheimischen eines Tages jene Fremdkörper auf ihrer eigenen Insel sein könnten, ließ Fenna erschaudern. Als sie ihr Ziel erreichte, hatten sich am Neuen Leuchtturm bereits sieben Demonstranten versammelt. Diese hielten selbst gebastelte Schilder in die Höhe, mit denen sie auf ihren Protest aufmerksam machten.

»Moin«, begrüßte sie der Fischer Klaus Mattes, dessen Gesicht hinter einem wild wuchernden Bart und dichten Augenbrauen, die an Bürsten erinnerten, verschwand. In der rechten Hand hielt er eine Harpune.

»Willst du Gerber damit aufspießen?« Fenna deutete auf die gefährlich aussehende Waffe.

»Obwohl die Idee einen gewissen Charme hat, möchte ich seinetwegen nicht den Rest meines Lebens im Gefängnis verbringen. Mir reicht es, wenn ich den Lackaffen mit meiner Harpune daran erinnern kann, dass wir Borkumer uns auch vor großen Tieren nicht fürchten.«

»Wo hast du das Ding denn her?«

»Das gute Stück befindet sich seit mehreren Generationen im Familienbesitz. Keine Ahnung, ob es jemals zum Walfang benutzt wurde.«

»Was ist denn das für ein armseliger Haufen?« Gerrit Kruskopp trat neben seine Tochter und ließ den Blick über die kleine Gruppe der Protestler schweifen. In der rechten Hand hielt er ein Megafon. Zwischen seinen Lippen qualmte eine selbst gedrehte Zigarette, die beim Reden auf und ab wippte – wie ein Schiff auf hoher See. Fenna kannte außer ihrem Vater niemanden, der gleichzeitig sprechen und rauchen konnte.

»Hannes und Torben schichten heute. Jonny ist mit seinem Kutter rausgefahren. Sylvia und die anderen Mädels … keine Ahnung. Vielleicht kommen die noch.« Klaus zuckte mit den Schultern.

»Die werden bereits aufgegeben haben. Wer kämpft, kann verlieren …«

»… wer nicht kämpft, hat bereits verloren«, beendete Fenna den Satz und seufzte vernehmlich. »Vater, dumme Sprüche helfen uns nicht weiter. Hast du deine Ausrüstung dabei?« Die Frage galt dem 60-jährigen Ornithologen Sven Thaden, der sich in seiner Freizeit für das Tierheim Borkum engagierte. Seine schulterlange Mähne war von silbernen Fäden durchzogen und ließ seinen Kopf auf den ersten Blick aussehen, als hätte eine Spinne ihr Netz in seine Haare gewebt.

Der Vogelkundler nickte und deutete auf eine schwarze Nylontasche, die an einem Tragegurt um seinen Hals baumelte. »Dadrin ist meine Spiegelreflexkamera. Durch das Objektiv kann ich eine Fliege aus mehr als hundert Metern Entfernung deutlich erkennen. Meinem elektronischen Auge entgeht nichts.«

»Super. Haben alle anderen ihre Smartphones eingesteckt?« Fenna blickte in die Runde.

»Jo.« Die Rechtsanwältin Marlies Tapken hob ihr Gerät, das in einer mit blauen Ankermotiven bedruckten Hülle steckte, in die Höhe und auch die anderen präsentierten ihre Mobiltelefone.

»Damit werden wir unsere Aktion filmen, während Sven Fotos von den Gästen macht. Gerber und seine Vasallen sollen wissen, dass sie auf dieser Insel keine ruhige Minute haben werden, weil wir sie auf Schritt und Tritt verfolgen.«

»Hallo?«

Ein älterer Mann in einem beigen Leinenanzug, der sich beim Gehen auf einen Stock mit kunstvoll verziertem Knauf stützte, blieb drei Schritte vor ihnen stehen. Die gebräunte Haut war glatt und faltenlos. Sein Haar war voll und ohne graue Strähnen, die Nase perfekt geformt.

Seine Begleiterin, die ein blaues Sommerkleid trug, das ihre üppigen Brüste und die schmale Taille betonte, bleib einen Schritt hinter ihm stehen. Das Lächeln in ihrem Gesicht wirkte wie festgetackert.

Das Paar betrachtete die kleine Gruppe so neugierig, als würde diese aus exotischen Zootieren bestehen.

»Auf Borkum heißt das ›Moin‹.« Opa Gnadderkopp musterte die beiden aus zusammengekniffenen Augen.

»Moin? Diese Art der Begrüßung ist interessant. Sind Sie echte Insulaner?«

»Warum fragen Sie das ausgerechnet uns?« Gerrit nahm die Kippe aus dem Mund und trat sie aus.

»Wir dachten ... wegen der Schilder.«

»Wollen Sie mit uns gegen die neue Schönheitsklinik demonstrieren?« Klaus fuhr sich über seinen mächtigen Bart.

»Natürlich nicht«, entgegnete der Anzugträger lachend, als hätte der Fischer einen Witz gerissen. »Im Gegenteil, wir haben Gerbers Einladung zur heutigen Veranstaltung gerne angenommen. In unseren Augen ist er ein Künstler, der menschliche Meisterwerke wie uns erschaffen hat.«

»Wat sabbelst du da von Meisterwerken?« Klaus packte die Harpune fester.

Die Frau klatschte begeistert in die Hände und wandte sich an ihren Mann. »Schatz, die Einheimischen sind wirklich so ursprünglich, wie Alex gesagt hat.«

»Ursprünglich? Was soll das denn heißen?«

»Klaus, damit will uns die feine Dame zu verstehen geben, dass wir den Schuss nicht gehört haben«, erklärte der alte Kruskopp.

»Echt jetzt?«

»Jo.«

»Dann war das also eine Beleidigung.«

»Jo.«

Klaus packte die Harpune fester und funkelte das Paar unter seinen dichten Augenbrauen zornig an.

»Nicht zu fassen. Die Insulaner hinken der menschlichen Evolution tatsächlich um Generationen hinterher. Ihre rudimentäre Kommunikation, die einfache Kleidung und die primitiven Waffen sind auf dem Festland seit Jahrhunderten verschwunden.«

»Ik schiet di wat mit rudimendingsa Kommunikation.«

Klaus hob die Harpune. Der Mann wich einen Schritt zurück.

»Ganz ruhig.« Fenna legte dem Fischer die Hand auf den Unterarm, beugte sich vor und raunte dem älteren Paar zu: »Sie haben ihn beleidigt. Wenn er wütend ist, benimmt er sich wie ein Berserker. An Ihrer Stelle würde ich die Insel sofort verlassen, denn wenn er Sie mit seiner Harpune erwischt …« Sie ließ den Rest des Satzes unausgesprochen und zuckte mit den Schultern.

»Das sind unzivilisierte Wilde!« Die Frau riss die Augen auf, packte den Arm ihres Mannes und trippelte davon. Ihre Absätze klackerten im Stakkato auf den Pflastersteinen, in der gleichen Geschwindigkeit wie sein Gehstock.

»Deine Show als tumber Insulaner war echt super.« Sven schlug dem Fischer kumpelhaft auf die breite Schulter. »Die Döspaddel halten uns jetzt für maritime Neandertaler.«

»Show? Was für eine Show?« Klaus lockerte den Griff um die Harpune.

»Vergiss es.« Der Ornithologe machte eine wegwerfende Handbewegung und wandte sich dann an die Gruppe. »Wir sollten uns auf den Weg machen, es wird wahrscheinlich niemand mehr kommen.«

»Davon gehe ich auch aus.« Wehmütig dachte Fenna an die erste Demonstration, bei der Hunderte ihrem Aufruf zum Widerstand gefolgt waren. Inzwischen schienen sich viele Borkumer entweder mit der Situation angefreundet zu haben oder hielten jeden weiteren Protest für wirkungslos.

»Dann wollen wir Gerber mal zeigen, wie man auf Borkum eine ordentliche Party feiert. Los jetzt!«, rief Opa Gnadderkopp zum Aufbruch und marschierte zur Strandpromenade. Die anderen folgten ihm.

»Die Villa Kutterbunt wird niemals untergehen!«, ertönte es wenige Augenblicke später aus seinem Megafon.

»Musst du mir damit direkt ins Ohr brüllen?« Fenna, die neben ihm ging, verzog das Gesicht. »Wenn du deine Parolen nicht in eine andere Richtung plärrst, bin ich taub, bevor wir den Strand erreicht haben.«

»Du hast immer was zu meckern.« Ihr Vater machte drei schnelle Schritte und setzte sich damit etwas von den Demonstranten ab. »Gerber macht nur Ärger«, skandierte er und reckte bei jeder Silbe die zur Faust geballte rechte Hand in die Höhe. Einige Gäste blieben stehen und blickten die Truppe verwundert an. Ein jüngerer Mann applaudierte.

»Schließ dich unserer Demonstration an.« Fenna winkte ihn zu sich, aber der Angesprochene schüttelte den Kopf und spazierte Richtung Inselzentrum.

Kurz darauf hatte der kleine Protestzug die obere Strandpromenade erreicht. Diese war voller Menschen, die auf den Bänken saßen und die Aussicht über den Strand genossen. Die Musik war hier deutlich zu vernehmen – und die Stimme von Opa Gnadderkopp, der sich mit dem Megafon Gehör verschaffte.

»Gerber ist ein Spielverderber!«

»Hast du ein Reimlexikon gefrühstückt?«, rief ihm Klaus zu. »Statt dumme Bemerkungen zu machen, solltest du lieber einen ordentlichen Krawall veranstalten, damit Gerber auf uns aufmerksam wird.«

»Gerrit, das ist kein Problem.« Der Fischer stieß einen markerschütternden Schrei aus.

»Kiwiep. Kiwiep«, ließ sich der Ornithologe vernehmen.

»Was soll das denn bedeuten?«, fragte Marlies Tapken.

»Das ist der Flugruf des Austernfischers.«

»Und was hat das mit unserer Demo zu tun?«

»Damit verleihe ich den Vögeln eine Proteststimme.« Sven gab weitere gutturale Laute von sich. Zwischen den Schreien des Fischers und dem Gezwitscher des Ornithologen schleuderte Opa Gnadderkopp den irritierten Gästen weitere Parolen entgegen, die sich alle auf »Gerber« reimten. Auf diese Weise lauthals auf sich aufmerksam machend, stieg die Gruppe über eine Treppe zur unteren Strandpromenade hinab.

»Unterstützt uns im Kampf gegen die Schönheitsklinik!«, rief Fenna den Urlaubern zu, aber niemand folgte ihrem Aufruf. Viele betrachteten das Spektakel so unbeteiligt, als würde es sich dabei um ein Theaterstück handeln, in dem sie keine Rolle übernehmen wollten. Einige flüchteten in Strandzelte oder verschwanden eiligst in den Innenräumen der Gastronomien. Vereinzelt erklang Applaus, der aber schnell wieder abebbte.

Opa Gnadderkopp stapfte mit seinen Mitstreitern bis zum Ende der Promenade. Dort war eine Absperrung errichtet worden, hinter der drei Männer in schwarzer Uniform standen. Auf den Hemden war in roten Buchstaben der Schriftzug *Security* zu lesen. Die muskulösen Sicherheitsleute wirkten in ihren Uniformen wie Erwachsene, die sich wieder in ihren Konfirmationsanzug gezwängt hatten.

Neben der Absperrung befand sich am Strand ein fußballfeldgroßes Areal, das mit einem zwei Meter hohen Bauzaun gesichert war. In der Mitte war eine etwa zehn Quadratmeter große Bühne erkennbar, auf der vier turmhohe Boxen standen, aus denen Musik schallte. An der den Dünen zugewandten Seite standen weiße Zelte.

Ein köstlicher Duft waberte über die Protestler und erinnerte Fenna nicht nur daran, dass sie seit dem Frühstück nichts mehr gegessen hatte, sondern auch an Emilia. Statt mit ihnen zu demonstrieren, sorgte ihre Schwester bei Gerber und seinen Gästen mit ihren kulinarischen Köstlichkeiten für deren leibliches Wohl.

Vor dem Zaun hatten sich Neugierige versammelt und versuchten, einen Blick auf die Promis zu erhaschen, die der Mediziner zu der Veranstaltung eingeladen hatte.

Fenna schüttelte sich. Der Anblick dieser Wichtigtuer, die sich lieber wie Tiere in einen Käfig sperren ließen, als sich unter die normalen Gäste zu mischen, war ihr unheimlich. »Ab jetzt solltet ihr alles filmen und nach Möglichkeit sofort online stellen. Ist die Kamera startklar?«, fragte sie Sven und dieser nickte.

»Showtime!« Fenna trat den Wachleuten furchtlos entgegen und forderte: »Lasst mich rein. Ich will mit Gerber reden.«

»Nur mit gültiger Eintrittskarte.« Ein Sicherheitsmann mit rasiertem Schädel grinste hämisch.

»Sie haben kein Recht, diesen öffentlichen Strandabschnitt abzusperren.«

»Eintrittskarte oder Abgang.« Der Glatzkopf ließ sich von der Rechtsanwältin nicht aus der Ruhe bringen.

»Das wird juristische Folgen haben. Ich werde eine ...«

»Hatte ich dir nicht gesagt, dass du dich hier nicht sehen lassen sollst?« Fenna wurde von ihrem Bruder unterbrochen.

»Du hast mir nichts zu befehlen!«, giftete sie.

»Als Polizist muss ich auf Borkum für Recht und Ordnung sorgen.«

»Wirf Gerber in den Kerker!«, krakelte Gerrit in das Megafon, welches er direkt auf seinen Sohn gerichtet hatte.

»Vadder, lass den Quatsch.« Jonas rieb sich über das linke Ohr.

»Das ist kein Quatsch, sondern legitimer Widerstand gegen die Staatsgewalt!« Opa Gnadderkopp richtete das Megafon auf die drei Uniformierten und skandierte: »Gerber ist ein Drückeberger.«

Die drei Wachmänner sahen sich verwundert an.

»Was soll das denn bedeuten?« Auch Jonas zeigte sich irritiert.

»Keine Ahnung. Wahrscheinlich geht er jetzt alle Begriffe durch, die sich irgendwie auf Gerber reimen«, mutmaßte Marlies Tapken.

»Gerber macht Riesenärger«, ertönte es nun aus dem Megafon.

»›Ärger‹ hatten wir als Reim schon.«

»Fenna, echt jetzt?« Der alte Kruskopp ließ die Flüstertüte sinken und kratzte sich am Kopf. »Wie wäre es mit ›Gesichtserker‹ oder ›Müllwerker‹?«

»Was hältst du davon, wenn du mir das Ding gibst, bevor du die Leute mit deinen Silbenrätseln weiterhin überforderst?« Fenna streckte die Hand danach aus.

Ihr Vater zögerte einen Moment, dann reichte er ihr das Megafon. »Jetzt kann ich endlich wieder eine rauchen.« Er kramte einen Lederbeutel aus seiner Hosentasche und drehte sich eine Zigarette, die er mit einem Zippo entzündete.

»Dürfen wir bitte durch?« Alle drehten sich zu der hinter ihnen ertönenden Stimme um.

»Macht sofort Platz für den Polizeipräsidenten Ladislaus Bekker und seine Frau. Husch. Husch.« Jonas wedelte mit den Händen, als wollte er einen Schoßhund verscheuchen.

»Was ist das denn für eine Ansage?« Fenna schüttelte entrüstet den Kopf. »Ich kann stehen, wo ich will. Wir leben in einem freien Land, oder ist Borkum neuerdings eine Polizeidiktatur?«

»Verschwindet von hier, aber sofort!«

Die Wachmänner traten wie auf ein unsichtbares Kommando hin gleichzeitig einen Schritt vor und standen den Protestlern nun auf Armeslänge gegenüber. Mit Ausnahme des rauchenden Opas Gnadderkopp und Klaus, der mit der Spiegelreflexkamera im Sekundentakt Aufnahmen machte, hatten alle die Smartphones wie Waffen auf die Uniformierten gerichtet.

»Wir weichen keinen Meter!«, lärmte Fenna durch das Megafon.

»Jetzt reicht es mir aber.« Jonas entriss es seiner Schwester. »Gerber wird den Vertrag gleich unterschreiben und es gibt nichts, was du dagegen tun kannst.«

»Da wäre ich mir keinesfalls sicher.« Klaus griff die Harpune fester und richtete sie auf die Wachleute. »Ihr Bagaluten lasst uns jetzt sofort mit Gerber sprechen.«

»Denkst du ernsthaft, dass du uns mit diesem Zahnstocher beeindrucken kannst?«, fragte der Glatzkopf.

»Leg die Waffe weg, aber sofort!«

»Jonas, du hast hier gar nichts zu melden. Statt mit diesen Muskelprotzen gemeinsame Sache zu machen, solltest du lieber deine Schwester unterstützen.«

»Welche denn, mein lieber Klaus? Fenna, die gegen Gerber zu Felde zieht, oder Emilia, die mit ihm geneinsame Sache macht? Wie auch immer ich mich entscheide: Eine von ihnen wird mir die Hölle heißmachen.«

»Da ist was dran.« Der Fischer fuhr sich nachdenklich über seinen Bart.

»Als Polizist haben Sie keine Seite zu wählen, sondern nur Ihre Pflicht zu erfüllen«, ließ sich Bekker vernehmen.

»Sie werden diese lächerliche Demonstration, oder was auch immer das hier sein soll, auf der Stelle auflösen und Platzverweise aussprechen.«

»So einfach ist das leider nicht. Juristisch betrachtet ist ein Versammlungsverbot ...«

»Verschonen Sie mich mit Ihren Belehrungen«, wies der Polizeipräsident Marlies Tapken mitten im Satz zurecht. »Ich kenne die Spielregeln besser als jeder Rechtsverdreher. Wenn Sie nicht sofort verschwinden, lasse ich Sie verhaften und abführen.«

»Dazu haben Sie keine gesetzliche Grundlage!« Die Anwältin funkelte ihn wütend an.

»Ich lasse mir von Ihnen doch nicht meinen Job erklären!« Bekkers Kopf hatte inzwischen die Farbe einer reifen Tomate angenommen.

»Lassen Sie mich meine Arbeit machen«, versuchte Jonas, den Vorgesetzten, der für seine cholerischen Anfälle bekannt war, zu beruhigen. »Ich habe hier alles im Griff.«

»Blödsinn. Sie sind mit der Situation doch vollkommen überfordert. Anscheinend können Sie nicht einmal in Ihrer eigenen Familie für Recht und Ordnung sorgen.«

»Das ist bei den vielen Frauen in seinem Leben echt schwierig«, beteiligte sich Opa Gnadderkopp an der Diskussion.

»Frauen? Plural? Ist der Kerl etwa ein Weiberheld? Ein derart unsittliches Verhalten kann ich bei meinen Leuten keinesfalls dulden.«

»Sie haben das falsch verstanden. Was mein Vater meint ...«

»Dieses verhutzelte Räuchermännchen ist Ihr Vater?«, mischte sich die Ehefrau des Polizeipräsidenten in das Gespräch ein.

»Warum lassen Sie mich nicht ausreden?« Jonas war sichtlich angefressen.

»In welchem Ton reden Sie mit meiner Adele? Ich verlange unverzüglich eine Entschuldigung.«

»Ich auch. Schließlich bin ich kein verhutzeltes Räuchermännchen, sondern ein sturmerprobter Seemann.« Opa Gnadderkopp stampfte mit dem Fuß auf wie ein trotziges Kind.

»Wer noch einmal ungefragt das Wort an meine Frau richtet, wird eingesperrt, ist das klar?«

»Labsikaus, lass mal. Ich kann für mich alleine sprechen.«

»Labsikaus, echt jetzt?« Der Glatzkopf wieherte vor Lachen.

»Sofort festnehmen.« Der Polizeipräsident deutete auf den Wachmann.

»Wieso das denn?«, fragte dieser.

»Wegen Beleidigung.«

»Dann müssen Sie nicht mich, sondern Ihre Tussi verhaften lassen, denn die hat Sie schließlich so genannt. Ich habe nur gelacht. Das können Sie mir nicht verbieten.« Der Glatzkopf baute sich drohend vor dem Polizeipräsidenten auf. Seine Kollegen folgten ihm.

Jonas nahm die Handschellen vom Gürtel.

»Los jetzt, worauf warten Sie denn noch? Verhaften!«, verlangte Bekker.

»Wen genau meinen Sie? Ihre Frau wegen des Kosenamens, die Wachleute wegen ihres Lachens oder die Teilnehmer der nicht angemeldeten Demonstration?«

»Wie jetzt? Na, alle natürlich.« Der Polizeipräsident fuchtelte so wild mit den Armen, als wollte er ein Orchester dirigieren.

»Auch Ihre Frau?«, hakte Jonas nach.

»Ja, ich meine, nein. Finger weg von Adele.«

»Mich sperrt auch niemand ein.« Opa Gnadderkopp nahm einen tiefen Zug und schnippte Bekker die Kippe vor die Füße.

»Das war ein tätlicher Abgriff auf einen Vollstreckungsbeamten«, eiferte sich der Polizeipräsident.

»Und wenn schon. Ich lasse mir auch vom Kaiser von China keine Vorschriften machen.«

»Hat China noch einen Kaiser?« Sven runzelte die Stirn.

»Keine Ahnung. Ist das wichtig?«

»Der Kaiser ist nur ein Symbol für die Allmacht der herrschenden Klasse und die bedingungslose Unterwerfung des Volkes unter der Knute des Polizeiapparates als Ausdruck einer totalitären Regierung.«

»Jonas, das kapier ich nicht.« Klaus runzelte die Stirn.

»Das wundert mich keinesfalls.«

»Wullt du mi verdummbüdeln?«

»Muss ich diese Frage beantworten?«, überlegte der Inselpolizist laut.

»Das hat keinen Zweck. Der Kerl ist dämlicher als die Walfische, die seine Vorfahren früher gejagt haben.« Der Glatzkopf grinste hämisch.

»Halt den Sabbel, du Grööölbüdel.«

Klaus griff die Harpune fester und wollte auf den Wachmann losgehen, aber Sven packte ihn am Arm.

»Lass den Unfug. Wir sollten uns besser vom Acker machen, bevor wir verhauen oder verhaftet werden.«

»Den Kerl grabe ich bei Ebbe im Watt ein.« Klaus riss sich los.

»Das ist ein Aufruhr. Ins Gefängnis. Alle miteinander.« Der Polizeipräsident war außer sich. Speicheltropfen flogen bei seinen Worten durch die Luft wie Gischt einer sich brechenden Welle.

»Labsikaus, beruhige dich. Der Arzt hat dir jede Aufregung verboten. Denk an dein Herz.«

»Labsikaus geht jetzt nach Haus!«, dichtete Opa Gnadderkopp und drehte sich eine weitere Zigarette.

»Oha, das gibt Ärger«, sagte Jonas und beäugte den Polizeipräsidenten, der auf der nach oben offenen Eskalationsskala von »extrem sauer« zu »verdammt wütend« wechselte. Sein Kopf wurde dabei eine weitere Farbnuance dunkler. In einem Comic wäre jetzt heißer Dampf aus Nasenlöchern und Ohren gequollen, wie bei einem Wasserkocher. Sicherheitshalber trat Jonas einen Schritt zurück.

Fenna sah zu den Wachleuten, die noch immer in unmittelbarer Nähe des Ehepaares standen. Dann schaute sie zum Eingang, der in diesem Moment unbewacht war.

Jetzt oder nie.

Sie rannte los und war wenige Augenblicke später mitten im Getümmel. Einige Gäste musterten sie wie einen Paradiesvogel, aber niemand schien sich an ihrem ausgefallenen Outfit und der zerzausten Frisur zu stören. Fenna vermutete, dass die Leute sie für eine Rockmusikerin, Schriftstellerin oder sonstige Künstlerin hielten, bei der extravagante Kleidung und mitunter sogar ein exzentrisches Auftreten nicht nur toleriert, sondern erwartet wurde. Sie ließ ihren Blick durch die Menge schweifen, konnte Gerber aber nirgendwo entdecken.

Fenna musste ihn unbedingt finden, um ... *was* zu tun?

Sie wusste es nicht. Bisher war es immer nur darum gegangen, den Mediziner von seinem Vorhaben abzubringen. Dabei war die Vorstellung, dass sie ihm die Klinik ausreden konnte, so naiv wie der Glaube an den Weihnachtsmann.

Fenna richtete ihr Smartphone, mit dem sie das bisherige Geschehen aufgenommen hatte, Richtung Bühne.

In der Mitte war ein Tisch, hinter dem zwei Stühle standen. Daneben befand sich eine größere Glasvitrine, unter der sie eine Skulptur erkennen konnte.

Sie eilte die vier Stufen empor und warf einen Blick auf das Ausstellungsstück – bei dem es sich um ein Miniaturmodell der geplanten Klinik zu handeln schien.

Der Anblick der pompösen Anlage, der die Villa Kutterbunt weichen sollte, ließ Fenna den Atem stocken. Bei der Klinik handelte es sich demnach nicht um ein einzelnes Gebäude, sondern um ein von hohen Mauern umgebenes Anwesen, das aus fünf Häusern bestand, die mitten in den Dünen platziert worden waren. Für ein derartiges Immobilienprojekt hätte Gerber allein unter Naturschutzaspekten niemals eine Baugenehmigung bekommen dürfen. Bei der Aussicht auf das Geld aus dem Grundstücksverkauf und den zukünftig üppig sprudelnden Steuereinnahmen mussten allen Mitgliedern des Stadtrats kollektiv die Sicherungen durchgebrannt sein.

Fenna zoomte heran und filmte das Modell aus der Nähe.

Dann schaute sie zu den weißen Zelten, aus denen die Gäste mit beladenen Tellern und vollen Champagnergläsern nach draußen stolzierten. Demnach schien das Catering dort untergebracht zu sein. Wenn Gerber sich vor seinem großen Auftritt stärkte, würde sie ihn dort finden.

Fenna sprintete los und betrat das mittlere Zelt.

An der Stirnseite war ein Buffet aufgebaut, das aus Platten mit Labskausmaultaschen, Matjesspätzle und anderen

Leckereien bestand. In mit Eis gefüllten Kübeln befanden sich Flaschen mit Champagner und Fasanenbrause.

»Was machst du denn hier?«

Sie drehte sich zu Emilia um, die eine Glasschale mit fruchtigem Sanddornkonfekt in den Händen trug. Statt ihrer Piratenkostümierung hatte sie ein dunkelrotes Sommerkleid an, das ihre zierliche Figur sanft umschmeichelte.

»Hast du das Modell auf der Bühne gesehen? Wir müssen diesen Wahnsinnigen unbedingt stoppen.«

»Schwesterherz, Gerber weiß genau, was er tut. Mit der Klinik bringt er frischen Wind auf die Insel, wirst schon sehen. Wie bist du ohne Eintrittskarte überhaupt auf das Gelände gekommen?«

»Ich bin einfach reinspaziert.«

»So leicht dürfte das nicht gewesen sein. Ist jetzt auch egal, denn du kannst die Vertragsunterzeichnung nicht mehr verhindern. Die feierliche Zeremonie beginnt in zehn Minuten.«

»Ich kämpfe bis zur letzten Sekunde.«

»Fenna, werde endlich erwachsen und verschwinde. Du kannst nicht immer mit dem Kopf durch die Wand. Ich muss mich jetzt um die Gäste kümmern.«

»Du solltest diese Schnösel nicht bewirten.«

Emilia sah ihre Schwester einen Moment lang an, als wollte sie noch etwas sagen. Dann trug sie die Glasschale wortlos zum Buffet und stellte sie dort ab.

Fenna schaute sich um. Da sie Gerber nirgendwo fand, suchte sie ihn in den anderen Zelten. Aber auch dort konnte sie den Mediziner nicht entdecken – dafür hatten die Wachleute Fenna inzwischen ausfindig gemacht.

»Da vorne ist sie!«

Der Glatzkopf deutete in ihre Richtung, senkte dann den Kopf wie ein angreifender Stier und trampelte los. Die Unglücklichen, die das Pech hatten, ihm im Weg zu stehen, wurden rücksichtslos zur Seite gestoßen. Einige Gäste verloren dabei das Gleichgewicht und stürzten in den Sand. Fenna sprintete durch die Menge, indem sie die Personen wie Slalomstangen umrundete. Dabei hielt sie das Smartphone mit nach hinten gerichteter Kamera über ihren Kopf, um die Verfolgung aufzunehmen.

»Stehen bleiben!«

Sie schaute zum Polizeipräsidenten, der sich von der anderen Seite näherte. Sein Kopf leuchtete wie eine Signalboje. Hinter ihm trampelte Jonas auf sie zu.

Fenna änderte ihre Richtung und flitzte zur Bühne. Als sich ihr die anderen beiden Wachleute in den Weg stellten, schlug sie einen Haken und spurtete zu den Zelten.

Sie hatte ihr Ziel fast erreicht, als eine Gestalt in einem weißen Anzug direkt vor ihr auftauchte. Fenna machte einen Ausfallschritt. Dabei rutschte ihr rechter Fuß im Sand zur Seite und sie verlor das Gleichgewicht.

»Hoppla. Wohin denn so eilig?« Der Mann in Weiß packte ihren Arm und hielt sie fest.

»Lassen Sie mich sofort los.«

»Ich wollte Sie nur vor einem Sturz bewahren.« Gerber zog seine Hand zurück.

Fenna suchte nach einem Fluchtweg, aber der Glatzkopf hatte sie inzwischen erreicht und sich direkt vor ihr aufgebaut. Da die Zelte hinter ihr standen, konnte sie nicht mehr entkommen.

»Festnehmen, aber sofort.« Der Polizeipräsident, der wie eine alte Dampflok schnaufte, stellte sich neben den Mediziner. Jonas traf wenige Augenblicke später ein. Er stützte seine Hände auf den Oberschenkeln ab und japste nach Luft.

»Einen Augenblick noch.« Gerber hob die rechte Hand und wandte sich an Fenna. »Wir hatten einen schlechten Start. Ich möchte mich in aller Form für die Unannehmlichkeiten entschuldigen, die ich Ihnen bereitet habe.«

»Unannehmlichkeiten?«, echote Fenna. »Das ist nicht der richtige Ausdruck für das Chaos, das Sie auf Borkum und in meinem Leben angerichtet haben. Ihretwegen werde ich mein Zuhause verlieren.«

»Das ist mir bekannt und tut mir aufrichtig leid. Darf ich Ihnen als Entschädigung eine Wohnung in der neuen Anlage anbieten?«

Fenna entgleisten die Gesichtszüge. »Ich soll mich auf dem Klinikgelände häuslich einrichten?«

»Warum nicht?«

»Weil ich mir die sündhaft teure Miete sicherlich nicht leisten kann.«

»Keine Sorge, ich werde Ihnen dafür nichts berechnen.«

»Sie wollen mich kostenlos in Ihrem Luxusschuppen wohnen lassen?« Fenna war sprachlos.

»Es wäre mir eine Ehre, Sie in meinem bescheidenen Anwesen begrüßen zu dürfen. Wenn Sie mich erst einmal besser kennen, werden auch Sie den Visionär in mir sehen, der Borkum in eine goldene Zukunft führen wird. Was sagen Sie?«

»Dass Sie nicht mehr alle Latten am Zaun haben. Sie sind doch größenwahnsinnig.« Fenna wedelte mit der rechten Hand vor ihrem Gesicht von rechts nach links wie ein Scheibenwischer.

»Schade. Einen Moment hatte ich sogar darüber nachgedacht, Sie als Pressesprecherin von ›Golden Gerber‹ einzustellen.«

»Damit ich Ihre Lügen verbreite? Niemals!«

Gerber beäugte Fenna, als wäre sie ein unartiges Kind, das mit guten Worten nicht zur Räson gebracht werden konnte.

»Dann bleibt mir leider keine andere Wahl. Verhaften Sie diese impertinente Person!« Die Aufforderung galt Jonas, der noch immer außer Puste war.

»Wage es nicht, mich abzuführen!«, zischte Fenna ihn wütend an.

»Diese Frau ist gemeingefährlich«, ereiferte sich Bekker und deute mit seinem knochigen Zeigefinger auf Fenna. »Hinlegen, Hände auf den Rücken.«

»Nein!« Fenna verschränkte demonstrativ die Arme vor der Brust. »Ich habe nichts verbrochen.«

»Beleidigung, Hausfriedensbruch und …«

»Hausfriedensbruch?«, fiel sie dem obersten Ordnungshüter ins Wort und erklärte: »Ich befinde mich an einem öffentlichen Strand, der widerrechtlich abgesperrt wurde.«

»Über die Rechtmäßigkeit der Absperrung wird ein Gericht entscheiden«, mischte sich Gerber in die Diskussion ein. »Unstrittig ist Ihr körperlicher Angriff auf mich. Sie haben von Anfang an gegen die Klinik gehetzt und sich wie eine Furie auf mich gestürzt.«

»Das ist eine Lüge. Sie sind mir direkt vor die Füße gelaufen.«

»Stimmt das?«

Diese Frage richtete Gerber an die umstehenden Gäste, die den Disput aufmerksam verfolgt hatten.

»Nee, die Frau ist wie eine Wahnsinnige auf Alex losgegangen.«

»Das war ein Mordversuch, kein Zweifel.«

»Die wollte ihn töten.«

»Ins Gefängnis mit ihr.«

Die Gäste redeten nun aufgeregt durcheinander. Da Fenna die Kamera des Smartphones auf ihrer Flucht nach hinten gerichtet hatte, konnte sie den wahren Sachverhalt damit nicht belegen. Sollten andere Besucher den Zusammenprall zufällig fotografiert oder gefilmt haben, würden sie ihr die Aufnahmen bestimmt nicht zur Verfügung stellen.

»Ich muss dich leider festnehmen.« Jonas trat vor seine Schwester.

»Echt jetzt?«

»Jo.«

»Das volle Programm?«

»Ich werde auf die Handschellen verzichten.«

»Nichts da. Ich erwarte eine bilderbuchmäßige Verhaftung mit allem Drum und Dran.« Bekkers Stimme überschlug sich.

»Muss das sein? Meine Schwester wird keine Schwierigkeiten mehr machen, stimmt doch?«

»Erledige deinen Job.« In der Hoffnung, dass ihre Mitstreiter die Verhaftung filmen würden, um mit den Aufnahmen eine ungerechtfertigte Polizeiaktion dokumentieren zu können, drehte Fenna sich um und legte die Arme auf den Rücken. Wenige Augenblicke später klickten die Handschellen.

Gerber, der die Aktion lächelnd verfolgt hatte, beugte sich vor und flüsterte ihr ins Ohr: »Du hast dich mit dem Falschen angelegt. Ich bestimme die Spielregeln und gewinne immer.«

»Eines Tages werde ich dich umbringen.« Fenna schleuderte ihm die Drohung wutentbrannt entgegen.

Einige der Anwesenden zuckten erschrocken zusammen, andere suchten das Weite.

»Halt den Sabbel, bevor du dich noch um Kopf und Kragen redest«, beschwor Jonas seine Schwester und führte sie ab.

Die Gäste traten zur Seite und bildeten eine Gasse. Einige klatschten Beifall, als Fenna wie eine Schwerverbrecherin vom Gelände eskortiert wurde. Auf dem Weg zum Ausgang kamen sie an der Bühne vorbei. Eine Lachmöwe, die ein Halstuch um den Hals geknotet hatte, hockte auf der Vitrine. Als sie Fenna bemerkte, öffnete sie den Schnabel und stieß einen lang gezogenen Laut aus, der wie ein Klagelied klang. Dann platzierte sie einen ordentlichen Schiss auf das Glas, spreizte die Flügel und schwang sich in den Himmel.

GOLDENER HERBST

Alexander Gerber rieb sich die Hände. Die selbst ernannte Rebellin von Borkum hatte mit ihrer Protestaktion nichts erreicht – im Gegenteil. Statt den Kaufvertrag im letzten Moment zu verhindern, war sie wie eine Schwerverbrecherin abgeführt worden.

Mit seiner gönnerhaften Geste, Fenna auf dem Klinikgelände wohnen zu lassen, hatte er ihr in aller Öffentlichkeit sogar versöhnlich die Hand gereicht. Da sie sein Angebot ausgeschlagen hatte, konnte er die Journalistin nun als notorische Querulantin brandmarken, die an einem friedlichen Miteinander kein Interesse hatte. Dass er mit einer Ablehnung gerechnet und seine Offerte daher nicht ernst gemeint hatte, musste niemand wissen.

Auch wenn Fenna für ihre Vergehen sicherlich nicht ins Gefängnis musste, besiegelten die Fotos und Videoclips, die einige Gäste von der Verhaftung gemacht hatten und sicherlich online stellen würden, Fennas endgültige Niederlage. Seine Marketingabteilung würde dafür sorgen, dass seine Widersacherin von ihren Unterstützern nicht als Märtyrerin aufgebaut werden konnte, sondern als gefährliche Psychopatin dargestellt wurde, die ihm sogar mit dem Tod gedroht hatte.

Der Gedanke, dass er die Villa Kutterbunt in wenigen Minuten mit seiner Unterschrift unter dem Kaufvertrag endgültig versenken würde, entlockte Alexander ein süffisantes Grinsen.

»Was war denn hier los?« Seine Frau eilte auf ihn zu.

»Kruskopp hat mir mit dem Tod gedroht.«

»Mein Gott.« Sie schlug eine perfekt manikürte Hand vor den Mund. »Warum arbeitet sie dann noch hier?« Sabine deutete auf Emilia, die sich mit einem Tablett durch die Gäste drängte. Darauf befanden sich kleine Plastikschälchen, in denen jeweils eine gelbe Tablette lag.

»Emilia doch nicht. Ihre Schwester war auf dem Gelände.«

»Die Eigentümerin des bunten Fischkutters?«

»Richtig. Fenna.«

»Hat sie dir etwas angetan?«, fragte Sabine besorgt.

»Nein. Sie wurde rechtzeitig verhaftet. Wo warst du eigentlich die ganze Zeit?«

»Ich habe mich unter die Leute gemischt und mit ihnen über belanglose Nichtigkeiten geplaudert. Langweiliges Partygequatsche, du weißt, wie ich das hasse. Die meisten deiner Gäste scheinen übrigens die Intelligenz von Wattwürmern zu besitzen.«

»Mag sein, dass viele Besucher mehr Geld als Verstand haben. Solange sie mich für meine Arbeit fürstlich entlohnen und deine Pillen kaufen, sind sie herzlich willkommen.«

»Da ist was dran. Bist du sicher, dass Emilia keine gemeinsame Sache mit ihrer Schwester macht?«, wechselte Sabine wieder zum Ursprungsthema.

»Bestimmt nicht. Die Kleine ist ein karrieregeiles Luder, die mit ihren Spezialitäten groß rauskommen will.«

»Das könnte sie sogar schaffen, denn die Labskausmaultaschen haben das Zeug zum Gourmetklassiker.« Seine Frau verdrehte genießerisch die Augen.

»Ach was, das ist nur maritimes Fastfood. Du solltest besser die Finger von diesen Labskausdingern lassen und mehr auf deine Figur achten. Ich kann deine Speckrollen nicht ständig absaugen.«

»Du verstehst es wahrlich meisterhaft, deiner Frau Komplimente zu machen«, giftete Sabine und deutete mit einem Kopfnicken zu Emilia, die den Gästen weiterhin Tabletten anreichte. »Ich halte die Ausgabe der Anti-Aging-Pillen wegen der Nebenwirkungen noch immer für einen großen Fehler.«

»Darüber hatten wir doch schon gesprochen. Wir können die Markteinführung für den ›Goldenen Herbst‹ nicht länger verschieben.«

»Das war allein deine Entscheidung, nicht unsere. Ich werde keinesfalls zulassen, dass du die Gesundheit unserer Gäste gefährdest.« Sie verschränkte demonstrativ die Arme vor dem Körper.

»Die Proben werden bereits verteilt. Du kannst die Einnahme nicht mehr verhindern.«

»Da wäre ich keinesfalls sicher.« Sabine drehte sich um und stolzierte, so gut es mit ihren Pumps im Sand möglich war, von dannen.

Alexander seufzte vernehmlich. Seine Frau ging ihm mit ihrer Meckerei und den albernen Drohungen zunehmend auf die Nerven. Glücklicherweise würde er sie nicht mehr lange ertragen müssen.

Urplötzlich wurde die Musik abgestellt. Alexander schaute überrascht zur Bühne, auf der Puschen stand und die Anwesenden begrüßte: »Hallo oder *Moin*, wie man bei uns Nordlichtern sagt.«

In seinem billigen grauen Anzug, dem über den Gürtel quellenden Bauch und der schief sitzenden Krawatte wirkte der Mann wie ein modischer Frontalunfall. Seine verbliebenen Haare standen in Büscheln vom Kopf ab, als hätte er in eine Steckdose gefasst. Die von Adern durchzogene Knollennase sah aus wie ein Alarmknopf, auf den Alexander in diesem Moment am liebsten eingeschlagen hätte.

Dieser Provinzpolitiker stahl ihm seine Show, denn den offiziellen Teil der Veranstaltung hatte er mit einer Rede eröffnen wollen. Was bildete sich der Kerl eigentlich ein?

»Heute werden wir ein neues Kapitel in der Geschichte Borkums aufschlagen. Bald schon wird der schönste Sandhaufen der Welt in goldenem Glanz erstrahlen. Begrüßen Sie mit mir den Schönheitschirurgen und Inhaber von ›Golden Gerber‹. Einen Künstler, der menschliche Körper wie Skulpturen formt. Einen Wissenschaftler, dessen Vitalpillen die Menschen mit neuem Leben erfüllen, und einen Visionär, der bald auf der ganzen Welt bekannt sein wird. Alex, kommst du bitte zu mir auf die Bühne?«

Alexander atmete tief ein, zählte bis zehn und ließ die Luft langsam entweichen. Diese Respektlosigkeit würde er dem menschgewordenen Walross heimzahlen. Er knipste ein strahlendes Lächeln an und stolzierte unter »Alex, Alex, Alex«-Sprechchören seiner Anhänger zur Bühne.

Dort angekommen trippelte er die Stufen nach oben. Alexander ergriff die fleischige Pranke, die ihm der Politiker entgegenreckte, und begrüßte ihn mit geheuchelter Freundlichkeit.

»Mein Freund!«

Die Finger des Bürgermeisters umschlossen seine Hand wie einen Schraubstock. Mit einem Ruck zog er Alexander zu sich und umarmte ihn so fest, als wäre er ein verlorener Sohn, der nach vielen Jahren in die Heimat zurückgekehrt war.

Alexander befreite sich aus der Umklammerung und nahm das Mikrofon an sich. Rasch tänzelte er zur Bühnen-kante, um etwas Abstand zwischen sich und die Karikatur eines Menschen zu bringen. Um aus diesem schauderhaf-ten Rohmaterial einen ansehnlichen Körper zu erschaf-fen, würde er zunächst das Messer eines Metzgers und den Spachtel eines Maurers brauchen, bevor er sich an die Feinmodulierung machen konnte.

»Ich danke dir für den freundlichen Empfang und freue mich auf eine gute Zusammenarbeit«, säuselte Alexander ins Mikrofon, ohne sich seinen Ärger anmerken zu lassen.

Beifall brandete auf, in den sich vereinzelte Pfiffe misch-ten.

»Darauf müssen wir unbedingt anstoßen.« Puschen winkte Emilia, die vor der Bühne mit Sabine sprach, zu sich. »Schätzchen, wo sind die Getränke? Bring uns zwei Gläser und eine Flasche Schampus. Bei der Gelegenheit kannst du gleich auch einige Labskausmaultaschen mit-bringen. Ich könnte noch einen Happen vertragen. Mach hinne.«

Emilia schaute ihn wütend an, tuschelte dann mit Sabine und flitzte danach zu den Zelten.

Auf der Bühne schwadronierte Alexander unterdessen: »Dank der großzügigen Unterstützung des Bürgermeisters werden wir nicht nur eine weitere Klinik bauen, sondern eine luxuriöse Wohlfühlanlage in den Dünen errichten. Gemeinsam werden wir aus Borkum ein Beauty-Island machen, eine Insel der Schönheit. Ein Juwel der Nordsee. Torben, mit Freunden wie dir ist alles möglich!«

Nach dieser Schleimerei hatte Alexander das dringende Bedürfnis, sich den Mund mit einem antiseptischen Mittel auszuspülen. Er zwang sich zu einem weiteren Lächeln und wandte sich wieder an seine Gäste: »Heute sind wir aber nicht nur hier, um die Vertragsunterzeichnung zu feiern, sondern auch, um die neue Anti-Aging-Pille zu präsentieren.«

Als hätte sie auf dieses Stichwort gewartet, schritt Sabine die Stufen mit der Eleganz einer Königin empor und nahm ihren Mann in den Arm.

»Ich werde den Gästen jetzt die Wahrheit sagen«, flüsterte sie ihm ins Ohr und trat zum Bühnenrand.

»Die Nebenwirkungen des neuen Vitalmittels ...«

Alexander war fassungslos. Hatte seine Frau ihren Verstand verloren? Er konnte unmöglich zulassen, dass Sabine etwas von möglichen Risiken bei der Einnahme der Pille erzählte.

»... haben wir selbstverständlich eliminiert«, fiel er ihr ins Wort. Glücklicherweise konnte Alexander ihre Stimme mit dem Mikrofon übertönen. »Bevor ich auf die Vorzüge zu sprechen komme, muss ich Ihnen leider eine schlechte Nachricht überbringen.«

Der Mediziner machte eine Kunstpause, um die Dramatik seiner Worte zu erhöhen, bevor er fortfuhr: »Trotz der Einnahme dieser Pille werden Sie eines Tages sterben.«

Wieder ließ er die Worte einen Augenblick lang wirken. Aus dem Publikum waren vereinzelte Lacher zu hören. »Aber dank der Wirkstoffe wird es deutlich später sein. Verwandeln Sie den Herbst Ihres Lebens in einen langen Spätsommer und genießen Sie Ihre Tage bei bester Gesundheit.«

»Oben fit und unten dicht, mehr wünsch ich mir im Alter nicht«, krakelte der Rathauschef in einer Lautstärke, die sogar dem Mikrofon Konkurrenz machte.

Alexander grinste, als hätte Torben einen guten Witz

gerissen – dabei hätte er den Vollpfosten am liebsten auf die Sandbank zu den Seehunden verbannt. Er musste den Vertrag so schnell wie möglich unterzeichnen, denn danach war er nicht mehr auf das Wohlwollen dieses ostfriesischen Einfaltspinsels angewiesen.

»Da kommt unser Schampus.« Der Politiker deutete auf Emilia, die auf die Bühne trat. In den Händen hielt sie ein Tablett, auf dem sich eine Flasche, zwei Gläser und ein Teller mit Labskausmaultaschen befanden.

»Wir sollten den Vertrag sofort unterzeichnen. Wo ist Oldrich, der Notar?«, drängte Alexander auf einen raschen Abschluss.

»Keine Ahnung. Der müsste längst hier sein. Viele Insulaner haben es nicht so mit der Pünktlichkeit, weil sie sich nicht nach der Uhr, sondern den Gezeiten richten. Bis zu seinem Eintreffen können wir schon mal ein Gläschen trinken und einen Happen essen. Schätzchen, mach die Buddel auf.«

Die letzte Bemerkung galt Emilia, die das Tablett inzwischen auf dem Tisch abgestellt hatte. Alexander entging das Zucken ihrer Mundwinkel nicht. Demnach war er nicht der Einzige, der sich hier zusammenreißen musste. Wortlos drückte sie Puschen ein Glas in die Hand und blickte dann zu Sabine. »Ich hole schnell ein weiteres Glas.«

»Nicht nötig. Die Männer wollen den Vertragsabschluss begießen, damit habe ich nichts zu tun.«

»Wie Sie wünschen.« Emilia reichte Alexander das zweite Glas und griff nach der Flasche.

»Warum dauert das so lange?«, drängte der Bürgermeister zur Eile.

Emilia stellte sich zwischen die beiden Männer und drückte den Korken mit den Daumen nach oben. Mit einem deutlich vernehmbaren *Plopp* wurde dieser aus der Flasche katapultiert, gefolgt von einer Champagnerfontäne, die sich über Alexanders Anzug ergoss.

Mit einem Mal war es mucksmäuschenstill. Nur das Rauschen des Meeres war zu hören – und der Schrei einer Möwe, die über der Bühne kreiste.

Fassungslos fuhr sich Alexander mit seinen Händen über das durchnässte Hemd und schrie Emilia an: »Du blöde Kuh kannst nicht einmal ausschenken! Das wird Konsequenzen haben. Wenn ich mir dir fertig bin, kannst du deinen Labskausmaultaschenscheiß nur noch an einer Imbissbude verkaufen. Verschwinde, aber sofort!«

Emilia schaute ihn aus großen Augen an und für einen Moment hatte es den Anschein, als wollte sie auf Alexander losgehen. Dann drehte sie sich abrupt um und stakste zur Treppe. Bevor sie die Bühne verlassen konnte, ergriff Sabine ihren Arm.

»Mein Mann hat es nicht so gemeint und möchte sich bei Ihnen entschuldigen, nicht wahr, mein Schatz?«

Ihre Frage war eine unverhohlene Drohung, die Alexander Sabine keinesfalls durchgehen lassen würde. Auch wenn er sich momentan wie der sprichwörtlich begossene Pudel fühlte, musste er vor seinen Gästen gute Miene zu ihrem Spiel machen.

»Sorry, da ist mein Temperament mit mir durchgegangen.« Er wandte sich Emilia zu, die ihn mit versteinerter Miene anstarrte. »Ihre Labskausmaultaschen sind eine kulinarische Köstlichkeit, von der ich nicht genug bekommen kann.« Um seiner Aussage den nötigen Nachdruck zu verleihen, nahm sich Alexander eine der Leckereien vom Teller, steckte sie in den Mund und kaute genüsslich.

»Die neuen Pillen …«

Das durfte doch nicht wahr sein. Er schluckte und war mit drei schnellen Schritten bei seiner Frau, die erneut das Wort ergriffen hatte. »... werden wir nun alle gleichzeitig einnehmen. Der ›Goldene Herbst‹ wirkt wie ein Jungbrunnen. Ich bin sicher, dass auch Sie sich in wenigen Minuten um Jahre jünger fühlen werden. Applaus für meine Frau, die das neue Wundermittel kreiert hat.«

Das Publikum klatschte und Alexander legte Sabine den linken Arm um die Schulter. Wenn seine Gäste die Pillen erst einmal geschluckt hatten, würde sie hoffentlich die Klappe halten, da jede Warnung dann ohnehin zu spät kommen würde.

Alexander zog seine goldene Taschenuhr, die er mit einer filigran gearbeiteten Kette an seinem Gürtel befestigt hatte, aus der Hosentasche und klappte den Deckel auf. Aus dem schmalen Fach, in dem er eine Tagesration seiner Vitalpillen aufbewahrte, nahm er eine gelbe Tablette heraus, öffnete den Mund und legte diese auf die Zunge. Zu seiner Genugtuung sah er, dass viele Gäste es ihm gleichtaten.

Er schluckte und reckte beide Daumen in die Höhe.

»Dank des neuen Wundermittels werden wir die Nacht durchtanzen können und den Sonnenaufgang mit Champagner begrüßen. Dieses Fest wird als Jahrhundertparty in die Borkumer Geschichtsbücher eingehen.« Alexander rang nach Atem. Sein Brustkorb fühlte sich urplötzlich an, als würde er von einer unsichtbaren Faust zerquetscht. Er legte die rechte Hand um den Hals.

»Was hast du denn?«

Sabines Stimme schien aus weiter Ferne zu kommen, obwohl sie direkt neben ihm stand. Alexander japste nach Luft, wollte etwas sagen. Aber kein Laut kam über seine Lippen. Sein Körper verkrampfte sich, als wäre er an eine

Starkstromleitung angeschlossen. Die Beine gaben unter ihm nach und er fiel zu Boden. Die Gliedmaßen zuckten noch einige Augenblicke wie bei einer überdrehten Spielzeugfigur. Dann lag Alexander reglos auf der Bühne.

GEHEIMNISKRÄMEREI

Dr. Alexander Gerber starb an einer Blausäurevergiftung...
Hellrote Verfärbung der Haut... Leuchtend rote Leichen-
flecken ... Bittermandelgeruch ... Trauernde Witwe ...
Zur Beisetzung werden Tausende Anhänger erwartet ...
Beauty-Szene verliert einen Starchirurgen... Freunde und
Kollegen geschockt... Zukunft der Villa Kutterbunt unge-
wiss ...

Die Gestalt, die in der Dunkelheit des Zimmers nur als
Schatten erkennbar war, hörte den Nachrichten eine Weile
zu und schaltete das Radio dann aus.

Der Tod des Schönlings beherrschte bereits am nächsten Vormittag die Schlagzeilen der Tageszeitungen. Das
Internet war voller Videoclips und Fotos, auf denen der
Todeskampf des Mediziners zu sehen war. Ein regionaler
TV-Sender hatte sein Ableben in Großaufnahme festgehalten, die Sendung aus Pietätsgründen bisher allerdings
noch nicht im Fernsehen ausgestrahlt.

Die in einer Ecke kauernde Gestalt zweifelte keine
Sekunde daran, dass der Sender an einem Exklusivbericht
arbeitete, in dem das brisante Bildmaterial so bald wie
möglich zu sehen sein würde. Für eine gute Quote hätte
jeder Programmchef seine eigene Mutter verkauft.

Nach Gerbers Zusammenbruch hatten die bei der Veranstaltung anwesenden Ärzte sofort Erste Hilfe geleis-
tet, allerdings vergeblich. Der reiche Schnösel hatte den
Tod mehr als verdient. Der Mistkerl schien tatsächlich

geglaubt zu haben, dass er sich nehmen konnte, was immer er wollte – als wäre seine jämmerliche Existenz ein Selbstbedienungsladen gewesen, in dem er nur zugreifen musste.

Die Gestalt hatte ihm lediglich die längst überfällige Rechnung für ein Leben präsentiert, in dem Gerber andere Menschen benutzt hatte wie Figuren in einem perfiden Spiel. Das Geheimnis, das der Schönheitschirurg in den letzten Monaten seines Lebens wie einen Augapfel gehütet hatte, war nicht so geheim gewesen, wie er gedacht hatte.

Auch wenn die Inselpolizisten einen Suizid nach bisherigen Erkenntnissen noch nicht offiziell ausschlossen, zweifelte die dunkle Gestalt keine Sekunde daran, dass sie die Jagd auf den Mörder intern längst eröffnet hatten.

Sollte ein besonders eifriger Provinzbulle oder ein anderer Schnüffler mehr herausfinden, als gut für ihn war, würde er Gerber auf dem Friedhof bald Gesellschaft leisten.

Die Gestalt griff nach dem schmalen Döschen, das neben ihr auf einem Beistelltisch stand und in dem sich noch mehrere Zyankalitabletten befanden.

Gerber war ein Chirurg im Dienst der Schönheit gewesen, der den Betuchten zu perfekten Körpern verholfen hatte. Die Gestalt hingegen war ein Anwalt des Todes, der keinen Unterschied machte zwischen arm und reich und der jedem, der ihm in die Quere kam, eine Dosis seiner mörderischen Medizin verabreichen würde.

BEFANGENHEIT

Nach einer schlaflosen Nacht saß Jonas im Büro der Polizeistation und starrte an die gegenüberliegende Wand. Stine
hätte bei seinem leeren Blick sicherlich einen Burn-out dia-
gnostiziert. Dabei hatte Jonas so etwas wie einen Burn-out
nach den Ereignissen des letzten Tages längst hinter sich
gelassen und würde seinen momentanen Gemütszustand
eher mit »Fuck off« bezeichnen – auch wenn er diese Wör-
ter natürlich niemals laut aussprechen würde. Bevor Jonas
sich aber auf der fliederfarbenen Schaumstoffmatte zum
Affen machte und seine Gliedmaßen wie Tentakel verkno-
tete, schaute er lieber stundenlang auf das Gemälde des
Dreimasters, der einem stürmischen Meer trotzte und auch
in meterhohen Wellen keinen Schiffbruch erleiden würde.

Der über die Jahre verblichene Kunstdruck war für
Jonas bisher ein Symbol für sein Leben gewesen. In seiner Vorstellung war er der unsichtbare Steuermann, der
jedem Sturm trotzte. Aber Gerbers Tod hatte einen Orkan
entfacht, dessentwegen er Schiffbruch zu erleiden drohte.
Vielleicht hatte er das Gemälde die ganzen Jahre falsch
interpretiert und das Bild war kein Symbol für seine Wil-
lensstärke, sondern zeigte den Moment kurz vor seinem
Untergang.

Urplötzlich ertrug Jonas die farbgewordene Darstellung seines baldigen Scheiterns nicht länger, stand auf und
schlurfte zur Wand. Dabei stolperte er über den bunten
Seesack, der neben dem Schreibtisch stand. Das hässliche

Ding hatte ihm Stine zum letzten Geburtstag geschenkt. Gewünscht hatte er sich eine lederne Aktentasche, mit der er als Chef im Büro Eindruck schinden konnte. Bekommen hatte er dieses lächerliche Ding, das auf den ersten Blick an eine Schultüte für Erstklässler erinnerte. Beim Überreichen des Geschenks hatte Stine neben dem Aspekt der Nachhaltigkeit auch auf die Unterstützung der Borkumer Inselmanufaktur hingewiesen, in der diese unförmigen Seesäcke aus den Planen alter Strandzelte hergestellt wurden.

Der Besitzer, der zugleich Inhaber eines Strandzeltverleihs und im Nähen so geschickt war wie ein Seehund, hatte sich damit bereits eine goldene Nase verdient. Obwohl das grobe Garn die schiefen Nähte wie schlecht verheilte Narben aussehen ließ, rissen ihm die Touristen die Seesäcke, Taschen und Handyhüllen aus den Händen. Bis zu seinem Geburtstag hatte sich Jonas über die Vollpfosten, die für diese geschäftstüchtige Art des Recyclings Unsummen auf den Tisch legten, lustig gemacht. Danach nicht mehr.

Obwohl ihn seine Mitarbeiter niemals damit aufgezogen hatten, wusste er, dass sie hinter seinem Rücken über ihn lachten. Er konnte es ihnen nicht einmal verdenken.

Auch an diesem Morgen hatte er einen erneuten Versuch gestartet, sich ohne Seesack aus dem Haus zu schleichen. Er hatte sieben Schritte geschafft, bevor Stine die Haustür aufgerissen hatte, im Bademantel auf ihn zugeeilt war und ihm das unförmige Ding mit der Bemerkung in die Hand gedrückt hatte: »Wenn du mich nicht hättest, würdest du irgendwann deinen Kopf vergessen.« Immerhin waren es drei Schritte mehr gewesen als gestern.

Letzten Mittwoch hatte Jonas es bis zur Straßenecke geschafft und sich auf ein leckeres Backfischbrötchen gefreut, das er statt des Grünzeugs essen konnte, das Stine ihm jeden Morgen zusammen mit einer Thermoskanne Tee in den Seesack packte. Die in seinem Essen enthaltenen Vitamine sollten ihn fit halten. Das Kaninchenfutter brachte seine Verdauung aber so sehr auf Trab, dass er immer wieder auf der Toilette verschwinden musste. Der Tee schmeckte nach ausgekochten Socken und er schüttete die bräunliche Flüssigkeit jeden Morgen in den Ausguss – in der Hoffnung, damit keine Giftstoffe in die Kanalisation zu leiten. Da er das Essen nicht in den Mülleimer werfen wollte und seine Kollegen panisch abwinkten, wenn er ihnen etwas von seiner Rohkost anbot, mampfte er sich jeden Tag quer durch den Gemüsegarten.

Jonas, der beim Stolpern einen Sturz im letzten Moment mit einem Ausfallschritt verhindern konnte, drehte sich um und verpasste dem Seesack einen Tritt, wobei er den Abdruck seiner Sohle auf der Plane hinterließ. Fluchend friemelte er ein halbwegs sauberes Papiertaschentuch aus der Hosentasche und wischte die sichtbare Folge seiner Unbeherrschtheit fort. Schließlich hatte er eine Vorbildfunktion. Auch wenn Jonas keine Ahnung hatte, für wen er ein Vorbild sein konnte. Seine Töchter fanden Fenna cooler als ihn, sein Vater hielt ihn für einen Korinthenkacker und Stine ... Darüber wollte er lieber nicht nachdenken.

Jonas steckte das verdreckte Taschentuch wieder ein, machte einen großen Schritt und stand direkt vor dem Dreimaster.

Einige Momente musterte er den Kunstdruck und überlegte, warum er überhaupt aufgestanden war. Dann fiel es ihm wieder ein und er nahm das Bild ab. Jonas drehte den Plastikrahmen, sodass das Gemälde zur Wand zeigte, und stellte das Bild auf den Boden. Auf der Tapete war nun ein helles Rechteck zu sehen, aber das störte ihn weniger als ein Kunstwerk, das ihn an sein Scheitern erinnerte.

Jonas nickte zufrieden, machte einen Bogen um den Seesack und ließ sich wieder auf seinen Schreibtischstuhl fallen.

Er wollte gerade nach der rechts neben ihm liegenden Ermittlungsakte greifen, als das Telefon klingelte.

»Polizeistation Borkum. Sie sprechen mit Hauptkommissar Kruskopp.«

»Moin. Hier ist Markus Mehler vom ›Friesenboten‹. Können Sie uns Informationen zum aktuellen Stand der Ermittlungen im Todesfall Alexander Gerber geben?«

»Nein!«, brüllte Jonas und beendete das Telefonat. In der letzten Stunde hatten bereits acht Schreiberlinge angerufen und um eine Stellungnahme gebeten. Die ersten vier Schmierfinken hatte er noch mit einem höflichen Hinweis auf eine offizielle Presseerklärung vertröstet, danach hatte er einfach aufgelegt.

Die Anrufer waren zwar nervig, aber leicht abzuwimmeln.

Jonas zweifelte keine Sekunde daran, dass die Journalisten bald wie Hyänen über Borkum herfallen und jedem, der sich nicht in einer Düne versteckte oder bei Ebbe ins Watt floh, ein Mikrofon unter die Nase halten würden. Gerbers Tod war ein gefundenes Fressen für die Regenbogenpresse, Blogger und sonstigen Wichtigtuer, die für einige Sekunden im Rampenlicht stehen wollten. Die Hotels, Gastronomien und Kneipen würden in den nächsten Tagen derart überlaufen sein, dass die Inhaber Mondpreise für ein Bett in der Abstellkammer und eine Portion Labskaus verlangen konnten.

Alle, die trotz einer goldenen Kreditkarte keine Unterkunft bekommen konnten, würden am Strand oder in den Dünen pennen. Der Insel standen keine unruhigen Tage bevor, sondern chaotische Zeiten, die Borkum irgendwie überstehen musste.

Entschlossen öffnete Jonas die Ermittlungsakte, in der er alle bisherigen Unterlagen zusammengetragen hatte. Viel war es nicht, denn außer einigen Fotos und hastig hingeschmierten Zeugenaussagen befand sich darin nur eine Liste der Verdächtigen, auf der bisher drei Namen standen: Fenna Kruskopp, Emilia Kruskopp und Sabine Gerber.

Obwohl er sich vehement gegen die Vorstellung wehrte, dass jemand aus seiner Familie den Schönheitschirurgen umgebracht haben könnte, musste er seine Pflicht als Polizist erfüllen – schließlich hatte Fenna dem Mediziner öffentlich gedroht und Emilia hätte ihm den Ausraster nach der unfreiwilligen Champagnerdusche nicht durchgehen lassen. Er kannte seine Adoptivschwester gut genug, um zu wissen, dass ihr Stolz eine derart herabwürdigende Behandlung keinesfalls ungesühnt gelassen hätte. Obwohl beide gelegentlich übers Ziel hinausschossen, würde keine von ihnen einen Mord begehen. Oder doch?

Der Gedanke, die beiden vernehmen zu müssen, verursachte ihm Bauchschmerzen. Da Jonas momentan aber der einzige Polizist auf Borkum war, konnte er nicht einmal wegen Befangenheit von dem Fall abgezogen werden.

Fenna hatte seit ihrer Verhaftung kein Wort mit ihm gesprochen. Unmittelbar nach Gerbers Tod hatte der Polizeipräsident die Ermittlungen an sich gerissen und Jonas wie einen Lakaien behandelt, den er nach Belieben herumschubsen konnte. Bekker hatte sich abends sogar mit seiner Frau von ihm zum Flugplatz eskortieren lassen, um Borkum mit dem letzten Inselflieger verlassen zu können.

Nach seinem Abflug hatte Jonas Fenna aus der Haft entlassen. Statt sich dafür zu bedanken, war sie mit einer Schimpftirade aus der Zelle gestürmt.

Jonas schüttelte den Kopf, als könnte er den Gedanken an seine wutschnaubende Schwester damit vertreiben, was ihm zu seiner Verwunderung sogar gelang. Er konzentrierte sich wieder auf seine Arbeit.

Nach dem Tod des Schönheitschirurgen, der in den letzten Sekunden seines Lebens jede Contenance hatte vermissen lassen, hatte ein kollektiver Aufschrei die Insel erschüttert – als hätte ein tausendstimmiger Chor diesen Einsatz jahrelang geprobt. Der Schrei war noch nicht ganz verhallt, da hatten auch jene Besucher, die bisher noch keine Smartphones auf die Bühne gerichtet hatten, ihre Mobilgeräte gezückt und die Leiche damit gefilmt oder fotografiert.

Wenige Stunden nach seinem unrühmlichen Abgang war Gerbers Todeskampf in den sozialen Netzwerken omnipräsent gewesen. Inzwischen waren Hunderte Videos im Internet hochgeladen und tausendfach geteilt worden. Die feine Gesellschaft war demnach genauso sensationslüstern wie die gewöhnlichen Menschen in ihren Mietwohnungen und Doppelhaushälften, auf die die Schnösel normalerweise naserümpfend herabblickten.

Viele Aufzeichnungen waren mit Trauerbekundungen wie weinenden Emojis oder GIF-Animationen von brennenden Kerzen versehen worden. Dazwischen gab es aber auch hämische Bemerkungen und Bilder von einem klatschenden Publikum.

Jonas zog die Tastatur seines Computers zu sich heran und ging online. Wenige Sekunden später klickte er eines der Videos an – in der Hoffnung, darin einen Hinweis auf den Täter zu finden. Gebannt blickte er auf eine etwas verwackelte Aufnahme, auf der zunächst der Bürgermeister zu sehen war, der den auf der Bühne liegenden Gerber mit der Schuhspitze anstieß, als wäre dieser ein widerliches Insekt. Wenige Augenblicke später kam Gerbers Frau ins Bild. Sie kniete sich neben den noch immer zuckenden Körper ihres Ehemanns und begann mit lebensrettenden Maßnahmen. Aber sie konnte ebenso wenig ausrichten wie die anwesenden Ärzte und die wenig später eintreffenden Sanitäter.

Jonas schaute sich weitere Videoclips an, konnte aber auch jetzt keine Hinweise finden, die auf einen möglichen Täter hindeuteten. Die Sichtung des Bildmaterials würde Tage in Anspruch nehmen – Zeit, die er nicht hatte.

Er konnte diese Arbeit unmöglich alleine schaffen, aber wegen der dünnen Personaldecke auch kaum auf Verstärkung hoffen. Tammos Erkältung hatte sich als verschleppte Lungenentzündung entpuppt, Steffen war irgendwo in Thailand und Martin auf Fortbildung. Die von Bekker versprochene Unterstützung war bisher noch nicht eingetroffen und würde Borkum wahrscheinlich erst dann erreichen, wenn Jonas ein psychisches Wrack war.

Obwohl der Obduktionsbericht mit der genauen Todesursache noch nicht vorlag, ging der Notarzt von einer Vergiftung aus, den Anzeichen nach durch Zyankali. Demnach war Gerber keines natürlichen Todes gestorben, was die Ermittlungen wesentlich vereinfacht hätte. Warum hatte er nicht einfach bei einem Herzinfarkt oder einem Schlaganfall seinen goldenen Löffel abgeben können?

Wenn Gerber sich nicht werbewirksam selbst das Leben genommen hatte, musste ihn jemand umgebracht haben.

Die tödliche Dosis konnte sich im Essen oder in einem Drink befunden haben. Denkbar war auch, dass ihn seine Pille ins Jenseits befördert hatte.

Da Emilia für das Catering verantwortlich gewesen war, hätte sie ihm das Gift problemlos verabreichen können. Fenna hingegen konnte mit einer Zyankalitablette ...

»Nein!«

Jonas sprach das Wort laut aus, als könnte er ihm auf diese Weise eine größere Bedeutung verleihen. Seine Familie hatte mit Gerbers Tod nichts zu tun. So einfach war das und zeitgleich so schwierig, wenn zwei Verdächtige den Namen Kruskopp trugen.

Jonas brauchte unbedingt einen Snack, denn er war ohne Frühstück aus dem Haus gehetzt. Mit leerem Magen konnte er nicht richtig denken.

Er öffnete den Seesack, nahm seine dunkelblaue Dose heraus und lugte unter den Deckel. In den vier Fächern hatte Stine wieder seine Tagesration an Rohkost fein säuberlich getrennt deponiert. Hinten links lagen die Karottenstücke, daneben die Paprikastreifen. Vorne waren die Apfelschnitze und das Vollkornbrot mit einem Aufstrich aus Bohnenmus.

Jonas rümpfte die Nase und knallten den Deckel wieder zu. Heute würde er dieses Rohkostzeug nicht anrühren, schließlich musste er arbeiten und konnte nicht die Hälfte seiner Dienstzeit auf dem stillen Örtchen verbringen.

Er stand auf und schritt in das verwaiste Büro seiner Mitarbeiter. Dort zog er die Schreibtischschubladen auf und wühlte so lange darin herum, bis er bei Tammo zwei Schokoriegel und bei Steffen eine Dose Cola fand.

Mit dem festen Vorsatz, die entnommenen Nahrungsmittel zu ersetzen, schlurfte er in sein Büro zurück und setzte sich wieder. Mit knurrendem Magen riss er das Papier eines Schokoriegels auf und biss herzhaft hinein. Genießerisch verdrehte er die Augen. Die süße Pampe war viel leckerer als das faserige Grünzeug, das ständig in den Zahnzwischenräumen stecken blieb. Ohne zu schlucken, stopfte er ein weiteres Stück in den Mund. Seine Zähne zerkauten die Schokostückchen zu einer breiigen Masse, die an seinem Gaumen klebte. Gierig schob er den Rest des Riegels hinterher und riss die Coladose auf.

»Ist hier niemand?«, erklang urplötzlich eine Männerstimme vor seinem Büro.

»Bisch schofort scha!«

Jonas' Zähne mahlten beim Sprechen hektisch auf dem Schokobrei herum. Ein bräunliches Rinnsal lief aus seinem rechten Mundwinkel. Er schluckte, konnte aber kaum etwas von der Pampe in seinen Magen befördern. Hastig setzte er die Coladose an und trank in großen Schlucken. Die Kohlensäure verwandelte die breiige Masse nach wenigen Sekunden in eine explosive Mischung, die aus seinem Mund zu quellen drohte. Er presste die Lippen aufeinander.

»Wollen Sie mich nicht begrüßen?« Der Besucher tauchte im Türrahmen auf. Das Gesicht kam Jonas bekannt vor, auch wenn er sich nicht daran erinnerte, wo er es gesehen hatte. Die Polizeiuniform saß so akkurat, als käme sie aus der Reinigung. Der Scheitel war messerscharf gezogen.

»Moin«, sagte Jonas reflexartig und bereute es sofort, denn nun rann bräunliche Flüssigkeit über sein Kinn. Schnell wischte er sie mit der rechten Hand weg.

Sein Gegenüber verzog angewidert das Gesicht.

Jonas schluckte. Glücklicherweise rutschte die Pampe nun in seinen Magen.

»Hauptkommissar Kruskopp.« Er stand auf und streckte dem Polizisten die rechte Hand entgegen. Statt diese zu ergreifen, trat sein Besucher einen Schritt zurück und erst jetzt fiel Jonas auf, dass seine Finger aussahen, als hätte er sie in Schokoladenfondue getaucht.

»Machen Sie sich bitte sauber.« Der jüngere Beamte reichte ihm ein Papiertaschentuch, das Jonas dankend entgegennahm. Er fuhr sich damit über den Mund. Nachdem er die Spuren seiner Mahlzeit notdürftig von den Fingern gewischt hatte, drückte er die Brust raus und verkündete mit fester Stimme: »Sie müssen die angekündigte Verstärkung sein. Ihr Name ist …«

»Bakenhus. Paul Bakenhus«, antwortete der schneidige Ordnungshüter, ohne dass Jonas seine Frage zu Ende formulieren konnte.

Bakenhus.

Der Name leuchtete wie ein rotes Lämpchen in Jonas' Gedächtnis auf, aber die Korridore seiner Erinnerung blieben dunkel.

»Sie kommen mir irgendwie bekannt vor.« Fieberhaft suchte er in seiner geistigen Rumpelkammer nach einer Information.

»Ich habe Sie nicht vergessen.« Bakenhus' Lächeln hatte etwas Raubtierhaftes, das Jonas unwillkürlich zurückweichen ließ.

»Das freut mich. An einen Mann wie mich erinnert man sich.« Der Hauptkommissar versuchte sich mit seiner noch immer schokoladenverschmierten Schnute an einem Lächeln.

»Da ist was dran.« Aus dem Raubtierlächeln wurde ein Zähnefletschen.

»Können Sie mir etwas auf die Sprünge helfen? Sie verstehen hoffentlich, dass ich mich in dem Chaos, das nach dem gestrigen Tag hier herrscht, nicht an jedes Gesicht erinnern kann.«

Bakenhus beugte sich vor, als würde dem Zähnefletschen nun ein tätlicher Angriff folgen. »Sie haben mich vor einigen Jahren Graffiti vom Pavillon schrubben lassen. Vor allen Gästen. Dabei war ich unschuldig.«

Die Erinnerung an den schmächtigen Kerl, den er sturzbesoffen und mit einer Spraydose bewaffnet beim Musikpavillon erwischt hatte, tauchte wie von einem Scheinwerfer angestrahlt vor seinem inneren Auge auf. Jonas hatte den Halbstarken in der Ausnüchterungszelle übernachten und ihn am nächsten Tag den Musikpavillon sauber schrubben lassen.

»Sie hatten eine Spraydose in der Hand.«

»Das Ding lag auf der Strandpromenade. Ich wollte es in den nächsten Mülleimer werfen.«

»Sie waren voll wie tausend nackte Matrosen.«

»Tausend nackte Matrosen?« Bakenhus runzelte die Stirn. »Was ist das denn für ein Vergleich?«

»Das ist jetzt unwichtig.« Jonas, der keine Ahnung hatte, warum ihm diese Bemerkung über die Lippen gekommen war, winkte ab.

»Wenn Sie jeden Betrunkenen einsperren wollen, bräuchte Borkum in der Hauptsaison einen riesigen Zellentrakt. Zudem habe ich danach nie wieder einen Tropfen Alkohol angerührt.«

»Nicht jeder Besoffene hat eine Spraydose in der Hand«, rechtfertigte sich Jonas erneut.

»Wie gesagt, wurde ich zu Unrecht verdächtigt.«

»Lassen wir die Vergangenheit ruhen. Dank meiner erzieherischen Maßnahme ist aus Ihnen doch noch etwas geworden.« Er klopfte Bakenhus gönnerhaft auf die Schulter, wobei er einen bräunlichen Fingerabdruck auf der Uniform hinterließ.

»Ich würde eher sagen, dass *trotzdem* etwas aus mir geworden ist. Ihre Bestrafung war der Auslöser für meinen Wunsch, Polizist zu werden, um mich gegen jede Form der Ungerechtigkeit zu wehren.«

»Wie auch immer.« Jonas winkte ab, da er das Thema nicht weiter vertiefen wollte. »Sie sind sicherlich hier, um mich bei den Ermittlungen zu unterstützen. Setzen Sie sich an Tammos Platz, dann kann ich Sie durch die offen stehende Bürotür im Auge behalten.« Er deutete auf einen der Schreibtische. »Los jetzt, worauf warten Sie noch?«

»Hier scheint ein Missverständnis vorzuliegen. Der Polizeipräsident hat mich mit den Ermittlungen im Fall Alexander Gerber beauftragt.«

Jonas glaubte, sich verhört zu haben. »Das muss ein Irrtum sein. Labsikaus würde so etwas niemals anordnen.«

»Ich verbiete Ihnen, so herablassend von Ihrem höchsten Vorgesetzten zu sprechen.« Bakenhus' Stimme war scharf wie ein Skalpell.

Jonas schnappte nach Luft. »Sie haben mir gar nichts zu sagen.«

»Da irren Sie sich. Räumen Sie Ihre Sachen aus dem Büro, aber pronto.« Der schneidige Polizist klatschte in die Hände.

»Ich bin doch kein Dressurhündchen«, empörte sich Jonas, griff nach dem auf dem Schreibtisch liegenden Telefon und tippte auf eine im Kurzwahlverzeichnis hinterlegte Nummer.

»Bekker«, meldete sich eine befehlsgewohnte Stimme wenige Augenblicke später.

»Moin, in meinem Büro ist …«

»Moin? Wer ist Moin?«, fragte der Polizeipräsident.

»Niemand ist Moin. Das ist ein Gruß auf Borkum.«

»Borkum? Spreche ich etwa mit dem Dösbaddel, der für das Chaos bei der gestrigen Veranstaltung verantwortlich ist?«

»Richtig. Ich meine falsch, denn ich bin kein Dösbaddel. Mein Name ist …«

»Lassen Sie mich überlegen. Kruskamp, Krusmann oder war es irgendwas mit knusprig?«

»Kruskopp. Jonas Kruskopp.«

»Aha, der Polizist mit der kriminellen Familie.«

»Das kann man so nicht sagen.«

»Selbstverständlich. Die eine Schwester ist die Anführerin einer Terrororganisation und die andere eine Giftmischerin.«

»Meine Schwestern mögen mitunter etwas impulsiv sein, aber …«

»Impulsiv?«, schrie der Polizeipräsident. »Die sind explosiver als eine Ladung Dynamit.«

Da ist was dran, dachte Jonas, sagte aber stattdessen: »Meine Ermittlungen werden ihre Unschuld sicherlich beweisen.«

»Ihre Ermittlungen? Ich habe Sie von dem Fall abgezogen. Wegen Inkompetenz, Befangenheit und tausend anderen Gründen. Ist Bakenhus noch nicht bei Ihnen?«

»Doch, aber ich dachte …«

»Sie *dachten*?« Bekker zog das Wort wie Kaugummi in die Länge. »Wann kapieren Sie endlich, dass Ihr Verstand mit derart komplexen Sachverhalten überfordert ist?«

»Keinesfalls. Ich bin … will …«, stotterte Jonas und ärgerte sich wieder einmal über seine mangelnde Schlagfertigkeit.

»… ein braver Junge sein. Jetzt holen Sie Ihren Boss an die Strippe, aber zackig.«

Wie ferngesteuert gab Jonas den Hörer an Bakenhus weiter, der ihn mit wölfischem Grinsen entgegennahm. Bekker hatte so laut gesprochen, dass er jedes Wort vernommen haben musste.

Zwei Minuten später beendete Bakenhus das Telefonat und deutete mit dem Mobilteil, das er wie eine Waffe in seiner Hand hielt, auf Jonas.

»Sie haben gehört, was der Chef gesagt hat. Ab sofort habe ich hier das Kommando. Sie können sich an einen der Arbeitsplätze ihrer Mitarbeiter setzen.« Bakenhus deutete zur Tür.

»Das ist *mein* Büro.« Jonas blieb trotzig stehen.

»Das *war* Ihr Büro. Packen Sie Ihre Sachen zusammen.« Der junge Polizist strich sich eine unsichtbare Falte aus dem Jackett und setzte sich dann so würdevoll auf den Schreibtischstuhl, als würde er einen Thron besteigen.

Jonas wollte etwas sagen, aber seine Lippen waren wie verklebt. Er war nur froh, dass die Frauen in seiner Familie diese Schmach nicht miterleben mussten. Fenna, Emilia und Stine hätten Bakenhus verbal in Stücke gerissen und selbst seine Töchter hätten ihn mit ihren scharfen Zungen das Fürchten gelehrt. Er selbst hingegen brachte nicht einmal den Mut auf, sich der Anweisung zu widersetzen und auf sein Büro zu bestehen.

»In zehn Minuten will ich einen aktuellen Report.« Bakenhus klatschte erneut in die Hände und machte sich dann an dem Computer zu schaffen. Kurz darauf hatte er sich dort angemeldet und checkte seine Mails.

»Habe ich mich unklar ausgedrückt?«, fragte er Jonas, der noch immer wie versteinert im Raum stand.

»Keinesfalls.« Der Hauptkommissar schleppte den Seesack zu Steffens Schreibtisch, da dieser vom Büro aus nicht
eingesehen werden konnte. Er fuhr den Computer hoch
und loggte sich ein. Schlimmer kann es nicht mehr werden, dachte der Hauptkommissar und ließ den Kopf hängen. Er ahnte nicht, wie sehr er sich irrte.

MASTBRUCH

Am frühen Abend schlich Jonas aus der Polizeistation. Mit nach vorn gezogenen Schultern und hängendem Kopf öffnete er die Tür und trat hinaus. Drei Reporter, die vor dem Gebäude lauerten, hielten ihm reflexartig die Mikrofone vor die Nase und plapperten drauflos.

»Was können Sie uns zum Stand der laufenden Ermittlungen sagen?«

»Hat die Polizei bereits eine heiße Spur?«

»Ist Fenna Kruskopp eine Mörderin?«

Bei den Fragen zermalmte Jonas einige – nicht jugendfreie – Antworten zwischen seinen Zähnen, schließlich durfte er sich nicht aus der Reserve locken lassen. Er war vollkommen erledigt, denn der Tag war ein einziger Albtraum gewesen. Statt sich um die Ermittlungen zu kümmern, hatte Jonas Neugierige abgewimmelt, für Bakenhus Kaffee gekocht und den Telefondienst übernommen, damit sich sein neuer Chef auf das Wesentliche konzentrieren konnte.

Dabei war der junge Kerl so grün hinter den Ohren, dass er wichtige Informationen nicht einmal von einem Möwenschiss unterscheiden konnte. Zu allem Überfluss hatte Bakenhus Fenna zu einer Vernehmung vorgeladen und Emilias Restaurant schließen lassen, damit die Kollegen der Spurensicherung ihre Arbeit machen konnten. Anstatt die Fragen von Bakenhus zu beantworten, hatte Fenna Gift und Galle gespuckt.

Im Laufe des Tages hatte Jonas immer wieder einen verstohlenen Blick durch die Glastür in sein ehemaliges Büro geworfen, in dem sich der Jungspund sichtlich wohlzufühlen schien. Er hatte sogar das Bild wieder an die Wand gehängt. Allem Anschein nach hielt sich Bakenhus für einen Kapitän, der das Segelschiff durch ein stürmisches Meer steuerte.

Jonas wünschte ihm einen Mastbruch.

»Kein Kommentar!«, antwortete er auf die Fragen der Reporter und marschierte los.

Wahrscheinlich würde Bakenhus morgen sauer sein, weil er das Büro ohne Absprache verlassen hatte, aber das war ihm egal. Während sich das blasse Bürschchen in der Polizeistation die Nacht um die Ohren schlug, konnte Jonas mit einem kühlen Bier in der Hand auf seiner Terrasse sitzen und sich eine frische Brise um die Nase wehen lassen.

»Hat die Piratenbraut Gerber eine tödliche Labskausmaultasche serviert?«

Jonas blieb nach der Anspielung auf seine Stiefschwester Emilia stehen und drehte sich zu den drei Männern um, die ihm gefolgt waren.

»Nein«, rotzte er ihnen eine unüberlegte Antwort vor die Füße. »Die Kruskopps haben mit Gerbers Tod nichts zu tun, ist das klar?«

»Ist das eine offizielle Stellungnahme der Polizei oder Ihre persönliche Meinung als Stiefbruder der Verdächtigen?«, fragte ein Mann mit Stoppelhaarschnitt, dessen Frisur Jonas an eine Schuhbürste erinnerte.

»Woher wissen Sie ...«, raunzte er den Fragenden an und verstummte dann. Wenn man im Internet nach einer Verbindung zwischen ihm, Emilia und Fenna suchte, wurde man schnell fündig. Zudem kannte jeder Insulaner das Verwandtschaftsverhältnis. Sie hätten also nur einen Borkumer danach fragen müssen.

»Kein weiterer Kommentar.« Jonas drehte sich um und eilte Richtung Inselbahnhof. Bei den vielen Menschen, die sich wie auf dem Münchner Oktoberfest aneinander vorbeischoben, kam er allerdings nur langsam voran. Neben Urlaubern in Freizeitkleidung fielen Jonas puppenhaft modellierte Menschen mit der Aura unnahbarer Götter auf, die den Tod ihres Schöpfers verkraften mussten und sich wahrscheinlich fragten, wer nun an ihnen herumwerkeln sollte. In der Menge waren zudem immer wieder in die Luft gereckte Mikrofone und geschulterte Kameras zu sehen.

Für den Heimweg, der normalerweise nur wenige Minuten in Anspruch nahm, brauchte er mehr als eine Viertelstunde.

Als Jonas sein Ziel endlich erreicht hatte, öffnete er das Türchen des hüfthohen Zauns, der das Grundstück umgab, und eilte über den Kiesweg zum Eingang. Er fummelte den Schlüssel aus der Hosentasche, öffnete die Haustür und trat ein. Wie immer kickte er die Tür mit dem rechten Fuß hinter sich zu und genoss die Stille – die allerdings nur wenige Sekunden andauerte.

»Hast du sie noch alle?« Stine, die die zufallende Haustür gehört haben musste, stürmte aus dem Wohnzimmer und baute sich vor ihm auf.

»Ich wünsche dir auch einen schönen Abend.« Jonas ließ den Seesack fallen und hängte die Uniformjacke an die Garderobe.

»Fenna zu vernehmen und deiner Stiefschwester die Spurensicherung auf den Hals zu hetzen, geht's noch?«

»Im Rahmen der laufenden Ermittlungen müssen wir alle Vorschriften und Verordnungen genauestens beachten.«

»Ständig verschanzt du dich hinter deinen Paragrafen, das ist erbärmlich.« Emilia erschien im Türrahmen und verschränkte demonstrativ die Arme vor der Brust.

»Wie konntest du ihr das nur antun?« Stine trat vor und baute sich direkt vor ihrem Mann auf.

»Die Leute der Spurensicherung haben in meinem Restaurant gewütet wie eine Horde Vandalen. In der Küche herrscht das totale Chaos. Sie haben sogar alle Essensreste der gestrigen Feier mitgenommen, um diese im Labor auf Giftstoffe hin zu untersuchen. Bis zum Abschluss der Untersuchungen darf ich mein Restaurant nicht mehr öffnen, ist das denn zu fassen?«

»Emilia, die Kollegen haben nur ihre Arbeit gemacht«, versuchte Jonas, seine aufgebrachte Stiefschwester zu beruhigen – allerdings vergeblich.

»Du weißt doch, dass Fenna und sie mit Gerbers Tod nichts zu tun haben. Warum musstest du die beiden dermaßen schikanieren?«

»Stine, dafür bin ich nicht verantwortlich.«

»Du hast mich doch nur von einem Jungspund vernehmen lassen, weil du nicht den Mut hattest, mich selbst zu befragen.« Fenna gesellte sich zu den beiden Frauen.

Na toll. Demnach hatten sich die beiden wieder versöhnt, um ihn gemeinsam in die Pfanne zu hauen.

»Du hast mich gestern vor allen Leuten wie eine Schwerverbrecherin abgeführt. Was für ein Bruder bist du eigentlich?«, fragte sie ihn aufgebracht.

»Fenna, ich hatte keine Wahl. Zudem habe ich dich so schnell wie möglich wieder freigelassen.«

»Mir kam die Zeit in der Zelle wie eine Ewigkeit vor.«

Jonas, der aus leidvoller Erfahrung wusste, dass man sich vor seinen wütenden Schwestern am besten schnell in Sicherheit brachte, drängte an den Frauen vorbei. Er brauchte unbedingt ein Bier zur Beruhigung.

»Du leitest die Borkumer Polizeistation. Nichts geschieht dort ohne deinen Willen.« Stine trat ihm in den Weg.

»Ja, das heißt, nein.« Jonas blieb vor seiner Frau stehen.

»Wie meinst du das denn?« Emilia stellte sich neben ihre Schwägerin und funkelte ihren Stiefbruder wütend an.

»Ich wurde wegen Befangenheit von dem Fall abgezogen«, antwortete Jonas.

»Das ist Blödsinn, da du nicht gegen deine Familie ermitteln musst«, echauffierte sich Stine.

»Fenna und Emilia sind Verdächtige und … ich habe ihm gesagt, dass er sich die Ermittlungen sparen kann, aber er wollte nicht auf mich hören.« Jonas fuchtelte mit den Armen vor den Frauen herum, als wollte er rasende Autos anhalten.

»Wer ist *er*?«, hakte Emilia sofort nach.

»Bakenhus. Das ist ein Borkumer Junge, der die Polizeiakademie als Jahrgangsbester abgeschlossen hat und nun auf der Insel erste Führungserfahrung sammelt.«

»Du hast die Leitung an ein Jüngelchen von der Akademie abgegeben?« Stine war fassungslos.

»Der Polizeipräsident hat mich gebeten, Bakenhus beratend zur Seite zu stehen. Er muss eigene Erfahrungen sammeln und dazu braucht er einen erfahrenen Ermittler, der ihm im Hintergrund den Rücken freihält.« Jonas würde sich lieber die Zunge abbeißen, als vor seiner Familie zuzugeben, dass er von Bekker zu einem Laufburschen degradiert worden war, der für Bakenhus die Drecksarbeit machen musste.

»Wenn du im Hintergrund die Fäden ziehst, bist du sehr wohl für die Durchsuchung meiner Piratenbraut verantwortlich.«

»Und für meine Vernehmung!«, schnauzte ihn Fenna an.

Jonas seufzte vernehmlich.

Die Frauen in seinem Leben waren auf Zack, das musste man ihnen lassen. Jeder verbale Ausrutscher wurde ebenso gnadenlos kommentiert wie ein Logikfehler. Da Jonas keine Lust auf eine Diskussion hatte, bat er: »Könnt ihr mich jetzt nicht einfach in Frieden lassen? Ich habe einen harten Arbeitstag hinter mir und möchte in aller Ruhe ein Bier trinken.«

»Alkohol ist keine Lösung.«

»Stine, kein Alkohol ist auch keine Lösung.«

Jonas drängte in die Küche, öffnete den Kühlschrank und suchte nach seinen Bierflaschen, konnte aber nur Sauerkrautsaft, Fruchtnektar und Hafermilch entdecken.

»Wo ist mein Bier?« Er bemühte sich um einen normalen Tonfall, der ihm aber nicht so locker von den Lippen kam wie gewünscht.

»Kein Grund, gleich laut zu werden.« Stine hob mahnend den Zeigefinger, als wäre er ein unartiges Kind. »Du hast übrigens braune Flecken auf dem Hemdkragen. Hast du etwa Schokolade gegessen? Ich habe dir doch gesagt, dass dich Zucker ganz kirre macht.«

Jonas, der den ganzen Tag über seinen Ärger in sich hineingefressen hatte und sich inzwischen wie ein emotionaler Mülleimer fühlte, atmete tief ein. Er zählte bis zehn und ließ die Luft langsam entweichen. Aber heute hätte er auch bis tausend zählen können, ohne dass er dadurch nur ansatzweise ruhiger geworden wäre.

»*Ihr* macht mich ganz kirre. Wo ist mein Bier?«, schrie er.

»Dein Vater war heute Nachmittag hier und …«

»… hat meine Flaschen geleert? Ich fasse es nicht.«

»Nee, ich habe sie ihm mitgegeben. Eine Meditation ist viel entspannender als dieses Gesöff. Komm, lass uns zusammen auf die Matte gehen.« Stine ergriff seine Hand.

Jonas, der die Aufforderung, »zusammen auf die Matte zu gehen«, früher gerne angenommen hatte, weil diese weniger mit Meditation, sondern mehr mit Matratzensport zu tun hatte, entzog ihr die Hand. *Diese* Art der Entspannung war im Laufe der Jahre verschwunden, wie so viele andere Dinge auch. Irgendwann würde er sich ebenfalls in Luft aufgelöst haben. Bevor das geschah, wollte er aber noch ein Bier trinken.

Er drehte sich um und griff nach der Türklinke.

»Wo willst du hin?«, fragte Stine.

»Ich werde mir ein Fischbrötchen und ein Bier holen und mich damit auf die Sandbank zu den Seehunden setzen. Dort habe ich jedenfalls meine Ruhe.«

»Das ist Naturschutzgebiet«, belehrte ihn Stine.

Jonas verdrehte die Augen und riss die Tür auf – vor der die drei Reporter standen, die ihm heimlich gefolgt sein mussten. Das durfte doch nicht wahr sein!

»Runter von meinem Grundstück, aber sofort!«, brüllte Jonas und marschierte auf sie zu.

»Genau genommen ist es *unser* Grundstück.« Stine tauchte im Türrahmen auf und schaute die ungebetenen Gäste fragend an. »Wie kann ich Ihnen helfen?«

»Können Sie uns etwas zum Stand der Ermittlungen sagen?« Der Mann mit der Schuhbürstenfrisur ließ Jonas einfach stehen und ging zu Stine, während ein anderer Zeitungsmann knipste.

»Selbstverständlich, kommen Sie doch rein.«

Die Angesprochenen verschwanden im Haus. Stine knallte die Tür hinter ihnen zu.

Einen Moment lang blieb Jonas so konsterniert stehen, als würde er sich in einem Paralleluniversum befinden. Dann trottete er Richtung Strand, um den Tag mit einem Fischbrötchen und einigen Flaschen Bier – um den heutigen Ärger zu verdauen, brauchte er eigentlich ein ganzes Fass – runterzuspülen.

KONFEKTIONSGRÖSSE

»Moin.« Jonas schlurfte am nächsten Morgen in die Polizeistation und nickte Bakenhus, der bereits am Schreibtisch in seinem ehemaligen Büro saß, durch die geöffnete Tür zu. Diese ruckartige Bewegung ließ eine weitere Schmerzbombe in seinem Kopf explodieren und Jonas verzog das Gesicht. Unter dem rechten Arm trug er seinen Seesack, den er neben Steffens Arbeitsplatz abstellte.

Er hätte gestern auf das letzte Bier verzichten sollen.

Oder auf das davor. Oder … egal, jedenfalls hätte er sich keinesfalls die Kante geben dürfen.

Nach dem Fischbrötchen, das er am Strand verzehrt hatte, war er ins »Aikes« gegangen. In seiner Lieblingskneipe hatte er einen der begehrten Plätze an der Theke ergattert und sich ein Bier bestellt, dem weitere Gläser gefolgt waren.

Nach Mitternacht war er vom Hocker gerutscht, hatte den Heimweg angetreten und es irgendwie ins Bett geschafft. Stine hatte ihn in aller Herrgottsfrühe mit den Worten »Du stinkst wie ein Bierfass« geweckt und unter die Dusche gescheucht.

Nach einem schnellen Frühstück, das aus einem Glas Wasser und zwei Aspirin bestanden hatte, war Jonas mit dem vermaledeiten Seesack unter dem Arm aufgebrochen. Obwohl es erst kurz nach 7 Uhr war, hatten sich bereits lange Schlangen vor den Bäckereien gebildet. Wenn die Meute gefrühstückt hatte, würde sie wieder über ihn herfallen.

»Gibt es neue Erkenntnisse?«

Obwohl Jonas sich bei der Frage um einen lockeren Tonfall bemühte, presste er die Worte mühsam zwischen seinen Lippen hervor. An den Anblick des Wichtigtuers, der
trotz der frühen Morgenstunde wie aus dem Ei gepellt auf
seinem Schreibtischstuhl thronte wie ein Diktator, würde
er sich nie gewöhnen.

»Ist das eine ernst gemeinte Frage?« Bakenhus drehte
sich zu ihm um.

Jonas kratzte sich am Kopf. Der Stimme nach schien der
Kerl etwas zu wissen, aber er hatte keine Ahnung, was das
sein könnte. Statt einer Antwort räusperte er sich daher
und schwieg.

»Sie sind entweder ein Schauspieler oder ein Ignorant.
Wobei ich nicht weiß, was schlimmer ist. Kommen Sie
her!« Bakenhus winkte ihn zu sich und deutete auf seinen Computermonitor.

Jonas trat in den Raum und schaute dem jungen Polizisten über die Schulter. Auf dem Bildschirm war ein Online-
artikel zu sehen, dessen Schlagzeile lautete: *Die Frauen der
Familie Kruskopp: Heilige oder Mörderinnen?* Darunter
befand sich ein Foto, das Stine, Fenna und Emilia in seinem Wohnzimmer zeigte. Demnach hatten alle drei mit
den Zeitungsleuten geredet.

Jonas überflog den Artikel, in dem seine Schwestern
jede Schuld an Gerbers Tod von sich wiesen und Stine die
Arbeit der Polizei kritisierte.

»Warum haben Sie das nicht verhindert?« Bakenhus
schaute ihn fragend an.

Jonas suchte fieberhaft nach einer passenden Antwort.
Wenn er seinem Chef beichtete, dass er vor den Frauen
in seinem Haus geflohen war, würde ihn das wie einen

Versager – und Säufer – aussehen lassen, der nicht einmal seine eigene Familie im Griff hatte. Da eine Entschuldigung seine Position ebenfalls schwächen würde, entschied sich Jonas für einen Frontalangriff. Das Jüngelchen musste endlich lernen, wer hier der Herr im Haus war.

Obwohl Jonas klar war, dass diese Entscheidung vom Restalkohol beeinflusst wurde und er besser die Klappe halten sollte, antwortete er: »Jeder Mensch hat in diesem Land das Recht auf eine freie Meinungsäußerung.«

»Wollen Sie damit etwa andeuten, dass die Familie Kruskopp unsere Ermittlungen mit Ihrer Unterstützung torpediert und uns in der Öffentlichkeit wie Idioten hinstellt?« Der drohende Unterton war unüberhörbar.

»Nicht uns, sondern …« Jonas verstummte. Die Worte waren aus seinem Mund gefallen, ohne den Verstand zuvor um Erlaubnis gebeten zu haben.

»… mich? Wollen Sie das sagen?« Bakenhus erhob sich.

»Das ist Ihre Interpretation, nicht meine.«

»Das ist keine Frage der Interpretation, sondern ein Affront gegen meine Person. Sie haben die Frauen als Sprachrohr verwendet, weil Sie ein Problem mit mir haben!«

Jonas verkniff sich eine bissige Erwiderung und beschwichtigte betont ruhig: »Das stimmt nicht. Warum reden Sie nicht einfach mit ihnen?«

Der Gedanke, wie Bakenhus von Stine, Fenna und Emilia verbal zerfetzt wurde, entlockte ihm ein süffisantes Grinsen.

»Was ist daran denn so lustig?«, brüllte sein Vorgesetzter und trat einen Schritt näher, sodass sich die Männer nun auf Armeslänge gegenüberstanden.

»Anstatt mich anzuschreien, sollten Sie sich lieber gemeinsam mit mir um die Ermittlungen kümmern. Da meine Schwestern mit dem Mord nichts zu tun haben, müssen wir Sabine Gerber genauer unter die Lupe nehmen. Als Chemikerin kann sie bestimmt auch Giftpillen herstellen.«

»Die Kriminaltechniker werden die im Hotelzimmer sichergestellten Tabletten untersuchen. Allerdings gehe ich keinesfalls davon aus, dass sie Gift darin finden werden. Wenn die Gerber ihren Mann umbringen wollte, hätte sie ihn zu Hause die Treppe runterstoßen oder ihn von einer Leiter schubsen können. Das wäre als Unfall gewertet worden«, wandte Bakenhus ein.

»Bei Zweifeln wäre der Verdacht aber sofort auf die Ehefrau oder eine mögliche Haushaltsangestellte gefallen. Bei einem Mord in der Öffentlichkeit gibt es hingegen viele Verdächtige.«

»Sie wollen Ihre Schwestern nur aus der Schusslinie bringen.«

»Die Ermittlungen werden ihre Unschuld beweisen.«

»Davon bin ich keinesfalls überzeugt. Bevor ich die Witwe vernehme, will ich alle Informationen zu Gerber auf meinem Schreibtisch liegen haben. An die Arbeit, aber zackig.« Bakenhus klatschte in die Hände.

»Was genau wollen Sie denn wissen?«

»Musikgeschmack, Lieblingsspeisen, Konfektionsgröße und sonstige Vorlieben.«

»Konfektionsgröße?«, echote Jonas.

»Das war ein Scherz, Sie Döspaddel. Bringen Sie alles über die finanziellen und amourösen Verhältnisse der Witwe in Erfahrung.«

»Amouwat?«

»Ich will wissen, ob sie einen Liebhaber hatte. Sabine Gerber könnte ihren Mann umgebracht haben, um mit ihrem Lover ein neues Leben zu beginnen.«

Ein neues Leben hätte ich auch gerne, dachte Jonas und schlurfte zu seinem Arbeitsplatz.

Am späten Vormittag hatte er alle Informationen, die er im Internet finden konnte, in einer Datei zusammengefasst, die er ausdruckte und Bakenhus mit den Worten überreichte: »Weitere Auskünfte werden wir nur von der Bank und dem Steuerberater bekommen. Sollte es außer der Witwe keine anderen Erben geben, kann sie sich über ein Vermögen von etwa 30 Millionen Euro freuen. Allein die Firmenanteile haben einen Wert von …«

»Schon gut.« Bakenhus winkte ab. »Ich werde mit Gerber reden. Sie halten in der Zeit hier die Stellung.«

Nachdem sein Vorgesetzter die Polizeistation verlassen hatte, ließ sich Jonas auf den Schreibtischstuhl fallen und genoss die Ruhe, die allerdings nur wenige Sekunden andauerte.

Das Telefon klingelte. Ein Journalist wollte etwas zum Stand der Ermittlungen wissen.

»Kein Kommentar«, antwortete Jonas mit der monotonen Stimme eines Anrufbeantworters und legte wieder auf.

Bakenhus kehrte eine Stunde später zurück. Zu Jonas' Verwunderung schien er gute Laune zu haben.

»Wie ist die Vernehmung gelaufen?«

»Der Anwalt von Frau Gerber war sehr kooperativ. Ich denke, dass wir die Witwe von der Liste unserer Verdächtigen streichen können.«

»Warum das denn?« Jonas war sichtlich irritiert.

»Weil sie ihren Mann geliebt hat. Die arme Frau ist am Boden zerstört.«

»Wurde sie von Gerber enterbt?«

»Im Gegenteil. Er hat ihr alles hinterlassen.«

»Das macht sie in meinen Augen nur verdächtiger.«

»Und genau deshalb wird sie den Mord nicht begangen haben.«

»Kapier ich nicht.«

»Deshalb sind Sie auch der Hilfssheriff und ich bin der Boss.« Bakenhus grinste wölfisch.

»Die Witwe hatte ein Motiv, die Mittel und die Gelegenheit.« Jonas wollte sich so schnell nicht geschlagen geben und streckte bei jedem Begriff einen Finger in die Höhe.

»Wenn Sie Ihre Frau umbringen wollten, würden Sie den Mord doch so verüben, dass kein Verdacht auf Sie fällt, oder?«

Jonas fühlte sich ertappt, denn der Gedanke, Stine mitsamt ihrer fliederfarbenen Matte im Watt zu vergraben, war ihm tatsächlich schon gekommen. In letzter Zeit hatte er sogar öfter darüber nachgedacht.

»Klar.«

»Sabine Gerber ist eine intelligente Frau und hätte dasselbe getan. Da sie bei einem Mord auf der Liste der Verdächtigen aber zwangsläufig weit oben landet, wird sie die Tat nicht begangen haben. Das verstehen Sie hoffentlich.«

»Nee, eigentlich nicht.«

»Das hatte ich auch nicht erwartet, denn mit dem Erfassen komplexer Zusammenhänge dürften Sie überfordert sein. Die Witwe ist jedenfalls davon überzeugt, dass Ihre Schwester Fenna den Mediziner getötet hat, um den Bau der Schönheitsklinik auf diese Weise zu verhindern. Der Inhaber des Hotels hat mir die Aufzeichnungen der Sicherheitskameras zur Verfügung gestellt. Sie werden diese durchsehen und mir jede Auffälligkeit sofort melden. In der Zeit werde ich alle Hotelmitarbeiter vernehmen.« Bakenhus zog einen USB-Stick aus seiner Hosentasche und reichte ihn Jonas.

Dieser nahm den Datenspeicher entgegen und hatte wenige Augenblicke später den Empfangsbereich des Hotels auf dem Computermonitor. Den Dateien nach gab es fünf verschiedene Kameras, deren Videoaufzeichnungen mit dem Einchecken der Gerbers an der Rezeption begannen und bis zum heutigen Morgen dauerten. Die Sichtung des Materials würde unzählige Stunden in Anspruch nehmen. Jonas klickte auf die erste Datei.

Am späten Nachmittag lehnte er sich erschöpft zurück. Den ganzen Tag über hatte Jonas auf den Bildschirm gestarrt, Journalisten abgewimmelt und Telefonate geführt. Irgendwann war er so hungrig gewesen, dass er sich durch Stines Kaninchenfutter gemümmelt hatte – mit verheerenden Folgen für sein Verdauungssystem.

Da sich Jonas die Aufnahmen im Zeitraffer angesehen hatte, bei dem die Personen wie überdrehte Spielzeugfiguren über den Bildschirm wuselten, hatte er das meiste Material inzwischen gesichtet.

Alexander Gerber war, wie einige seiner betuchten Patienten, bereits am Tag vor der Veranstaltung angereist.

Am Morgen seines Todestages war er um 7 Uhr im hauseigenen Schwimmbad zu sehen, wo er allein seine Bahnen zog. Zu Jonas' Erleichterung war auf den Aufzeichnungen keiner aus der Familie Kruskopp zu erkennen. Weder seine Schwestern noch sein auf Krawall gebürsteter Vater.

Jonas hatte gerade die letzte Datei angeklickt, als Bakenhus, der die Polizeistation gegen Mittag verlassen hatte, wieder auftauchte.

»Ich habe mit den anwesenden Hotelmitarbeitern

gesprochen. Von denen hat niemand etwas Auffälliges beobachtet oder eine verdächtige Person bemerkt. Haben Sie auf den Videos eine Spur gefunden?« Mit einem Kopfnicken deutete er auf den Monitor, auf dem ein älteres Paar im Sauseschritt durch einen Korridor eilte.

»Leider nicht. Auf den Aufzeichnungen sind unzählige Menschen zu sehen, von denen niemand verdächtig erscheint.«

»Worauf haben Sie denn geachtet?«

»Auf Leute, die eine blutige Axt in der Hand halten, mit einem Fleischermesser herumfuchteln oder die Lobby mit einer Kettensäge stürmen.«

»Das ist nicht witzig.«

»Wie soll ich denn auf diesen Aufnahmen erkennen, ob jemand tödliche Pillen in der Hosentasche hat? Da die Kameras nur in der Lobby, den Zimmerfluren und im Schwimmbad angebracht sind, habe ich keine Ahnung, ob jemand im Hotelzimmer eine Giftküche aufgebaut hat.« Jonas warf die Hände in die Luft.

»Kein Grund, gleich laut zu werden.« Bakenhus musterte ihn mit finsterem Blick und Jonas machte sich wieder an die Arbeit. Aber auch jetzt sah er nur Gäste mit überwiegend puppenhaft modellierten Gesichtern und grazilen Figuren, die in ihrer feinen Garderobe durch die Flure stolzierten. Gerbers Gefolgschaft hatte zweifellos eine makellose Haut, dafür aber einen gewaltigen Sprung in der Schüssel. Das machte allerdings noch lange niemanden zu einem Mörder. Zudem würde keiner seiner Anhänger den eigenen Schöpfer umbringen.

Jonas klickte die letzte Datei weg, zog den USB-Stick ab und stand auf. Das Gefühl, etwas Wichtiges übersehen zu haben, war so präsent wie nie zuvor.

MÖRDERSCHWESTERN

Die Mörderschwestern sind auf Borkum …

Fenna Kruskopp zerriss das Titelblatt einer Boulevard-
zeitung in kleine Fetzen und ließ die Papierschnipsel zu
Boden regnen. An diesem frühen Abend saß sie auf einem
der beiden Stühle an dem schmalen Tisch in der Villa Kutterbunt. Ziepeltriene, die wieder ein rotes Tuch um den
Hals trug, pickte einen Heringshappen aus der auf dem
Tisch stehenden Schale.

Fünf Tage nach Gerbers Tod hatten viele Journalisten
die Insel wieder verlassen. Die Schreiberlinge der Regenbogenpresse waren wie hungrige Hyänen auf Borkum
eingefallen und hatten in reißerischen Artikeln über den
Mord berichtet. Von Jonas wusste Fenna inzwischen, dass
der Schönheitschirurg wie vermutet mit einer Zyankalitablette umgebracht worden war, die sich im Deckel seiner
goldenen Taschenuhr befunden hatte.

Neben der Witwe, die sich nur in schwarzer Kleidung
und mit dunklem Schleier vor dem Gesicht ablichten ließ,
hatten es die Journalisten auf Emilia und sie abgesehen.
Was Fenna ihnen nicht verdenken konnte, denn Sabine
Gerber nutzte jede Möglichkeit, um ihnen den Mord anzu-
hängen.

Zu allem Überfluss schien auch Bakenhus davon überzeugt zu sein, dass sie und Emilia den Schönheitschirurgen umgebracht hatten. Inzwischen ging der junge Ermitt-

ler sogar davon aus, dass die Streitigkeiten zwischen den Adoptivschwestern vor der Veranstaltung reine Show gewesen waren, die von einer Komplizenschaft ablenken sollte.

»Was machen wir jetzt?« Emilia, die auf der den Stühlen gegenüberliegenden Holzbank saß, strich Ziepeltriene sanft über den Kopf.

»Ich könnte die Vorwürfe in einer neuen Ausgabe meiner ›Flaschenpost‹ noch einmal richtigstellen.«

»Fenna, das bringt doch nichts. Deine gestrige Sonderausgabe hat auch nichts bewirkt, im Gegenteil. Bakenhus ist sauer, weil du ihn einen ›karrieregeilen Beamtenarsch mit der Intelligenz eines unterbelichteten Seehundes‹ genannt hast. Nun wird er noch vehementer gegen uns vorgehen.«

»Als Journalistin bin ich nun einmal der Wahrheit verpflichtet.« Fenna grinste schmallippig.

»Ich habe keine Lust, wegen deiner Provokationen noch mehr Ärger zu bekommen, als wir ohnehin schon haben. Zukünftig solltest du dich mit derartigen Beleidigungen zurückhalten.«

»Du hast recht. Das war nicht nett von mir.«

»So viel Selbstreflexion hatte ich dir keinesfalls zugetraut.« Emilia riss die Augen auf.

»Mir tun die Seehunde leid, die wegen meines Vergleichs nun als dumme Tiere angesehen werden. Daran hätte ich denken müssen.«

»Du bist unverbesserlich.« Die Stiefschwester schüttelte den Kopf und fuhr nach einer kurzen Pause fort: »Wir müssen uns aus der Schusslinie bringen. In meinem Restaurant bleiben die Tische leer. Anscheinend gehen die Gäste davon aus, dass ich sie vergiften werde. Meine Fischbrötchen werden auch nicht mehr gekauft. Gestern wurde ich am Fischstand von einer älteren Frau als ›Mörderin‹ beschimpft. Wenn Ziepeltriene mir beim Auffuttern der Vorräte nicht helfen würde, müsste ich die Heringe wegwerfen. In den letzten Tagen haben wir alle so viel Fisch gegessen, dass uns bald Flossen wachsen werden.«

»Da ist was dran.« Fenna strich sich über ihren Bauch, in dem zwei Makrelen schwammen. »Du solltest aber nicht immer nur an dein Geld denken.«

»Es geht um meine Existenz«, ereiferte sich Emilia. »Wovon soll ich denn leben?«

»Hauke wird seine Familie sicherlich nicht verhungern lassen. Zudem kannst du bei Opa Gnadderkopp mietfrei wohnen.«

»Du kapierst es echt nicht, oder?«

»Nee, denn du hättest nicht so gierig sein sollen.«

»Gierig?«, echote Emilia und beugte sich vor.

»Du hast mich richtig verstanden. Wenn du auf das Catering bei Gerbers Veranstaltung verzichtet hättest, würdest du jetzt nicht in diesem Schlamassel stecken.«

»Ich konnte doch nicht damit rechnen, dass der Kerl dermaßen ausrastet.«

»Mädels, hört auf zu streiten. Ihr solltet meditieren, alle beide.« Die Stiefschwestern blickten zu Stine, die an der halbhohen Bretterwand lehnte, die den Wohnbereich des Schiffes von der Kombüse trennte. »Eure negativen Schwingungen bringen den ganzen Kutter zum Vibrieren. Wenn ihr so weitermacht, werdet ihr die Villa Kutterbunt ohne fremde Hilfe in den Dünen versenken.«

»Ik schiet di wat mit negativen Schwingungen«, polterte Fenna so laut los, dass Ziepeltriene erschrocken aufflog. Dabei streifte der rechte Flügel die Schale, die Emilia im letzten Moment auffangen konnte. Die Heringsstücke, die zu Boden fielen, ließ sich Ziepeltriene dort schmecken.

»Warum lässt Jonas die Ermittlungen gegen uns überhaupt zu?«

»Fenna, weil er in alle Richtungen ermitteln muss«, antwortete Stine.

»Das ist nur eine Ausrede. Unser Bruder sollte wissen, dass wir Gerber nicht getötet haben.«

»Das ist mir klar, aber ...«

»... was?«, hakte Fenna nach, als Stine verstummte.

»Jonas spricht nicht offen darüber, aber ich gehe davon aus, dass er die Ermittlungen an Bakenhus abgegeben hat.«

»Er lässt sich von diesem Jüngelchen Vorschriften machen?« Emilia war vollkommen perplex.

»Jonas behauptet zwar, dass Bakenhus nur vordergründig die Leitung übernommen hat, aber da steckt mehr dahinter. Wie ihr euch sicherlich denken könnt, ist der Polizeipräsident nach dem Chaos bei der Veranstaltung nicht gut auf ihn zu sprechen. Er wird Jonas degradiert haben.«

»Bakenhus. Den Namen habe ich schon mal gehört, aber ich komme nicht darauf. Könnt ihr euch an den Kerl erinnern?«, fragte Fenna.

»Nee.« Emilia zuckte mit den Schultern.

»Ist das wichtig?« Stine wedelte mit der rechten Hand.

»Ich denke nicht. Momentan haben wir andere Sorgen. Wir müssen jeden Verdacht gegen uns entkräften, damit Bakenhus uns nicht eines Tages verhaftet.«

»Wenn ihr unschuldig seid, habt ihr nichts zu befürchten. Oder gibt es etwas, das ihr vor mir verheimlicht?« Stine schaute von Fenna zu Emilia.

Die Stiefschwestern wechselten einen kurzen Blick und schüttelten dann wie auf ein unsichtbares Kommando hin gleichzeitig die Köpfe.

»Gut zu wissen. Wenn Jonas die Ermittlungen nicht mehr leiten darf, werden wir auf eigene Faust Nachforschungen anstellen. Ich habe meine psychologischen Kenntnisse bereits zur Ausarbeitung eines Täterprofils genutzt. Demnach ist der Mörder weiblich, zwischen 30 und 40 Jahre alt, sozial integriert und von überdurchschnittlicher Intelligenz.«

»Na toll, das trifft genau auf uns zu.«

»Fenna, bei dir passt das nicht, denn Stine erwähnte eine überdurchschnittliche Intelligenz.«

»Sehr witzig«, nörgelte die Angesprochene und fragte ihre Schwägerin: »Seit wann arbeitest du eigentlich als Profilerin? Ich wüsste nicht, dass dich deine Arbeit in der Klinik für diesen Job qualifiziert. Zudem sollten wir … pst … an Deck ist jemand.«

Unwillkürlich hielten alle Frauen den Atem an. Als sie wenige Augenblicke später einen bellenden Husten hörten, verdrehte Emilia die Augen. »Opa Gnadderkopp. Der hat uns gerade noch gefehlt.«

Kurz darauf erschien der ehemalige Seemann in der Kajütentür, eine qualmende Zigarette zwischen den Lippen.

»Mach die Fluppe aus. Auf der Villa Kutterbunt wird nicht geraucht«, wies ihn Fenna an.

»Ständig hast du was zu meckern.« Gerrit Kruskopp nahm die Zigarette aus dem Mund und schnippte sie hinter sich. Dann stieg er die Treppe hinab in die Kajüte.

»Mein Deck ist doch kein Mülleimer. Zudem kann sich das Holz entzünden. Willst du den Kutter etwa abfackeln?«

»Nee, bei der dicken Lackschicht passiert nichts. Emilia, was machst du noch hier? Du wolltest längst bei Lukas sein.«

»Tut mir leid, wir haben uns verquatscht. Wo ist mein Sohn?«

»Den habe ich bei der Polizeistation abgegeben. Ich habe genug um die Ohren und kann nicht ständig Babysitter spielen. Jonas kümmert sich um ihn. Zumindest hoffe ich das.«

»Wie meinst du das denn?« Emilia riss die Augen auf.

»Als ich ihn dort zurückgelassen habe, war niemand im Büro. Ich habe Lukas daher an den Schreibtisch gesetzt und ihm etwas zum Malen gegeben. Der Junge war ganz begeistert.«

»Du kannst den Kleinen doch nicht allein lassen!« Emilia zog ihr Smartphone aus der Hosentasche.

»Wenn du nicht ständig unterwegs wärst, müsste ich nicht dauernd auf den Knirps aufpassen. Wen willst du denn anrufen?«

»Jonas.« Emilia tippte auf einen im Kurzwahlverzeichnis hinterlegten Telefonkontakt und hielt sich das Smartphone ans Ohr. Nach dem dritten Klingeln wurde das Telefonat entgegengenommen.

»Ist Lukas bei dir?«, fragte sie ohne eine Begrüßung.

»Das solltest du besser wissen als ich. Was fällt dir ein, den Jungen einfach in der Polizeistation abzugeben? Das hier ist doch kein Kindergarten.«

»Vater hat Lukas dort hingebracht. Hat er brav gemalt?«

»Kann man so sagen. Er hat Bakenhus' Akten mit Strichmännchen und einem krakeligen Etwas verziert, das mit viel Fantasie wie ein Segelschiff aussieht.«

»Kannst du es wegradieren?«

»Nee, Lukas hat einen schwarzen Edding benutzt. Ich habe keine Ahnung, wie ich das erklären soll.«

»Dir wird schon etwas einfallen. Kannst du deinen Neffen noch einen Moment im Auge behalten? Wir müssen etwas besprechen.«

»Keinesfalls. Du kommst sofort her, sonst …«

»Danke, du bist ein Schatz.« Emilia beendete das Gespräch.

»Was wollt ihr denn besprechen?« Opa Gnadderkopp schaute in die Runde.

»Nicht so wichtig«, winkte Stine ab.

»Wie ich euch kenne, bereitet ihr eine Meuterei vor! Aber nicht mit mir. Auf einem Schiff bin ich der Kapitän und habe die Befehlsgewalt.«

»So weit kommt das noch. Auf der Villa Kutterbunt mache ich die Ansagen«, stellte Fenna klar.

»Kein Wunder, dass der Kutter in den Dünen gestrandet ist.«

»Was soll das denn heißen?«

»Dass Frauen auf Kommandobrücken nichts verloren haben.«

»Abgang!« Fenna deutete zur Kajütentür.

»Nee, erst will ich wissen, was ihr ausgeheckt habt.«

»Das geht dich nichts an.« Stine verschränkte demonstrativ die Arme vor der Brust.

»Er könnte helfen. Schließlich geht es um unsere Familie«, wandte Emilia ein.

»Ich weiß nicht.« Fenna schüttelte den Kopf.

»Geht es um die polizeilichen Ermittlungen?«, fragte Opa Gnadderkopp und hustete.

»Wie kommst du denn darauf?«

»Weil Bakenhus euch auf dem Kieker hat.« Mit einem Kopfnicken deutete er zunächst auf Fenna und dann auf Emilia.

»Woher weißt du das denn?«, fragte Stine überrascht.

»Weil ich Zeitung lese und mich online informiere. Bakenhus wird Jonas wegen der damaligen Strafaktion in die Pfanne hauen wollen.«

»Welche Strafaktion?«

»Stine, das wissen die beiden Mädels ganz genau. Es geht um die Schmiererei am Pavillon. Jonas hat Bakenhus damals einkassiert, weil er ihn für die Graffiti verantwortlich gemacht hat. Dabei war er unschuldig.«

Fenna und Emilia wechselten einen schnellen Blick.

»Woher weißt du das?« Emilia war blass.

»Weil ihr in jener Nacht bunte Finger hattet. Ihr hättet mit den Spraydosen besser aufpassen müssen.«

»Wieso hast du all die Jahre nichts gesagt?«

»Fenna, weil ich keinen Streit innerhalb der Familie wollte. Jonas war schon damals ein Paragrafenreiter, der die Gesetze buchstabengetreu befolgt hat. Er hätte euch mit Sicherheit eine saftige Strafe aufgebrummt und unsere Familie wäre zum Gespött der Insel geworden.«

»Wenn Bakenhus erfährt, dass wir den Pavillon in einer Sektlaune mit Bildern verziert haben, wird er uns den Mord erst recht anhängen wollen.« Emilia schlug die linke Hand vor den Mund.

»Jo.« Opa Gnadderkopp nickte.

»Dann müssen wir sofort mit eigenen Nachforschungen beginnen.«

»Stine, das ist eine gute Idee. Als erfahrener Mann werde ich die Ermittlungen leiten und die Recherchen koordinieren.«

»So weit kommt das noch. Ich lass mich von dir doch nicht mehr rumkommandieren. Ziepeltriene, würdest du nach der Pfeife von meinem Vater tanzen?« Fenna ging in die Hocke und hielt der Lachmöwe, die inzwischen alle Heringshappen aufgefuttert hatte, die ausgestreckte Hand entgegen.

Diese trippelte auf die Handfläche, blickte Fenna mit schief gelegtem Kopf an und gab ein lang gezogenes *Krri-ärr* von sich.

»War das jetzt ein Ja oder ein Nein?« Fenna hob die Möwe hoch und schaute in ihre schwarzen Knopfaugen.

Der Vogel öffnete den Schnabel, als wollte er einen weiteren Laut von sich geben, schloss ihn dann aber wieder.

»Ich würde euch lediglich einige Anweisungen erteilen, damit ihr nicht auf dumme Gedanken kommt«, nahm Opa Gnadderkopp den Gesprächsfaden wieder auf.

»Wir kommen ganz gut ohne deine Hilfe aus«, bestätigte Emilia.

»Ich möchte euch nur vor weiteren Dummheiten bewahren. Was habt ihr euch eigentlich beim Ansprühen des Pavillons gedacht?«

»Damit wollte ich Sebastian beeindrucken. Das war damals ein echt heißer Künstlertyp, in den ich mich verknallt hatte«, erinnerte sich Emilia.

»Und ich habe ihr geholfen, damit sie sich mit ihrer talentlosen Schmiererei nicht bis auf die Knochen blamiert«, rief sich Fenna die Nacht wieder in Erinnerung.

»Meint ihr damit etwa den Langhaarigen, der seine Staffelei einen Sommer lang am Strand aufgebaut und seine Bilder an Touristen verhökert hat?«

»Richtig. Keine Ahnung, was aus ihm geworden ist.« Emilia blickte einen Moment gedankenverloren ins Leere und winkte dann ab: »Ist auch egal. Wir haben jetzt andere Probleme.«

»Das kannst du laut sagen. Zunächst brauchen wir ...«

»... ein Täterprofil«, fiel Stine ihrem Schwiegervater ins Wort. »Das habe ich bereits erledigt.«

»Darüber reden wir im Klabautermann. Das Büro ist technisch gut ausgestattet, von daher sollten wir es als Zentrale nutzen. In einer Stunde will euch alle dort sehen. Pünktlich!«

Opa Gnadderkopp drehte sich um und verließ die Villa Kutterbunt. Die drei Frauen sahen ihm nach, bis er durch die Kajütentür verschwunden war.

STRICHMÄNNCHEN

»Können Sie mir das erklären?«

Bakenhus knallte Jonas eine mit krakeligen Figuren und skurrilen Segelschiffen verzierte Akte auf den Schreibtisch. Einige Seiten waren derart mit Edding beschmiert worden, dass der Text kaum noch lesbar war.

»Mein Neffe war kurz hier und hat sich die Zeit mit Malen vertrieben.«

»Was um alles in der Welt macht ein Kind in der Polizeistation?« Die Stimme seines Vorgesetzten klang wie das Knurren eines Hundes. Eines *wütenden* Hundes.

»Nun, mein Vater sollte auf den Kleinen aufpassen, da meine Adoptivschwester … weiß auch nicht, jedenfalls war Emilia unterwegs und dann hatte mein Vater dringende Geschäfte zu erledigen. Das nehme ich zumindest an und … ist auch egal. Jedenfalls, als ich wiederkam, saß Lukas in meinem … ich meine, in Ihrem Büro und kritzelte die Akte voll. Als ich ihm den Edding weggenommen habe, hat er in einem Wutanfall gegen den Mülleimer getreten und dessen Inhalt auf dem Boden verteilt. Glücklicherweise hat ihn seine Mutter inzwischen abgeholt«, erklärte Jonas die Unordnung, die er vor Bakenhus' Rückkehr nicht rechtzeitig hatte beseitigen können.

»Die Frau ist mit der Erziehung anscheinend vollkommen überfordert. Ich werde unverzüglich das Jugendamt einschalten.«

»Das muss nicht sein. Es war ein Notfall.«

»*Sie* sind ein verdammter Notfall! Ab sofort werde ich Sie offiziell wegen Befangenheit von den Ermittlungen im Fall Gerber abziehen. Das hätte ich trotz der dünnen Personaldecke schon viel früher machen sollen. Sie werden sich ab jetzt mit anderen Fällen beschäftigen, ist das klar?«

»Aber ich ...«

»Ob das klar ist, will ich wissen«, schrie Bakenhus, wobei eine Wolke aus Speicheltropfen auf den Schreibtisch regnete.

»Jo.« Jonas nickte. Dabei kam er sich vor wie einer dieser Wackeldackel, die noch immer eine traurige Existenz auf den Hutablagen diverser Fahrzeuge fristeten.

»Schön, dass wir uns so gut verstehen. Und jetzt räumen Sie den Saustall auf, aber zackig.«

Nach getaner Arbeit schlurfte Jonas zu seinem Schreibtisch zurück und schaute auf den Aktenstapel, der in den letzten Tagen immer höher geworden war.

Er griff nach der obersten Akte, schlug sie auf und versuchte, sich auf den Ladendiebstahl in einem Bekleidungsgeschäft zu konzentrieren.

Aber das war unmöglich, denn zwischen seinen Ohren herrschte ein riesiges Chaos. Jonas schüttelte den Kopf, als könnte er seine Gedanken wie bei einem Kaleidoskop zu neuen Überlegungen zusammensetzen, aber vergeblich.

Zu allem Überfluss betrat Sabine Gerber in Begleitung eines adrett gekleideten Mannes die Polizeistation. Die Witwe betrachtete ihn mit einem derart herablassenden Blick, als wäre Jonas eine fette Kakerlake, die sich an ihrem Frühstück labte.

»Haben Sie den Täter bereits gefasst?« Ihre piepsige Stimme erinnerte ihn an ein kleines Mädchen.

»Wir arbeiten mit Hochdruck an dem Fall und …«, antwortete Jonas, wurde aber von Bakenhus unterbrochen, der aus seinem Büro geschwebt kam.

»Frau Gerber, darf ich Ihnen eine Erfrischung anbieten?«

»Wenn meine Mandantin etwas trinken möchte, wird Sie ein Café aufsuchen. Wie weit sind Sie mit den Ermittlungen?« Ihr Begleiter, ein drahtiges Männchen, das einen Kopf kleiner war als Bakenhus, stellte sich vor Sabine Gerber – als müsse er diese vor einem tätlichen Angriff schützen.

Sein anthrazitfarbener Anzug saß so perfekt, dass er nur von einem Schneider angepasst sein konnte. Die gestreifte Krawatte war tadellos gebunden. Die Haut lag straff über seinem puppenhaften Gesicht, die schwarzen Haare waren nach hinten gegelt. Die goldene Nickelbrille auf der Nase erinnerte Jonas an eine erwachsene Parodie von Harry Potter.

»Wir haben bereits einige Verdächtige, die wir in den nächsten Tagen genauer unter die Lupe nehmen werden. Ich kann Ihnen versichern …«

»Papperlapapp«, winkte der Mann ab. »Warum haben Sie noch niemanden festgenommen?«

»So einfach ist das leider nicht, Herr …« Bakenhus verstummte.

»Matthes. Dr. Joachim Matthes. Ich bin Rechtsanwalt und vertrete die Interessen von Sabine Gerber.«

»Herr Dr. Matthes, das weiß ich doch alles. Bitte entschuldigen Sie, dass mir Ihr Name kurzzeitig entfallen war. Ich bin sicher, dass wir bald genug Beweise haben, um den Verdächtigen festnehmen zu können.«

»Warum reden wir um den heißen Brei herum? Wir wissen doch alle, dass eine der Kruskopp-Schwestern meinen

Mann auf dem Gewissen hat.« Die Stimme der auch heute wieder schwarze Trauerkleidung tragenden Sabine Gerber klang wie aufgenommenes Vogelgezwitscher, welches in doppelter Geschwindigkeit abgespielt wurde.

»Meine Schwestern haben mit dem Mord nichts zu tun. Zudem gilt in diesem Land so lange die Unschuldsvermutung, bis eine Schuld rechtskräftig bewiesen wurde«, verteidigte Jonas die Ehre seiner Familie.

»Wie wollen Sie dafür sorgen, dass dieser unfähige Trottel keine Beweise im Mordfall unterschlägt oder vernichtet?«, wollte die Witwe von Bakenhus wissen.

»Keine Sorge, Kruskopp wurde bereits von den Ermittlungen ausgeschlossen.«

»Wie viele Leuten arbeiten momentan an der Ergreifung von Gerbers Mörder?«, ließ sich der Rechtsanwalt wieder vernehmen.

»Nun, das bin ich und ...« Bakenhus zuckte mit den Schultern, als sei damit alles gesagt.

»Wollen Sie mir ernsthaft erzählen, dass Sie diese wichtige Ermittlung allein führen?« Sabine Gerber schüttelte fassungslos den Kopf.

»Ich habe bereits Verstärkung angefordert. Die Kollegen müssten bald zur Unterstützung vor Ort sein.«

»Da ich darauf keinesfalls warten kann, werde ich die Angelegenheit selbst in die Hand nehmen müssen.«

»Frau Gerber, Sie können sich keinesfalls in eine polizeiliche Untersuchung einmischen. Zudem sollten wir neben meinen Schwestern auch andere Täter in Betracht ziehen«, ereiferte sich Jonas.

»Das wird nicht nötig sein. Damit die Ermittlungen endlich vorangehen, werde ich noch heute eine Belohnung in Höhe von einer Million Euro für die Ergreifung des

Mörders ausrufen. Die Prämie gibt es natürlich nicht für diensthabende Polizisten«, fügte die Witwe süffisant hinzu.

»Auf diese Weise werden Sie die Aufklärung erschweren und keinesfalls erleichtern. Bei einer Belohnung in dieser Höhe werden selbst ernannte Privatdetektive wie Heuschrecken auf Borkum einfallen«, wandte Bakenhus ein.

»Sollten Sie ein juristisches Problem damit haben, können Sie sich jederzeit an Dr. Matthes wenden. An Ihrer Stelle würde ich mich besser nicht mit ihm anlegen.«

Bei Gerbers Bemerkung grinste Matthes und entblößte dabei zwei makellos weiße Zahnreihen. Jonas zweifelte keine Sekunde daran, dass sich der Rechtsanwalt im Dschungel der üppig wuchernden Gesetze gut genug auskannte, um für seine Mandantin stets einen Ausweg zu finden.

»Wenn Sie nicht von zweitklassigen Sherlock-Holmes-Kopien überrannt werden wollen, sollten Sie Fenna Kruskopp so schnell wie möglich verhaften. Joachim, komm.« Sabine Gerber drehte sich ohne ein Wort des Abschieds um und trippelte aus der Polizeistation. Ihr juristischer Beistand folgte auf dem Fuß wie ein dressiertes Hündchen.

Wenige Augenblicke, nachdem sich die Tür hinter ihnen geschlossen hatte, erhob sich Jonas von seinem Stuhl.

»Wo wollen Sie denn hin?«, bölkte Bakenhus.

Jonas, der dringend mit Emilia und Fenna darüber sprechen wollte, sagte: »Ich muss einen Zeugen vernehmen, der einen Diebstahl beobachtet haben will.«

»Muss das sein? Wir haben hier alle Hände voll zu tun.«

»Sie haben mich mit der Ermittlung anderer Fälle beauftragt. Ich mache daher nur meinen Job.« Jonas schulterte seinen Seesack und eilte hinaus, bevor Bakenhus ihn zurückhalten konnte.

Er hatte erst einige Schritte zurückgelegt, als sein Mobiltelefon klingelte. Er blieb stehen und zog das Gerät aus der Hosentasche. Auf dem Display war *Vadder* zu lesen. Er nahm das Telefonat entgegen.

»Komm sofort in mein Büro!«, polterte sein Vater los, ohne sich mit einer Begrüßung aufzuhalten.

»Warum sollte ich?«

»Wir brauchen dich für die Ermittlungen. Fenna und Emilia sind schon hier.«

»Ermittlungen? Wollt ihr etwa eigene Nachforschungen anstellen?«

»Bis gleich.«

Jonas steckte das Gerät wieder ein und schlurrte zum Hauptsitz der Borkumer Hausverwaltung Klabautermann. Dort wurde er von seiner Familie empfangen, die in einer Art Stuhlkreis vor dem Schreibtisch von Opa Gnadderkopp saß. Lukas kniete auf dem Fußboden und malte.

»Stine? Was machst du denn hier?«

»Profiling. Mit meinem psychologischen Gutachten werden wir Gerbers Mörder aufspüren.«

»Die Ermittlungen sind Sache der Polizei«, antwortete Jonas. Er stellte den Seesack ab und ließ sich auf den letzten freien Stuhl fallen.

»Nee, das ist längst eine persönliche Angelegenheit von Bakenhus«, widersprach Fenna.

»Und Sabine Gerber. Sie will euch im Gefängnis sehen.«

»Damit möchte sie doch nur jeden Verdacht von sich ablenken. Sie ist bestimmt eine Schwarze Witwe.«

»Das ist möglich, aber ich ...«

»... habe in der Polizeistation nichts mehr zu melden. Stimmt doch, oder?«, unterbrach Emilia ihren Stiefbruder.

»Das mag nach außen hin so scheinen, aber die Realität ist sehr viel komplexer. Zudem setzt Sabine Gerber eine Belohnung von einer Million Euro für die Ergreifung des Täters aus«, wechselte Jonas rasch das Thema, um nicht über seine Degradierung sprechen zu müssen.

»Super, dann sind wir bald reich.« Stine rieb sich die Hände.

»Das Geld gibt es nicht für diensthabende Polizisten«, dämpfte Jonas ihre Freude über einen bevorstehenden Geldregen.

»Dann werde ich mir das Kopfgeld unter den Nagel reißen.«

Opa Gnadderkopp steckte sich eine Zigarette zwischen die Lippen.

»Nichts da. Du wirst keinesfalls Detektiv spielen.«

»Bakenhus ist ein Karrieretyp, der sich mit diesem Fall profilieren will. Da Fenna den Mediziner vor allen Leuten mit dem Tod bedroht hat, ist sie eine perfekte Täterin. Zudem könnte er wegen der Schmierereien noch eine Rechnung zu begleichen haben.« Der alte Seebär steckte sich den Glimmstängel an und pustete eine Qualmwolke in den Raum.

»Er behauptet immer noch, unschuldig zu sein. Ist das zu fassen?« Jonas blickte in die Runde.

»Auch wenn wir es ungern zugeben, er hat recht.« Fenna senkte den Kopf.

»Was willst du mir denn damit sagen?«

»Also, das war so …«

Fassungslos lauschte Jonas der Beichte seiner Schwestern.

»Das darf doch nicht wahr sein! Wenn Bakenhus davon erfährt, wird er Himmel und Hölle in Bewegung setzen, um euch fertigzumachen«, prophezeite der Polizist.

»Vielleicht weiß er es bereits oder ahnt es zumindest.«
Emilia blickte zu Boden.

»Warum habt ihr mir das bisher verschwiegen?«

»Weil … damals hatten wir Angst, dass du uns dafür
einbuchten würdest, und danach hat es sich irgendwie
nie ergeben.«

»Es hat sich nicht ergeben? Was soll das denn bedeuten?« Jonas sprang auf.

»Du kannst nicht zurückgehen und den Anfang ändern.
Aber du kannst jetzt neu anfangen und ein anderes Ende
wählen.«

»Stine, verschone mich mit deinen Kalenderweisheiten.
Wir müssen den Fall unbedingt lösen, bevor Bakenhus eine
von euch verhaftet.« Jonas setzte sich wieder.

»So muss das«, bekräftigte Opa Gnadderkopp und
paffte eine weitere Qualmwolke in den Raum, bevor er
fortfuhr: »Um Bakenhus einen Schritt voraus zu sein, müssen wir alles über seine Ermittlungen wissen. Kannst du
seine Unterlagen kopieren und uns auf dem Laufenden
halten?«

»Vadder, wie stellst du dir das vor?«

»Du legst ein Schriftstück auf den Kopierer, schließt
den Deckel und drückst den Startknopf. Wenn dir das
zu schwierig ist, kannst du die Dokumente auch abfoto-
grafieren.«

»Das meinte ich doch nicht. Wenn Bakenhus dahinter-
kommt, kann ich meine Karriere vergessen.«

»Es geht um unsere Freiheit.«

»Fenna, den Scheiß habt ihr euch selbst eingebrockt.«

»Du kannst deine Schwestern unmöglich im Stich lassen«, mischte sich Stine ein.

»Sollten wir den Fall vor Bakenhus lösen, kannst du die

Lorbeeren alleine einheimsen und als strahlender Sieger vom Platz gehen. Würde dir das gefallen?«

Bei der Vorstellung, Bakenhus als Stümper dastehen zu lassen, musste Jonas grinsen. Dann wurde er wieder ernst. »Dann bekommen wir aber keine Belohnung.«

»Die Freiheit von Emilia und Fenna ist unbezahlbar.«

Alle schauten zu Opa Gnadderkopp, der eine weitere Qualmwolke ausstieß.

»Da ist was dran.« Jonas nickte.

Wenig später hatte die Familie Kruskopp die anstehenden Aufgaben unter sich aufgeteilt.

Stine würde ihr Täterprofil verfeinern, Emilia sich bei Touristen und Insulanern umhören, Fenna ihre Pressekontakte nutzen und sich in den sozialen Netzwerken umsehen. Opa Gnadderkopp würde das übrige Internet auf Neuigkeiten und Informationen hin durchforsten und Jonas die Familie über die polizeiliche Ermittlung auf dem Laufenden halten. Mit vereinten Kräften würden sie den Mörder schon finden. Das dachten die Kruskopps zumindest.

SCHLAUCHBOOTLIPPEN

Fenna reckte sich und gähnte. Inzwischen saß sie seit über vier Stunden vor ihrem Laptop und surfte durch die sozialen Netzwerke. Im Meer der Nichtigkeiten, mit denen sich viele Menschen den Tag zu vertreiben schienen, suchte sie nach einer Information, die sie zum Mörder von Gerber führte. Dabei wusste Fenna nicht einmal, wonach sie Ausschau halten musste. In den Foren, die sich mit Schönheitschirurgie befassten, war sein Tod noch immer das beherrschende Thema. Neben Tipps, wie man seine Lippen voller, die Nase gerader oder den Bauch flacher machen konnte, gab es auch Hinweise auf Mediziner, die seine Patienten übernehmen konnten. War Gerber von einem Konkurrenten getötet worden?

Fenna schrieb sich die Mediziner auf, die sich dem Geschäft mit der Schönheit verschrieben hatten. Nach einer Weile hatte sie sich einige Personen notiert, deren Namen oft genannt wurden, und eine Liste von Ärzten angelegt, die seltener vorkamen. Fenna googelte jeden Schönheitsdoktor und schaute sich dessen Fotos an, sofern diese auf den Webseiten hinterlegt waren.

Diese Aufnahmen verglich sie mit den auf dem Desktop gespeicherten Bildern, welche sie von Gerbers Veranstaltung hatte – leider vergeblich. Keiner von ihnen schien auf der Feier gewesen zu sein, was nicht bedeuten musste, dass sich niemand unbemerkt unter die Gäste gemischt haben konnte.

Da die Mediziner auf ihrer Liste aus unterschiedlichen Bundesländern und zwei sogar aus der Schweiz kamen, würde Bakenhus alle Alibis überprüfen müssen. Weil Fenna keine Ahnung hatte, ob der junge Polizist diese Berufsgruppe bereits ins Visier genommen hatte, würde sie mit Jonas darüber sprechen.

Sie schaute zur Digitalanzeige auf dem oberen Bildschirmrand. Inzwischen war es nach Mitternacht. Trotz der späten Stunde konnte Fenna noch immer nicht schlafen. Ihre innere Uhr war nach der Veranstaltung vollkommen aus dem Takt geraten. Obwohl sie hundemüde war, würde sie auch jetzt keine Ruhe finden.

Sie loggte sich in die Fanpage »PerfectGerberBodies« ein und betrachtete Aufnahmen von monströsen Brüsten und ausladenden Hinterteilen. Eine Frau hatte Lippen wie ein Schlauchboot. Fenna begutachtete das Bild dieser Patientin, die nach der Operation wie ihre eigene Karikatur aussah und sich auch so zu fühlen schien, denn unter der Aufnahme stand: *Gerber ist ein Scharlatan!*

Fenna war plötzlich hellwach. Das war die erste Patientin, die Gerber öffentlich an den Pranger stellte. Hatte sie den Mediziner umgebracht, weil dieser sie verunstaltet hatte?

Sie gab den Namen der Frau, die sich auf der Fanpage als Ulrike Spindler ausgegeben hatte, in eine Internetsuchmaschine ein. Kurz darauf wurden 17 Treffer angezeigt. Einer führte zu einem juristischen Fachblatt, das in einem kurzen Artikel über eine Schadensersatzklage von Ulrike Spindler berichtete. Diese wollte wegen einer verpfuschten Operation sieben Millionen Euro vor Gericht erstreiten, aber die Klage wurde abgewiesen. Weitere Links führten zu Chats in den sozialen Netzwerken, in denen

Spindler gegen Gerber hetzte. Sie hatte sogar eine eigene Website aufgebaut, auf der sich andere Opfer vernetzen und Hilfe bekommen konnten. Registriert hatte sich dort bisher aber niemand.

Fenna lehnte sich zurück und legte die Fingerspitzen aneinander. In Gedanken reiste sie zurück zur Veranstaltung. Die Erinnerungen zogen vor ihrem inneren Auge vorbei wie ein Film. Sie sah die zahlreichen Gäste, den ausrastenden Polizeipräsidenten, die Wachleute und ihren Bruder. Die meisten Besucher waren wie eine gesichtslose Masse und sahen alle irgendwie gleich aus. Nur wenige ragten aus der Menge heraus, aber niemand mit derartigen Lippen.

Obwohl Ulrike Spindler sicherlich keine Einladung bekommen hatte, hätte sie sich auf der Veranstaltung einschleichen können, getarnt als ... vollverschleierte Muslimin?

Das wäre zu auffällig gewesen. Fenna dachte darüber nach, ob sie Gäste mit einer Atemschutzmaske gesehen hatte. Auch nach dem offiziellen Ende der Corona-Pandemie trugen manche Menschen noch immer einen Mundschutz. Aber in ihrer Erinnerung tauchte niemand mit einer derartigen Maske auf und auch auf den Bildern waren keinen maskierten Menschen zu sehen. Konnte Spindler sich im Hintergrund gehalten haben – beispielsweise als Aushilfe beim Catering? Sie würde Emilia danach fragen.

Gemäß Stines Täterprofil war Gerbers Mörder weiblich, zwischen 30 und 40 Jahre alt, sozial integriert und von überdurchschnittlicher Intelligenz.

Die Intelligenz von Ulrike Spindler konnte sie anhand der Fotos natürlich nicht überprüfen, die anderen Merkmale schienen aber zu passen. Gleich morgen früh würde sie der Familie von ihrer Entdeckung erzählen. Fenna ballte die rechte Hand zur Faust und reckte den Arm in einer Triumphgeste in die Höhe. Ihrem Bauchgefühl nach hatte Spindler etwas mit dem Mord zu tun. Nun musste ihr die Familie Kruskopp die Tat nur noch nachweisen. In der Hoffnung, im Datenmeer weitere Hinweise zu finden, flogen ihre Finger wieder über die Tastatur des Laptops. Wenn es sein musste, würde sie sich tagelang durch digitalen Müll wühlen, denn der Datenozean war genauso verschmutzt wie die Weltmeere. Man musste nur wissen, wo man zu suchen hatte.

PFEFFERMINZBONBONS

»Fenna, warum rufst du in aller Herrgottsfrüh an? Es ist kurz nach sechs. Bist du mit der Sonne aufgestanden?« Jonas rieb sich über die Augen und setzte sich im Bett auf.

»Ich habe nicht geschlafen. Du musst unbedingt eine Frau namens Ulrike Spindler vernehmen. Sie könnte Gerbers Mörderin sein.«

»Wie kommst du denn darauf?« Jonas stand auf, schlurfte zur Schlafzimmertür und drückte diese leise hinter sich zu. Er wollte Stine, die weiterhin ruhig atmete und den Anruf nicht mitbekommen zu haben schien, keinesfalls wecken. Wenn seine Frau aus dem Schlaf gerissen wurde, hatte sie oft derart schlechte Laune, dass weder Kaffee noch Meditation halfen. Auf dem Weg zur Küche hörte er seine Schwester aufgeregt von ihrer Entdeckung reden.

»Ich habe mir die Nacht wegen dieser Frau um die Ohren geschlagen, aber es scheint sich gelohnt zu haben. Ulrike Spindler hat wegen der verpfuschten Operationen ihren Ehemann und alle sozialen Kontakte verloren, das behauptet sie zumindest. Sie war viele Monate lang krankgeschrieben und konnte die Wohnung nicht verlassen. Erst nach einer Psychotherapie war sie anscheinend in der Lage, sich wieder unter Menschen zu wagen. Seit dem verlorenen Gerichtsverfahren hetzt sie im Internet gegen Gerber. Sie will ihn vernichten.«

»Mag sein, aber das macht sie noch lange nicht zu einer

Mörderin.« Jonas klemmte sich das Mobiltelefon zwischen Kopf und Schulter und füllte Wasser in die Kaffeemaschine.

»Das ist mir klar, aber Spindler hat ein Motiv. Ihr müsst dieser Spur unbedingt nachgehen.«

»Bakenhus führt die Ermittlungen«, wandte ihr Bruder ein.

»Na und? Das weiß Spindler doch nicht.«

»Da ist was dran.« Jonas steckte einen Papierfilter in die trichterförmige Vorrichtung. Dann griff er nach einer Dose mit scheußlichem Blumenmotiv, öffnete diese und löffelte Kaffeepulver in den Filter. »Ich könnte …«

Sein Handy rutschte von der Schulter. Jonas stieß einen überraschten Schrei aus und griff instinktiv danach. Dabei ließ er die Dose fallen. Diese knallte auf den Boden und verteilte braunes Pulver auf den Fliesen. Im letzten Moment bekam er das Gerät zu fassen und hielt es fest.

»Was ist los?«, hörte er Fenna fragen.

»Mir ist die Dose mit dem Kaffeepulver runtergefallen.« Jonas hielt sich das Gerät wieder an sein Ohr.

»Ich dachte schon, es wäre etwas Schlimmes passiert.«

»Das *ist* etwas Schlimmes.«

»Du kannst dir auf der Überfahrt einen Kaffee kaufen.«

»Überfahrt?« Jonas dehnte das Wort wie Kaugummi.

»Du wolltest heute doch nach Emden fahren, um Ulrike Spindler zu vernehmen.«

»Das habe ich nie gesagt.«

»Du musst dieser Spur nachgehen«, beschwor ihn Fenna.

»Sollte Bakenhus dahinterkommen, bin ich geliefert.«

»Wenn die Spindler für den Mord verantwortlich ist, wirst du als Held dastehen, der den Fall im Alleingang gelöst hat«, lockte ihn Fenna.

Held. Held. Held. Das Wort hallte in seinem Kopf nach wie ein Echo.

»Ich könnte mich krankmelden«, überlegte Jonas laut und fragte: »Hast du ihre Adresse?«

»Die steht im Impressum ihrer Website. Ich schicke sie dir auf dein Handy. Worauf wartest du noch?«

»Ich muss erst die Küche wieder in Ordnung bringen. Wenn Stine die Sauerei sieht, wird sie ernsthaft sauer sein.«

»Ich werde ihr das erklären. Los jetzt.«

»Hetz mich nicht.« Jonas beendete das Telefonat und schritt ins Badezimmer. Die Aussicht, Gerbers Mörder auf eigene Faust zu verhaften und Bakenhus wie einen Trottel aussehen zu lassen, verlieh ihm mehr Energie als der morgendliche Koffeinkick.

Nach einer Katzenwäsche zog er seine Uniform an und schlüpfte in die Schuhe. Dabei fiel sein Blick auf den in der Ecke stehenden Seesack, und die Aussicht, das blöde Ding heute nicht mitschleppen zu müssen, verlieh ihm geradezu Flügel. Er öffnete die Haustür und erstarrte einen Moment, als er die Klospülung aus dem ersten Stock hörte.

Demnach war Stine bereits aufgestanden.

Jonas eilte nach draußen, zog die Tür hinter sich zu und hastete durch die um diese Zeit noch leeren Straßen zum Inselbahnhof. Von dort aus würde ihn die Borkumer Kleinbahn vor Abfahrt des Schiffes zum Hafen bringen.

Auf der Fähre rief er Bakenhus an und meldete sich wegen Magenkrämpfen und Durchfall vom Dienst ab. Dabei schmückte er seine Krankheitssymptome, bei denen er nur an Stines Grünfutter denken musste, mit allen erdenklichen Details aus, bis sein Vorgesetzter den Anruf mit den Worten beendete: »Kommen Sie mit diesem Scheiß unter keinen Umständen ins Büro.«

Während des Telefonats drückte er zwei Anrufe von Stine weg und schrieb ihr danach eine Mitteilung, in der er seinen überhasteten Aufbruch mit einer Fahndung erklärte.

Auf ein Gespräch, in dem sie ihn wegen des nicht aufgefegten Kaffees mit Vorwürfen überhäufen würde, konnte er gut verzichten. Er schickte die Nachricht ab, rief die Website von Ulrike Spindler auf und informierte sich über ihre Aktivitäten. Danach kaufte er sich einen Kaffee und zwei Käsebrötchen, die er an einem Tisch verzehrte.

Im Emder Außenhafen verließ er das Schiff und ... stand verloren auf dem Parkplatz. »Schiet ok.«

Erst jetzt fiel Jonas auf, dass er sich keine Gedanken darüber gemacht hatte, wie er vom Außenhafen in die Stadt und wieder zurückkommen sollte. Da er ohne Streifenwagen unterwegs war und auch kein E-Bike mitgenommen hatte, blieb ihm nur der Bus oder ein selten fahrender Zug, der die nicht motorisierten Fahrgäste zum Hauptbahnhof brachte. Einen Moment überlegte Jonas, sich von den Kollegen des Polizeikommissariats Emden abholen zu lassen. Da Bakenhus davon aber sicherlich erfahren hätte, verwarf er die Idee schnell wieder und stieg in den wartenden Bus.

Von der nächstgelegenen Haltestelle aus machte er sich zu Fuß auf den Weg zu Ulrike Spindler. Diese wohnte in einem Mehrfamilienhaus in Hafennähe. Dem Namensschild nach zu urteilen befand sich ihre Wohnung im dritten Stockwerk. Jonas rückte seine Polizeimütze zurecht und klingelte, aber niemand öffnete.

Er versuchte es ein weiteres Mal und wollte schon einen dritten Versuch wagen, als er eine verwaschene Stimme aus der Gegensprechanlage hörte: »Wer ist da?«

»Hauptkommissar Kruskopp. Ich ermittle in der Mordsache Gerber und habe diesbezüglich einige Fragen.« Jonas versuchte, seiner Stimme einen befehlsgewohnten Ton zu verleihen, was ihm zu seiner Verwunderung auch gelang. Damit schien er die Frau aber derart eingeschüchtert zu haben, dass diese nun schwieg.

Erst nach einer Weile hörte er Spindler sagen: »Damit habe ich nichts zu tun.«

»Das habe ich auch nicht behauptet. Dennoch würde ich mich gerne mit Ihnen unterhalten.«

»Warum denn?« Die Buchstaben klebten beim Sprechen aneinander wie Gummibärchen.

»Weil Sie uns bei den Ermittlungen helfen können.«

»Ich war nicht auf Borkum«, fiel sie ihm ins Wort.

Jonas verdrehte die Augen. Seine Heldenrolle hatte er sich anders vorgestellt. Wie sollte er den Fall im Alleingang lösen, wenn er nicht einmal eine Verdächtige zum Reden bringen konnte?

»Jetzt reicht es mir aber«, bölkte er. »Wenn Sie diese verdammte Tür nicht sofort öffnen, werde ich Ihre Wohnung mit einem Räumkommando stürmen und Ihnen Handschellen anlegen.«

Ein älterer Mann, der in diesem Moment am Eingang vorbeispazierte, schaute ihn mit großen Augen an und trippelte mit seinem Stock so schnell auf die andere Straßenseite, als hätte man bei einem Film die Vorspultaste gedrückt.

Jonas atmete tief durch. Er musste unbedingt Ruhe bewahren. Wenn Spindler sich über ihn beschwerte, würde er Ärger bekommen, schließlich hatte er ihr bereits seinen Namen genannt. Darüber hätte er vorher nachdenken sollen. Wie über viele andere Dinge auch.

Zu seiner Verwunderung ertönte nun ein Summer.

Jonas drückte die Haustür auf und trat in einen muffig riechenden Flur. An der linken Wand hingen Briefkästen der Bewohner. Daneben standen ein Kinderwagen und ein Rennrad, das mit einem Kettenschloss gesichert war. An der Stirnseite führte eine schmale Tür nach draußen, wahrscheinlich in einen Hinterhof. Rechts war eine Treppe. Einen Fahrstuhl sah er nicht.

Jonas seufzte vernehmlich und stieg Stufe um Stufe empor. Als er im dritten Stock angelangt war, beugte er sich nach vorn, stützte die Hände auf den Oberschenkeln ab und rang nach Atem.

»Kommen Sie.«

Jonas schaute auf und bemerkte eine Frau, die ihn durch eine halb geöffnete Tür taxierte. Er schnaufte noch einmal, richtete sich auf und drückte die Brust raus.

»Long Covid. Damit ist echt nicht zu spaßen«, versuchte er, seine mangelnde Fitness zu erklären, und ging zu ihr. Einen Schritt vor der Tür blieb Jonas stehen und bemühte sich, nicht auf die Lippen von Ulrike Spindler zu schauen, die wie kurz vor dem Platzen stehende Würste unter ihrer Nase hingen. Aber ihr Mund zog seinen Blick an wie ein Magnet.

»Sind Sie Hauptkommissar Kruskopp?«

Nein, ich bin ein Seehund in Uniform, dachte Jonas, sagte es aber nicht. Als Kind hatte er gelernt, dass es keine dummen Fragen gab, nur dumme Antworten. Inzwischen war er anderer Meinung. »Jo.« Er nickte dienstbeflissen.

»Sind Sie allein unterwegs?«

»Jo.« Jonas nickte erneut.

»In Krimis stehen immer zwei Polizisten vor der Tür.«

»In diesem Land gibt es leider mehr Schauspieler als Polizisten. Mein Kollege ist kurzfristig ausgefallen«, redete sich Jonas aus der Affäre und hoffte, dass Spindler nicht weiter nachfragte.

Stattdessen wollte sie wissen: »Können Sie sich ausweisen?«

»Selbstverständlich.« Er zog seinen Polizeiausweis hervor.

Einen Moment betrachtete sie die scheckkartengroße Plastikkarte und Jonas sorgte sich bereits, dass Spindler seine Dienstelle erfragen und sich dort rückversichern würde. Aber dann ließ sie ihn eintreten.

Im Licht der Deckenlampe bemerkte er, dass ihr rechtes Lid über dem Auge hing wie ein halb geöffneter Rollladen. In Verbindung mit den prallen Lippen wirkte ihr Gesicht schief und wie eine maskenhafte Parodie auf den Schönheitswahn.

Spindler drückte die Tür hinter ihm zu. Dabei konnte er ihren Atem riechen. Unter dem Pfefferminzgeruch des Bonbons, das sie im Mund hatte, nahm er leichte Alkoholausdünstungen wahr. Wodka, vermutete er. Wenn Spindler nicht die ganze Nacht durchgetrunken hatte, dürfte sie das erste Gläschen direkt nach dem Aufstehen konsumiert haben. Das könnte auch der Grund für ihre verwaschene Aussprache sein.

Anzusehen war ihr der Alkoholkonsum allerdings nicht. Die halblangen schwarzen Haare waren akkurat frisiert. Mit dem dezenten Make-up und dem blauen Rock, zu dem sie eine hochgeschlossene weiße Bluse trug, wirkte sie wie eine Businessfrau, die sich auf dem Weg ins Büro befand.

Jonas erinnerte sich an Fennas Informationen, gemäß derer Spindler bis zu ihrer Kündigung in einer Bank gearbeitet hatte. Da sie ihn nicht erwartet haben konnte, machte sie sich anscheinend jeden Morgen zurecht. Vielleicht wollte die ehemalige Bankerin damit etwas Struktur in ihren Tag bringen. Wahrscheinlicher war allerdings, dass sie sich auf diese Weise zumindest einige Minuten der Illusion hingeben konnte, dass sie ihr Leben im Griff hatte, was immer das auch bedeuten mochte.

»Setzen wir uns doch.«

Ulrike Spindler öffnete eine Tür und Jonas folgte ihr in einen Raum, bei dem es sich um das Wohnzimmer handeln musste. In dem Zimmer herrschte, wie auch im Flur, die anonyme Atmosphäre eines Möbelhauses. Jonas entdeckte keine Bilderrahmen, in denen Schnappschüsse oder andere Fotos zu sehen waren. An den Wänden hingen Malereien abstrakter Künstler, die wie Farbklecksereien eines Kindergartenkindes wirkten. Die Möbel waren, wie auch das Sofa und der Sessel, die Spindler um einen Glastisch drapiert hatte, ganz in Weiß gehalten. Jonas, der sich bei Spindler so wohl fühlte wie im Sprechzimmer eines Zahnarztes, nahm auf dem Sofa Platz.

Dabei hoffte er, keine Flecken auf dem Leder zu hinterlassen.

Spindler strich den Rock glatt und setzte sich ihm gegenüber auf den Sessel. Die Hände legte sie in den Schoß wie ein braves Kind. War sie die personifizierte Unschuld oder eine talentierte Schauspielerin?

Ulrike Spindler schaute ihm direkt in die Augen und Jonas zwang sich erneut, nicht auf ihre Lippen zu starren. Was ihm allerdings nicht gelang. Statt ihn dafür zu tadeln, sagte die ehemalige Bankerin: »Sie können ruhig hinsehen. Ich weiß, dass ich so hässlich bin wie Frankensteins Braut.«

Jonas wollte widersprechen, hielt sich aber zurück. Da er nicht wusste, was er erwidern sollte, nuschelte er ein kaum verständliches »Tut mir leid«, straffte die Schultern und fragte: »Wie würden Sie Ihre Beziehung zu Gerber beschreiben?«

»Mörderisch.« Spindler lachte freudlos auf. »Darum geht es doch, oder?«

»Ich verstehe nicht, was Sie damit meinen.« Jonas nahm seine Polizeimütze ab und legte sie neben sich.

»Muss ich Ihnen Ihre Arbeit erklären? Sie sind doch hier, weil ich Gerber verklagt habe und mich öffentlich gegen ihn stelle. Eine perfekte Mörderin, finden Sie nicht auch?«

Jonas zeigte keine Reaktion. Als erfahrener Polizist wusste er, dass sich Täter oft weniger durch Worte als durch Gesten verrieten, wie ein Zucken der Mundwinkel oder ein schneller Lidschlag. Bei der nächsten Frage ließ er Spindler daher nicht aus den Augen.

»Haben Sie ihn umgebracht?«

Ihr Gesicht blieb starr wie eine Maske – was allerdings auch an der verpfuschten Operation liegen konnte. Dann umspielte etwas, das bei anderen Frauen ein Lächeln gewesen wäre, ihre Mundwinkel. »In meiner Fantasie habe ich ihn Hunderte Male getötet. Leider war ich in der Wirklichkeit zu feige. Wenn Sie seinen Mörder gefasst haben, werde ich ihn im Gefängnis besuchen und ihm zu seiner Tat gratulieren. Ohne Gerber ist diese Welt ein besserer Ort.«

Jonas schluckte. Ihre Wut auf den Schönheitschirurgen musste wie eine Flamme in ihr lodern.

»Wo waren Sie zur Tatzeit?« Er griff nach der Polizeimütze und drehte diese zwischen seinen Händen.

»In meiner Wohnung. Als die ersten Fotos und Videos von Gerbers Tod im Internet verbreitet wurden, bin ich in eine Bar gegangen und habe gefeiert. An diesem Tag war es mir vollkommen egal, dass mich die anderen Gäste angestarrt haben wie die Monstrosität in einer Freakshow. Bei jedem Glas habe ich in Gedanken mit dem Mörder ange-

stoßen.« Sie bearbeitete ihre Finger, als wären diese Knet-
masse, aus denen sie neue Figuren formen wollte.

»Demnach waren Sie an diesem Tag nicht auf Borkum?«

»Das sagte ich bereits. Ich hole mir schnell ein Glas Wasser. Möchten Sie auch etwas zu trinken?«

»Wasser wäre nett.«

»Bin sofort wieder da.«

Spindler stand auf, wobei sie einen kleinen Ausfallschritt machte, und verließ den Raum. Kurz drauf hörte
Jonas ein leises Klirren, als würde ein Flaschenhals gegen
ein Glas stoßen. Er bezweifelte, dass Spindler sich Wasser einschenkte.

Zwei Minuten später kehrte sie zurück, in jeder Hand
ein gefülltes Glas haltend. Als sie ihm eines davon anreichte,
strich ihr Atem über sein Gesicht und er nahm frischen
Pfefferminzgeruch wahr.

»Danke.« Jonas nahm das Glas entgegen und trank einen
Schluck. Er wollte das Trinkgefäß gerade auf den Tisch
stellen, als sie die Hand hob.

»Moment bitte.« Ulrike Spindler öffnete die Schublade
einer Kommode, nahm zwei Korkuntersetzer heraus, legte
diese auf den Tisch und stellte ihr Glas auf einen der beiden ab.

Jonas kannte keinen Menschen, dem derart daran gele-
gen war, ein perfektes Bild von sich und seiner Umgebung
abzugeben. In seinem eigenen Heim huschten Staubmäuse
durch die Zimmer, vereinzelt wehten manchmal sogar
Spinnweben vor den Fenstern. Im Haushalt seines Vaters
bemühte sich Emilia zwar um Sauberkeit, was mit einem
Kind und einem Kettenraucher aber nahezu unmöglich
war. Bei seinen Besuchen in der Villa Kutterbunt konnte
Jonas froh sein, wenn Ziepeltriene keinen Möwenschiss

auf dem Tisch hinterließ. Dennoch fühlte er sich bei Fenna wohler als in dieser sterilen Umgebung.

Er stellte sein Glas auf den zweiten Untersetzer und wandte sich an Spindler, die sich wieder in den Sessel gesetzt hatte. »Kennen Sie jemanden, der Gerber umgebracht haben könnte?«

»Sie meinen, außer Ihren Schwestern?« Spindler schaute ihn bei der Gegenfrage trotzig an.

»Die haben mit dem Mord nichts zu tun«, brauste Jonas auf und fragte: »Woher wissen Sie überhaupt von den Verdächtigungen?«

»Das Internet kennt keine Geheimnisse. Nach Gerbers Tod habe ich mir alle Fotos und jeden hochgeladenen Videoclip angesehen. Auf einigen davon ist klar zu erkennen …«

»Mir sind die Aufnahmen bekannt«, unterbrach Jonas ihren Redefluss und wedelte mit der Hand, als wollte er eine lästige Fliege verscheuchen.

»Dann wissen Sie auch, dass jede Ihrer Schwestern ein Motiv hat. Fenna scheint eine richtige Furie zu sein.«

»Sie ist manchmal etwas … sagen wir … impulsiv.«

»Außer Ihren Schwestern könnten es weitere Opfer wie ich gewesen sein, die sich in ihre Wohnungen zurückgezogen haben und jede Öffentlichkeit meiden. Die Scham bei den Betroffenen ist oft so groß, dass sie selbst bei eindeutigen Kunstfehlern keine Klage erheben. An Ihrer Stelle würde ich mir Gerbers Patientenkartei ansehen.«

Der Gedanke war Jonas auch schon gekommen. Die Aussicht, sich tage- oder wochenlang mit den gruseligen Geschöpfen des Schönheitschirurgen zu umgeben, ließ ihn innerlich aufstöhnen. »Ich werde dem nachgehen.«

Er setzte seine Polizeimütze auf und erhob sich. »Bitte halten Sie sich zu unserer weiteren Verfügung.«

»Damit ich Ihnen weitere Tipps für Ihre Ermittlungen geben kann?« Sie stand ebenfalls auf.

»Für weitere Fragen.« Jonas ließ sich nicht beirren.

Ulrike Spindler begleitete ihn zur Wohnungstür und knallte diese ohne Verabschiedung hinter Jonas zu.

Ihrer Körpersprache nach zu urteilen, hatte sie während des Gesprächs unter hoher Anspannung gestanden. Diese Frau verheimlichte etwas, dessen war Jonas sich sicher.

Er stieg die Treppen hinab ins Erdgeschoss. Vor der Haustür rief er zunächst Fenna und danach seinen Vater an und bat darum, noch intensiver nach Informationen über Spindler zu suchen. Zudem passte sie in Stines Täterprofil.

Die Aussicht, die Frau als Mörderin zu entlarven und als strahlender Held gefeiert zu werden, ließ ihm einen wohligen Schauer über den Rücken laufen.

SCHATZTRUHE

Fenna legte das Mobiltelefon neben ihren Laptop. Der Anruf ihres Bruders hatte sie erfrischt wie eine kalte Dusche. Da Jonas der Meinung war, dass Spindler ihn angelogen oder ihm zumindest nicht die ganze Wahrheit gesagt hatte, konnte es sich bei ihr tatsächlich um Gerbers Mörderin handeln.

Wenn die Familie Kruskopp Ulrike Spindler zur Tatzeit einen Besuch auf Borkum nachweisen konnte, war die Frau so gut wie überführt.

Fenna durfte allerdings keine Zeit verlieren, denn seit der offiziellen Bekanntgabe der Belohnung suchten bestimmt schon viele Hobbydetektive nach dem Mörder. Regionale Zeitungen hatten das millionenschwere Kopfgeld von Sabine Gerber auf der Titelseite gebracht, anderen war es zumindest einen Artikel wert. Im Internet hatten sich bereits Foren gebildet, in denen man sich über den Stand der privaten Ermittlungen austauschen konnte.

»Ziepeltriene, wir haben eine heiße Spur.« Fenna wandte sich der Lachmöwe zu, die nach einem Ausflug gerade in die Villa Kutterbunt zurückkehrte.

Der Vogel hopste über den Boden, wobei er ein lautes *Krriärr* ausstieß.

»Ich freue mich auch«, begrüßte Fenna die Möwe und wandte sich dann wieder ihren Überlegungen zu.

Da die Fahrkarten für die Überfahrt auf die Insel anonym verkauft wurden, würde sie Spindler auf keiner Pas-

sagierliste finden. Jonas wollte sich daher bei den Inselfliegern erkundigen, aber Fenna ging keinesfalls davon
aus, dass Ulrike Spindler vom Festland zur Insel hin- und
zurückgeflogen war. Die Piloten der kleinen Maschinen,
die nur wenige Fluggäste transportieren konnten, würden sich bestimmt an eine Frau mit einem derart auffälli-
gen Äußeren erinnern.

Da Jonas überprüfen wollte, ob Spindler die Überfahrt eventuell mit einem privaten Boot vorgenommen
hatte, würde Fenna das Internet auf der Suche nach einem
Schnappschuss von Spindler durchforsten – auch wenn
dieses Vorhaben der Suche nach einer Nadel im Heuhau-
fen glich.

Fenna rief ihren Vater an, der bereits mit Jonas gesprochen hatte und verkündete, sich ebenfalls auf die Suche
nach einer Aufnahme zu machen, die Spindler am Tattag
auf Borkum zeigte.

Bei der Recherche konzentrierte sie sich zunächst auf
jene Gruppen in den sozialen Netzwerken, die sich mit
der Insel Borkum beschäftigten. Dort suchte Fenna nach
Fotos, die am Tag von Gerbers Ermordung im Internet
hochgeladen worden waren. Die Euphorie, eine heiße Spur
gefunden zu haben, sank mit jeder verstreichenden Minute
und war abends ganz verschwunden.

Ziepeltriene hatte die Kajüte bereits vor einiger Zeit
gelangweilt verlassen. Wahrscheinlich machte die Möwe
mit ihren Kumpels die Strandpromenade unsicher und
erleichterte ahnungslose Urlauber um ihre Naschereien.

Auf steifen Beinen stakste Fenna zur Treppe und
schlurfte an Deck. Ein lauer Wind strich sanft über ihr
Gesicht und spielte mit ihren Haaren. Sie trat an die Reling
und ließ den Blick über die wundervolle Dünenlandschaft

schweifen, die von der im Westen stehenden Sonne mit einem goldenen Glanz überzogen wurde. Fenna hoffte inständig, dass ihr Grundstück nach Gerbers Tod nicht an einen anderen Investor verkauft wurde und sie in der Villa Kutterbunt bleiben konnte.

Einige Minuten später drehte sie sich um und trottete zur Hängematte, die zwischen den beiden Masten hing. Eine kurze Pause würde ihr guttun.

Fenna stellte ihr Handy auf stumm und legte sich in die Hängematte. Sie verschränkte die Hände hinter dem Kopf und schaute in einen blassblauen Himmel, über den Schleierwolken zogen. Ihre Lider wurden immer schwerer und sie schloss die Augen. Wenige Minuten später war sie eingeschlafen.

Die Gestalt, die sich an Deck schlich, bemerkte sie daher erst, als diese sich über sie beugte. »Aufwachen!«

Fenna öffnete die Augen und blickte in das Gesicht von Bakenhus. Neben ihm standen zwei ihr unbekannte Polizisten.

»Was wollen Sie denn hier?« Fenna setzte sich rasch auf, wobei die Hängematte bedrohlich schwankte.

»Wir werden die Villa Kutterbunt entern.« Bakenhus bleckte die Zähne.

»Dazu haben Sie kein Recht. Runter von meinem Kutter, aber sofort.« Fenna erhob sich und trat furchtlos auf den Polizisten zu.

Dieser zog ein amtlich aussehendes Dokument aus seiner Jackentasche und drückte es ihr in die Hand. »Das ist ein Durchsuchungsbeschluss. Bitte verhalten Sie sich kooperativ, sonst müssen wir Sie festnehmen.« Er deutete auf seine Handschellen, die er am Gürtel trug.

Fenna nahm das Schriftstück entgegen und überflog

den Text. Obwohl sie ein derartiges Dokument noch nie in ihren Händen gehalten hatte, zweifelte sie die Echtheit nicht an.

»Sie verschwenden Ihre Zeit.« Sie knüllte den Durchsuchungsbeschluss demonstrativ zusammen.

»Das werden wir sehen. Daniel, pass auf die Frau auf.«

Einer der Polizisten trabte an und blieb drei Schritte vor ihr stehen, als wollte er einen Sicherheitsabstand wahren. »Kein Problem.« Er legte die Hand auf den Griff der Waffe, die in einem Holster steckte.

»Bedrohen Sie mich etwa?«, giftete Fenna.

»Keinesfalls. Ich muss mich nur vor einem überraschenden Angriff schützen, nicht wahr, Chef?«

»Diese Frau ist gemeingefährlich. Ich werde Ihnen jederzeit bestätigen, aus Notwehr gehandelt zu haben«, versicherte Bakenhus und verschwand mit seinem Kollegen in der Kajüte.

»Leben wir etwa in einem Polizeistaat?«, rief Fenna den Ordnungshütern hinterher, bekam aber keine Antwort.

Sie setzte sich wieder in die Hängematte, stieß sich mit den Zehenspitzen ab und schaukelte hin und her. Obwohl sie sich nach außen hin ruhig und gelassen gab, waren ihre Nerven so gespannt wie die Saiten einer Violine. Fenna ballte die Hände einige Male zu Fäusten und öffnete diese wieder. Sie musste unbedingt ruhig bleiben und durfte sich keinesfalls provozieren lassen.

Ein schnell größer werdender Schatten fiel auf ihr Gesicht. Sie blickte nach oben. Ziepeltriene raste im Sturzflug auf sie zu. Fenna streckte den rechten Arm aus. Ihre Möwe landete auf der Handfläche, legte den Kopf schief und musterte Fenna mit ihren dunklen Knopfaugen.

»Du bist ein echter Kumpel.« Sie strich ihr sanft über

das Gefieder. »Hast du gespürt, dass ich deine Unterstützung brauche?«

Krriärr.

»Reden Sie etwa mit dieser Flugratte?« Daniel schritt
auf Fenna zu und baute sich breitbeinig vor ihr auf.

»Ziepeltriene, willst du dir das gefallen lassen?«

Krriärr.

Fenna reckte die rechte Hand in die Höhe. Ziepeltriene
flog auf, kreiste über der Villa Kutterbunt ... und ließ
etwas fallen.

»Igitt!« Angewidert betrachtete der Polizist den
Möwenschiss auf seiner rechten Schulter und wandte
sich mit hochrotem Kopf an Fenna: »Das war ein tätlicher Angriff.«

»Ich habe nichts gemacht!« Fenna grinste, obwohl ihr
nicht zum Lachen zumute war, und schaute der Möwe
nach, die am Horizont immer kleiner wurde, bis sie aus
ihrem Blickfeld verschwand.

Nach einer Weile, die ihr wie eine Ewigkeit vorkam,
trampelte Bakenhus wieder an Deck. Der unbekannte
Kollege folgte ihm. Beide trugen dünne Latexhandschuhe.
Obwohl Fennas Herz bis zum Hals klopfte, gab sie sich
betont lässig. Den Polizisten gegenüber würde sie sich
keine Blöße geben.

»Haben Sie etwas gefunden?«

»Wer ist Ulrike Spindler? Ihrem Browserverlauf nach
zu urteilen, haben Sie sich ziemlich lange mit dieser Frau
beschäftigt.« Bakenhus trat zu ihr.

»Ich wüsste nicht, was Sie das angeht.« Fenna ärgerte
sich, den Verlauf nicht gelöscht zu haben, aber mit einer
Durchsuchung des Kutters hatte sie nicht gerechnet.

»Wenn es etwas mit den Ermittlungen zu tun hat, geht

es mich sehr wohl etwas an. Ihr Vater hatte einen ähnlichen Browserverlauf.«

»Woher wissen Sie das denn?«, fragte Fenna erschrocken.

»Weil wir sein Privathaus und das Büro auf den Kopf gestellt haben. Opa Gnadderkopp hat seinem Namen übrigens alle Ehre gemacht. Zunächst wollte er uns über die Planke gehen und danach kielholen lassen, ist das zu fassen?«

»Statt uns auf die Nerven zu gehen, sollten Sie sich lieber auf die Suche nach dem wahren Mörder machen.«

»Mit Ulrike Spindler versuchen Sie, eine falsche Fährte zu legen. Aber nicht mit mir!«, krakelte Bakenhus.

»Chef, sind wir hier fertig?«, wollte Daniel wissen, der Ziepeltrienes Hinterlassenschaft mit einem Papiertaschentuch notdürftig abgewischt hatte.

»Zunächst werden wir uns noch das Deck vornehmen. Auf dem alten Kutter gibt es bestimmt zahlreiche Hohlräume, in denen die Verdächtige etwas versteckt haben könnte. Wenn es sein muss, reiße ich alle Bretter heraus.«

»Die Zeit können Sie sich sparen. Denken Sie ernsthaft, dass ich Beweismittel in der Villa Kutterbunt versteckt habe?«

Statt auf die Frage zu antworten, inspizierte Bakenhus die Reling. Mit den Fingern fuhr er über das mehrfach gestrichene Holz und nahm jede Unebenheit genau unter die Lupe. Seine Kollegen machten sich unterdessen an den Masten zu schaffen. Einige Minuten lang war nur das Rauschen der Brandung zu vernehmen, in das sich die Schreie der Möwen und die Rufe der Austernfischer mischten.

Urplötzlich rief Daniel: »Ich habe hier etwas.« Er griff in eine Einkerbung und zog ein schwarzes Holzkästchen von der doppelten Größe einer Zigarettenschachtel heraus, auf dessen Deckel ein Totenkopf abgebildet war.

»Nicht öffnen!«, befahl Bakenhus mit strenger Stimme. »Dabei könnte es sich um eine Falle handeln.«

»Richtig. An Ihrer Stelle würde ich ein Bombenräumkommando anfordern, denn in den letzten Tagen habe ich das Schiff vermint. Ich werde lieber mit der Villa Kutterbunt untergehen, als mich von ihr vertreiben zu lassen. Wenn Sie den Deckel öffnen, fliegt uns alles um die Ohren.«

»Ich will nicht sterben.« Daniel starrte wie paralysiert auf den Totenkopf.

»Das ist nur ein Bluff.« Bakenhus ergriff das Kästchen.

»Wollen Sie das wirklich herausfinden?« Fenna lächelte schmallippig.

»Sie machen mir keine Angst.« Er öffnete den Deckel.

»Deckung!« Daniel warf sich auf die Planken. Sein Kollege rannte panisch zur Treppe, die in die Dünen führte.

»Was seid ihr nur für Bangbüxen!« Bakenhus begutachtete die in dem Kästchen liegenden Muscheln, unter denen drei Fünf-Cent-Stücke zum Vorschein kamen. Dann wandte er sich an Fenna: »Was ist das?«

»Die Schatztruhe meines Neffen Lukas. Auf der Kutterbunt verkleiden wir uns oft als Piraten und überfallen imaginäre Schiffe.«

»Ihr Kruskopps habt doch nicht mehr alle Tassen im Schrank.« Bakenhus ließ das Holzkästchen achtlos zu Boden fallen. Die Muscheln fielen heraus. Eine Kupfermünze rollte über die Planken und verschwand in einer Ritze.

»Wir sollten gehen. Hier werden wir nichts finden«, drängte Daniel, der sich inzwischen wieder aufgerappelt hatte, zum Aufbruch.

»Wir sind noch nicht fertig.« Bakenhus setzte die Inspektion der Reling fort und auch die beiden anderen Polizisten machten sich wieder an die Arbeit.

Fenna betrachtete das Treiben von der Hängematte aus. Lukas' Kästchen hatte sie in der Aufregung vollkommen vergessen. Weitere Schätze würden die Beamten nicht finden.

»Was haben wir denn hier?« Wenig später förderte Bakenhus eine kleine runde Pillendose zutage. Mit seinen behandschuhten Fingern öffnete er den Decken und blickte auf einige gelbe Tabletten.

Fenna, die zunächst gehofft hatte, dass Lukas ein weiteres Schatzkästchen versteckt hatte, sackte in sich zusammen wie eine Puppe, aus der die Luft abgelassen wurde.

»Können Sie mir das erklären?« Bakenhus marschierte zu ihr.

»Keine Ahnung, wie die Pillen auf die Kutterbunt kommen.«

»Das hätte ich an Ihrer Stelle auch gesagt.« Daniel warf einen Blick in das runde Döschen. »Sind das etwa die Tabletten, mit denen Gerber umgebracht wurde?«

»Obwohl wir bis zum Vorliegen des Laborberichts keine Gewissheit haben, gehe ich davon aus. Hiermit verhafte ich Sie wegen Mordes an Alexander Gerber.« Bakenhus löste die Handschellen von seinem Gürtel.

»Die Pillen haben *Sie* mir untergeschoben.« Fenna, die bis jetzt noch immer auf der Hängematte gesessen hatte, erhob sich und stand Bakenhus nun Auge in Auge gegenüber.

»Das ist eine ungeheuerliche Unterstellung. Sie sind eine Mörderin.« Bakenhus ergriff Fennas linken Arm.

Urplötzlich riss sie sich mit einem Ruck los und stieß den Polizisten so fest vor die Brust, dass dieser rückwärts taumelte. Fenna nutzte das Überraschungsmoment und rannte los.

»Stehen bleiben.« Daniel stellte sich ihr in den Weg.

Fenna machte einen Ausfallschritt und schubste ihn zur Seite. Der Mann fuchtelte mit dem Armen und fiel auf die Knie. Sie hastete zur schmalen Treppe und rannte, immer zwei Stufen auf einmal nehmend, in die Dünen.

Urplötzlich ertönte ein Knall und eine Kugel pfiff eine Handbreit an ihr vorbei. Sand spritzte auf.

»Beim nächsten Schuss ziele ich nicht daneben«, hörte sie Bakenhus rufen. »Stehen bleiben, aber sofort!«

Hektisch blickte sich Fenna um. In einem Umkreis von mehreren Hundert Metern gab es keine Deckung oder einen Unterschlupf, in dem sie sich verstecken konnte.

Würde der Polizist sie wirklich erschießen oder bluffte er nur? Sie hatte nicht vor, es herauszufinden.

Fenna blieb stehen und hob die Hände. Wenige Augen-blicke später klickten die Handschellen und sie wurde abgeführt.

SCHNAPPSCHUSS

I

»Wir müssen reden!« Opa Gnadderkopp ließ den Blick von Jonas über Stine zu Emilia gleiten, deren Sohn im Nebenraum auf einem Feldbett schlief. Die Familie Kruskopp hatte sich direkt nach Fennas Verhaftung im Büro des Klabautermanns eingefunden.

Der alte Seebär saß auf einem schwarzen Lederstuhl hinter seinem Schreibtisch, der mit zwei Computern samt Tastaturen und einer Telefonanlage an die Kommandobrücke eines Schiffs erinnerte. Zwischen seinen Lippen qualmte eine Zigarette. »Bakenhus hat Fenna die Pillen untergeschoben, ganz klar. Warum hast du die Festnahme nicht verhindert?«

Jonas, an den diese Frage gerichtet gewesen war, hob die Hände, als wollte er himmlischen Beistand erbitten.

»Vadder, ich wusste nichts von der Aktion, weil ich mich für heute krankgemeldet hatte.«

»Wir müssen Fenna sofort aus der Untersuchungshaft befreien«, ließ sich Stine vernehmen. »Emilia könnte den Wächter ablenken, während ich sie aus der Zelle hole.«

»Sabbel nicht so einen Unfug«, fiel ihr Jonas ins Wort. »Bei einer Befreiungsaktion wirst du schneller verhaftet, als du Moin sagen kannst.«

»Irgendetwas müssen wir doch unternehmen.«

»Emilia, das werden wir auch, aber auf legalem Weg.«

»Bakenhus hält sich auch nicht an die Spielregeln«, setzte Stine dem Einwand ihres Mannes entgegen.

»Das wissen wir nicht.«

»Das Pillendöschen ...«

»... beweist gar nichts«, unterbrach Jonas seine Stief-schwester. »Auf dem Deck der Villa Kutterbunt könnte auch ein Fremder die Tabletten versteckt haben, um Fenna den Mord in die Schuhe zu schieben.«

»Theoretisch möglich, aber wie wollen wir den Unbe-kannten finden?«, hakte Stine nach.

»*Die* Unbekannte.« Opa Gnadderkopp drehte einen der beiden Monitore so, dass alle auf ein vergrößertes Foto schauen konnten. Darauf war Ulrike Spindler zu sehen, die am Borkumer Hafen zwischen anderen Touristen in die wartende Kleinbahn stieg.

»Wann wurde die Aufnahme gemacht?« Jonas beugte sich vor, um besser sehen zu können.

»Ulrike Spindler ist am Tag des Mordes mit der ersten Fähre auf die Insel gekommen. Am unteren Bildrand ist ein Zeitstempel mit Datum erkennbar.« Gerrit nahm den glimmenden Zigarettenstummel aus dem Mundwinkel und drückte ihn in einem überquellenden Aschenbecher aus.

»Demnach hat sie mich angelogen.« Jonas ballte die rechte Hand zur Faust und schlug damit in die linke Hand-fläche.

»Diese Frau ist eine Mörderin! Wenn du Spindler ver-haftet hättest, wäre Fenna jetzt nicht im Gefängnis.« Stine funkelte ihn wütend an.

»Das Foto beweist nur, dass sie auf Borkum war. Das macht sie nicht zwangsläufig zur Täterin. Zudem könnte Ulrike Spindler für die Tatzeit ein Alibi haben«, vertei-digte sich Jonas lahm.

»Hast du das schon überprüft?« Sein Vater lehnte sich vor.

»Ich war bei der Kneipe, in der Spindler zur Tatzeit angeblich gewesen ist. Leider hatte die geschlossen.«

»Na und? Du hättest dich nach dem Inhaber oder dem Barkeeper erkundigen und diesen vernehmen müssen.«

»Dazu hatte ich keine Zeit, schließlich musste ich die nächste Fähre erwischen. Meint ihr nicht auch, dass Spindler eine *zu* perfekte Täterin ist?« Jonas schaute in die Runde.

»Wie meinst du das denn?«, hakte Stine sofort nach.

»Mit ihrer Rache hat sie zwar ein starkes Motiv, aber ich habe keine Ahnung, wie Spindler an das Zyankali gekommen sein soll, und erst recht keine Erklärung dafür, wie sie die Pillen in Gerbers Taschenuhr getan haben könnte.«

»Spindler passt genau in mein Täterprofil. Sie ist die Frau, nach der wir suchen, daran besteht kein Zweifel.«

»Stine, ich werde sie morgen erneut vernehmen. Vadder, wo hast du das Foto gefunden?«

»Auf der Website der ›Borkumer Bilderwand‹. Dort können Urlauber ihre schönsten Erinnerungsfotos hochladen.«

»Ich kenne diese Internetseite. Darauf sind zigtausend Fotos zu sehen. Hast du die etwa alle angeschaut?«

»Natürlich nicht, das hätte wochenlang gedauert. Ich habe mit einem Gesichtserkennungsprogramm gearbeitet. Sieh mich nicht so verwundert an, das kann man sich heutzutage als App herunterladen. Spindlers Lippen sind ein so auffälliges Merkmal, dass ich damit innerhalb weniger Minuten einen Treffer gelandet habe.«

»Sind diese Programme denn legal?« Jonas runzelte die Stirn.

»Legal, illegal, scheißegal!«, polterte Opa Gnadderkopp.

»Verschone uns mit den alten Spontisprüchen.« Emilia war sichtlich genervt.

»Erst wenn Jonas den Stock aus seinem Arsch zieht.«

»Vadder, ich tue …«

»… nicht genug.« Der alte Seemann schlug mit der flachen Hand so fest auf den Tisch, dass es wie ein Gewehrschuss knallte.

Stine und Emilia zuckten zusammen.

»Wir sollten uns beruhigen und miteinander arbeiten,
statt uns gegenseitig an die Gurgel zu gehen. Ich empfehle
eine Meditation, mit der wir unsere innere Mitte wieder-
finden«, verkündete Stine in salbungsvollem Tonfall und
legte die Hände mit den Handflächen nach oben auf ihre
Knie, wobei Daumen und Zeigefinger sich berührten.

»Jetzt atmen wir alle tief ein.« Lautstark sog sie Luft in
ihre Lungen, schloss die Augen und ließ beim Ausatmen
ein »Om« ertönen.

»Ik schiet di wat mit Meditation. Und komm mir
jetzt nicht wieder mit deinem Raucherentwöhnungsprogramm.« Der alte Kruskopp drehte sich eine neue Zigarette, wobei er bellend hustete.

»Wir müssen uns auf die Ermittlungen konzentrieren«,
mahnte Emilia und wandte sich an Jonas: »Du solltest
unbedingt mit Bakenhus reden. Er muss Spindler sofort
vernehmen.«

»Damit sie ihm erzählt, dass ich heute bei ihr gewesen
bin? Das kannst du vergessen. Nach meiner Krankmel-
dung riskiere ich damit ein Disziplinarverfahren.«

»Kannst du nicht wenigstens die Kollegen vom Festland um die Verhaftung bitten?«

»Nee, das bekommt Bakenhus sofort mit. Zudem haben
wir nur einen Anfangsverdacht und keine handfesten
Beweise. Ich werde Spindler morgen so richtig durch die
Mangel drehen.«

»Sie könnte nach deinem Besuch hellhörig geworden und geflohen sein. Du solltest sofort eine Fahndung an alle Bahnhöfe und Flughäfen herausgeben.«

»Vadder, so einfach ist das nicht.«

»Du hättest Spindlers Lüge bemerken müssen.«

»Ach ja? Soll ich etwa Gedanken lesen?«

»In den Krimis lassen sich die Kommissare nicht täuschen.«

»Das Leben ist kein Film.«

»Gut so, denn deines wäre eine Tragödie.«

»Was willst du mir denn damit sagen?« Jonas sprang auf und baute sich vor dem Schreibtisch seines Vaters auf. Dieser zündete sich in aller Ruhe die selbst gedrehte Zigarette an.

»So kommen wir nicht weiter. Unsere innere Mitte … Okay, okay, ich sage kein Wort mehr.« Die Männer funkelten Stine aus zusammengekniffenen Augen an.

»Besser ist das. Bis ich mit Spindler geredet habe, wird niemand etwas unternehmen. Ist das klar?«

Jonas trat aus dem verräucherten Büro und eilte mit schnellen Schritten nach Hause. Dort angekommen knallte er die Haustür hinter sich zu und stampfte zum Kühlschrank. Statt Bier fand er aber nur Gemüsesäfte und eine braune Flasche, die ein undefinierbares Gebräu enthielt. Verärgert drückte er die Tür zu, ging ins Bad und zog sich wenige Minuten später die Bettdecke über den Kopf.

*

Am nächsten Morgen verließ Jonas die Insel erneut mit der Frühfähre. Wie am gestrigen Tag meldete er sich auch heute bei seinem Vorgesetzten unter dem Vorwand einer Magen-Darm-Erkrankung ab, wobei er seine angeblichen Ausscheidungen noch detailgetreuer schilderte. Bakenhus wollte ihn auch jetzt nicht in der Polizeistation sehen. Er wies ihn an, das Haus nicht zu verlassen, und erwähnte Fennas Verhaftung mit keinem Wort.

Nach seiner Ankunft im Emder Außenhafen stieg Jonas wieder in den Bus und marschierte von der Halte-stelle aus zur Wohnung von Ulrike Spindler. Ohne dass es ihm bewusst war, rückte er auch jetzt wieder seine Poli-zeimütze zurecht, als er bei der Verdächtigen klingelte. Wenige Sekunden später hörte er ihre Stimme aus der Gegensprechanlage.

»Wer ist da?«

»Hauptkommissar Kruskopp.«

»Was wollen Sie denn schon wieder?« Der genervte Unterton war unüberhörbar.

»Bei meinen Ermittlungen könnten Sie mir mit weite-ren Informationen zu Gerber helfen.«

»Ich habe Ihnen doch gestern schon alles gesagt.«

»Es dauert auch nicht lange.«

Jonas hörte Atemgeräusche und das Klirren von Glas. Wenige Augenblicke später ertönte der Summer. Er drückte die Haustür auf und machte sich an den beschwerlichen Aufstieg in den dritten Stock. Dort angekommen, stützte er sich mit beiden Händen auf das Geländer und rang nach Atem. Als er nicht mehr wie eine alte Dampflok schnaufte, drehte sich Jonas zur Wohnungstür um. Spindler lugte durch den Türspalt.

»Ist mit Ihnen alles okay?«

»Mein Asthma macht mir immer wieder zu schaffen«, log Jonas, der seine mangelnde Fitness ungern zugeben wollte. Er ging zur Tür, die sie ihm bereitwillig öffnete, und trat ein.

Als Spindler die Tür hinter ihm zudrückte, fühlte sich Jonas urplötzlich wie eine Maus in der Falle. Hatte sie ihn durchschaut und wartete nur auf eine passende Gelegenheit, um ihn … ebenfalls umzubringen?

»Setzen Sie sich.«

Jonas trat ins Wohnzimmer.

Spindler war so dicht hinter ihm, dass ihr Atem warm über seinen Nacken strich. Wenn sie ihm jetzt ein Messer in den Rücken rammte …

Sei keine Bangbüx, sprach er sich innerlich Mut zu und ließ sich in den Sessel plumpsen.

»Sie sind total blass. Ich hole Ihnen schnell eine Tablette, die Ihren Kreislauf wieder in Schwung bringt.«

»Keine Tablette«, winkte Jonas hastig ab.

»Kann ich Ihnen zumindest ein Glas Wasser bringen?«

»Kein Wasser.« Er schaute sie mit weit aufgerissenen Augen an.

»Wie Sie wollen. Ich hole mir schnell etwas zu trinken.«

Spindler verließ das Wohnzimmer und kehrte kurz darauf mit einem bis zum Rand gefüllten Wasserglas zurück. Wie gestern war sie auch jetzt mit Rock und Bluse gekleidet und dezent geschminkt. Sie stellte das Glas vor sich auf den Tisch, strich den Rock glatt und setzte sich.

»Was wollen Sie denn heute von mir wissen?« Die Buchstaben gingen beim Sprechen ineinander über, sodass es wie ein lang gezogenes Wort klang und Jonas Mühe hatte, die Frage zu verstehen.

»Was Sie auf Borkum gemacht haben.«

Spindler sackte einen Moment in sich zusammen, als

würden die Muskeln versagen. Dann straffte sie ihren Körper wieder. »Wie gesagt, ich war nicht auf der Insel.«

»Ach ja? Und wie erklären Sie sich dieses Foto?« Jonas zog sein Smartphone hervor und öffnete eine Bilddatei, die er sich während der Überfahrt aus dem Internet heruntergeladen hatte. Er stand auf und hielt ihr die Aufnahme, auf der Spindler am Borkumer Hafen zu sehen war, unter die Nase.

»Das ist ein alter Schnappschuss. Ich war vor einigen Wochen dort.«

»Mag sein, aber dieses Foto wurde am Tag von Gerbers Ermordung aufgenommen. Am unteren Bildrand sind Datum und Uhrzeit der Aufnahme zu sehen.«

»Das ist ein Fake. Sie wollen mir den Mord in die Schuhe schieben, um sich nicht mit Gerbers Patienten herumschlagen zu müssen. Haben Sie sich seine Kundenkartei schon angesehen?«

»Nein. Dazu hatte ich noch keine Gelegenheit.«

»Keine Gelegenheit oder kein Interesse?«, giftete die Verdächtige.

»In welchem Ton reden Sie eigentlich mit einer Amtsperson?« Jonas platzte der Kragen.

»Entschuldigung, war nicht so gemeint.« Spindler griff nach dem vor ihr stehenden Wasserglas, trank einen Schluck ... und schleuderte es ihm entgegen.

Jonas, der von dem Angriff vollkommen überrumpelt wurde, riss den rechten Arm vor sein Gesicht. Gerade noch rechtzeitig, denn das Glas knallte schmerzhaft gegen seinen Unterarm. Es fiel zu Boden und verteilte den Inhalt über seiner Hose, den Tisch und den Teppich. Bevor Jonas sich von dem Schrecken erholt hatte, hörte er, wie die Wohnzimmertür zugeschlagen wurde.

Er sprang auf und rüttelte an der Klinke, aber die Tür ließ sich nur einen Spalt breit öffnen, dann wurde sie wieder zugezogen. Jonas zog nun seinerseits, so fest er konnte. Dabei stemmte er die Füße gegen den Türrahmen. Die Knöchel seiner Finger, die den Türgriff umfassten, traten weiß hervor. Obwohl sich seine Muskulatur verkrampfte und schmerzte, gab er nicht auf … bis er plötzlich nach hinten taumelte. Jonas ruderte so wild mit den Armen, als wollte er fliegen. Dabei hielt er die abgerissene Klinke in der rechten Hand.

Sekunden später knallte er mit dem Rücken schmerzhaft gegen eine Kommode und ging zu Boden. Eine darauf stehende Marmorskulptur fiel auf seinen Kopf, rutschte über die linke Schulter und knallte danach auf das Parkett. Benommen rappelte sich Jonas auf, stürmte durch die nun offen stehende Zimmertür und rannte ins Treppenhaus.

Wenn Gerbers Mörderin wegen seiner Schusseligkeit entkam, konnte er sich auf Borkum nicht mehr sehen lassen.

Jonas hetzte, immer zwei Stufen auf einmal nehmend, die Treppe hinunter. Schweiß lief über sein Gesicht und brannte in den Augen, sodass er kaum noch etwas sah. Er wischte ihn mit der Hand weg. Dabei stolperte er über eine Stufe und konnte einen Sturz erst im letzten Moment verhindern. Aus dem Erdgeschoss drangen aufgeregte Stimmen. Als er endlich dort angekommen war, sah er eine junge Frau, die einen Kinderwagen direkt vor die Treppe geschoben hatte. Spindler wollte sich daran vorbeiquetschen, war aber zu langsam. Jonas packte sie am Unterarm. Die Mutter starrte Jonas mit weit aufgerissenen Augen an und schrie entsetzt auf.

Spindler befreite sich mit einem Ruck aus seinem Griff und rannte los. Hektisch zog sie die Haustür auf. Dabei rief sie wie eine Verrückte um Hilfe.

Jonas hastete hinterher, packte Spindler erneut am linken Arm, konnte sie aber auch jetzt nicht festhalten. Sie schlüpfte durch die Tür. Jonas hetzte ihr auf dem Bürgersteig nach.

»Polizei. Halten Sie die Frau fest!«, rief er entgegenkommenden Passanten zu, aber niemand griff ein – im Gegenteil. Einige gafften ihn an, als wäre ihnen der Teufel persönlich begegnet. In einem Schaufenster sah sich Jonas wie in einem Spiegel. Sein Kopf war blutverschmiert, ebenso die Hände. Blut sickerte aus einer Platzwunde, lief über sein Gesicht und tropfte auf die Uniform.

Sein Herz schlug im Stakkato. Sein Atem ging stoßweise, die Muskeln seiner Beine brannten wie Feuer. Jonas biss die Zähne zusammen und rannte weiter. Er war nur noch eine Armlänge hinter Spindler, als diese urplötzlich einen Haken schlug und auf die Straße rannte.

Jonas, der nicht schnell genug abbremsen konnte, lief an ihr vorbei und direkt auf den Laternenpfahl zu, der plötzlich vor ihm auftauchte. Er streckte die Arme aus, konnte einen Zusammenprall aber nicht verhindern. Mit einem hörbaren *Klong* knallte er gegen den Pfosten. Das Hupen eines Autos und das Quietschen von Bremsen drangen wie durch Watte an seine Ohren. Dann wurde es ganz still.

STRAFPREDIGT

»›Vollpfosten knutscht Laterne. Bei der Polizei gehen die Lichter aus. Bullenterror in Ostfriesland.‹ Soll ich weiterlesen?«

Bakenhus wandte den Blick von seinem Computerbildschirm und schaute Jonas an. Dieser saß am nächsten Vormittag in sich zusammengesunken auf einem Plastikstuhl im Büro der Borkumer Polizeistation. Sein Kopf war bandagiert, die gebrochene Nase klebte wie eine unförmige Kartoffel in seinem Gesicht.

»Nee, ich kenne die Schlagzeilen und auch die Berichte im Internet«, winkte er ab.

»Sie haben die Arbeit der Polizei in der Öffentlichkeit lächerlich gemacht und eine unbescholtene Bürgerin in Gefahr gebracht.«

»Unbescholtene Bürgerin?« Jonas runzelte die Stirn, was er sofort bereute, denn die Platzwunde, die im Krankenhaus mit sieben Stichen genäht worden war, schmerzte. »Ulrike Spindler ist eine Mörderin. Warum sollte sie sonst vor mir geflohen sein?«

»Weil Sie die arme Frau in ihrer Wohnung drangsaliert haben. Dem Bericht der Kollegen nach haben Sie darin wie ein Vandale gewütet und die Klinke der Wohnzimmertür gewaltsam herausgerissen«, wetterte Bakenhus. »Spindler musste um ihr Leben fürchten. Glücklicherweise wurde sie auf der Flucht nur leicht verletzt und

konnte das Krankenhaus nach einer ambulanten Behandlung wieder verlassen.«

»Sie war am Tag von Gerbers Tod auf Borkum«, verteidigte sich Jonas lauthals.

»Mag sein, aber sie hat den Mann nicht getötet. In der
Vernehmung hat sie versichert, dass sie die Gäste auf den
Feierlichkeiten vor dem Schönheitschirurgen warnen
wollte. Weil ihr aber der Mut fehlte, sich vor den vielen
Menschen zu zeigen, ist sie mit der Nachmittagsfähre auf
das Festland zurückgekehrt. Vom Hafen aus hat sie sich
von einem Taxi zur Bar bringen lassen und dort den Frust
über ihre eigene Feigheit in Cocktails ertränkt. Wir haben
den Barkeeper gefragt und drei Gäste, die ihr Alibi alle
bestätigt haben. Spindler war zur Tatzeit nicht auf Borkum und scheidet daher als Täterin aus.«

Jonas ahnte, dass Bakenhus recht hatte. Selbst wenn
sich Spindler irgendwie Zyankali beschafft haben sollte,
hätte sie die Giftpillen niemals in Gerbers Taschenuhr
schmuggeln können, weil er das gute Stück stets bei sich
trug.

»Wir müssen seine Kundenkartei nach potenziellen
Tätern durchsehen«, regte er eine Untersuchung an.

»Wollen Sie ernsthaft jeden Patienten vernehmen?«
Bakenhus schaute ihn entgeistert an.

»Natürlich. In einem derart prominenten Mordfall müssen wir besonders umsichtig vorgehen.«

»Das ist richtig. Deshalb habe ich Ihre Schwester bereits
verhaftet. Das Döschen mit den Giftpillen ...«

»... haben Sie dort versteckt, um den Fall so schnell wie
möglich abschließen zu können.«

»Das ist eine ungeheure Unterstellung.« Bakenhus stand
auf. »Statt mit mir über Ihren Verdacht gegen Spindler zu

sprechen, haben Sie mich wegen einer angeblichen Erkran-
kung angelogen und heimlich in einem Fall ermittelt, von
dem ich Sie abgezogen hatte. Das wird disziplinarische
Konsequenzen haben.«

»Muss das sein? Ich wollte doch nur … ich habe …«

»… Scheiße gebaut, aber so richtig.« Bakenhus stützte
die Arme auf den Schreibtisch und beugte sich vor.

»Spindler passt ins Täterprofil.« Jonas hielt dem Blick
seines Vorgesetzten stand.

»Täterprofil? Halten Sie sich etwa für einen Profiler?«

»Nein, aber Stine hat sich Gedanken gemacht.«

»Stine?«

»Meine Frau. Sie ist Psychologin.«

»Echt jetzt?«

»Jo.«

»Mein Beileid.«

»Danke.«

»Sollten Sie noch einmal ohne mein Wissen ermitteln,
werde ich persönlich für Ihre Suspendierung sorgen, ist
das klar?«

»Meine Schwester ist unschuldig«, entgegnete Jonas
trotzig.

»Ob das klar ist, will ich wissen!«, plärrte Bakenhus.

»Jo.«

»An die Arbeit, aber zackig.«

Jonas schlurfte aus seinem ehemaligen Büro und ließ
sich an seinem neuen Arbeitsplatz auf den Schreibtischstuhl fallen. Die beiden Polizisten, die bei Fennas Verhaftung geholfen hatten, waren für die Festnahme extra auf
die Insel gekommen und arbeiteten jetzt wieder in ihren
Dienststellen. Die Borkumer Kollegen waren noch immer
nicht zurückgekehrt – worüber Jonas froh war, denn auf

diese Weise erfuhr niemand etwas von seiner Degradierung. Er musste dringend etwas unternehmen, bevor die
Insulaner davon Wind bekamen.

FAMILIENRAT

Zwei Tage nach der missglückten Vernehmung von Ulrike Spindler hatte sich die Familie Kruskopp wieder in der Kommandozentrale des Klabautermanns versammelt. Opa Gnadderkopp musterte seinen Sohn durch den Qualm seiner Zigarette hindurch.

»Du hättest Spindler sofort in Gewahrsam nehmen müssen.«

»Ich kann doch nicht ahnen, dass die Verdächtige plötzlich durchdreht.«

»Das hättest du bedenken müssen.«

»Ach ja?«

»Jo.«

»Haltet mal die Luft an, alle beide.« Stine blickte von Jonas, dessen Kopf mit dem Verband und der gebrochenen Nase so unförmig wirkte wie ein gentechnisch veränderter Kürbis, zu ihrem Schwiegervater. Dieser nahm einen tiefen Zug an der Zigarette.

»Statt zu streiten, sollten wir uns lieber über die weitere Vorgehensweise abstimmen. Ich habe mein Profil nach der Lektüre einiger Fachbücher über psychologische Verhaltensmuster von Mördern weiter überarbeitet. Obwohl ich nach wie vor von einer weiblichen Täterin ausgehe, könnte auch ein Mann den Mord verübt haben. Demzufolge müssen wir die Suchparameter ausweiten und uns nun auf sozial integrierte Personen konzentrieren, die möglicherweise eine dissoziative Identitätsstörung …«

»Deinem Profil zufolge können wir demnach nur Klein-
kinder und bettlägerige Senioren als Täter ausschließen.
Deiner Ausarbeitung fehlt ein klar abgegrenzter Täter-
kreis.« Der alte Seebär drückte seinen Zigarettenstummel
im Aschenbecher aus.

»Da ist was dran«, mischte sich Emilia in den Disput ein.
»Da wir dem Täter noch kein bestimmtes Profil zuordnen
können, sollten wir uns auf mögliche Motive konzentrieren. Wir dürfen keine Zeit mehr verlieren, schließlich müssen wir endlich Fennas Unschuld beweisen. Die Arme sitzt
seit Tagen in Untersuchungshaft und wir sind mit unseren
Nachforschungen noch keinen Meter weiter.«

»Warum siehst du mich dabei so fragend an?«,
beschwerte sich Jonas.

»Weil du als Polizist am meisten für deine Schwester tun
kannst. Wenn Bakenhus Informationen zurückhält, Spuren
nicht verfolgt oder sogar entlastende Beweise verschwinden lässt, müssen wir das wissen«, echauffierte sich Emilia.

»Ich wurde von dem Fall abgezogen, schon vergessen?«

»Dann musst du dir Bakenhus' Unterlagen einfach
heimlich ansehen. Das kann doch nicht so schwierig sein.«

»Vadder, ich weiß nicht einmal, wo er die Akten auf-
bewahrt.«

»Dann musst du sie suchen.«

»Wenn mich Bakenhus dabei erwischt, kann ich meine
Karriere bei der Polizei vergessen.«

»Welche Karriere?«, stichelte Emilia.

»Die Freiheit deiner Schwester sollte dieses Risiko wert
sein, meinst du nicht auch?«

»Stine, so einfach ist das nicht.«

»Jetzt reicht es mir aber mit deiner Jammerei. Wir müssen Fenna entlasten. Während du nach ihrer Akte suchst,

nehme ich Bakenhus' Wohnung auseinander. Keine Diskussion!« Opa Gnadderkopp schlug mit der Faust auf den Tisch.

»Vadder, du kannst doch nicht bei Bakenhus einbrechen.«

»Das muss ich auch nicht, denn ich habe den Schlüssel.« Der alte Mann grinste triumphierend. »Er hat eine Wohnung angemietet, die von meiner Hausverwaltung betreut wird.«

»Das kannst du nicht machen.«

»Ich kann und ich werde.«

»Wenn Bakenhus dich von den Ermittlungen ausschließt, müssen wir uns die Informationen auf anderem Weg beschaffen. Ich würde alles tun, um Fenna aus dem Gefängnis zu holen«, versicherte Emilia, deren Sohn wieder im Nebenraum schlief.

»Wenn du dich vor der Veranstaltung nicht mit ihr gezofft hättest, wäre sie vielleicht nicht in Untersuchungshaft.«

»Jonas, das ist so ein Frauending.«

»Kapier ich nicht.«

»Genau das meine ich.« Emilia schaute zu Stine, die ihr aufmunternd zunickte.

»Da ist was dran. Die weiblichen Formen der Kommunikation und des Verstehens sind …«

»… rudimentär entwickelt«, unterbrach Opa Gnadderkopp die beiden Frauen, nahm etwas Tabak aus seinem Beutel und drehte sich eine neue Zigarette.

»Das mag so erscheinen, weil der männliche Verstand mit derart komplexen Denkvorgängen heillos überfordert ist.«

»Du meinst sicher, der *menschliche* Verstand«, korrigierte Jonas seine Frau.

»Nee, du hast mich schon richtig verstanden. Psychologische Studien zeigen eine erstaunliche Ähnlichkeit zwischen Primaten und der selbst ernannten Krone der Schöp-
fung. Besonders ausgeprägt sind hierbei instinktgesteuerte
Triebe im sexuellen Bereich und beim Höhlenbau. Untersuchungen in den Baumärkten haben gezeigt, dass ver-
heiratete Männer dort viele Kohlegrills und Kaminholz
kaufen.«

»Willst du damit ernsthaft behaupten, dass wir Männer
uns in der Evolution zurückentwickeln, weil wir bierse-
lige Grillabende am Lagerfeuer lieben und im Winter nicht
frieren wollen?«

»Eine Rückentwicklung der männlichen Individuen ist
unmöglich.«

»Sag ich doch.« Jonas grinste triumphierend, was mit
seinem deformierten Gesicht ziemlich gruselig aussah.

»Stine meint damit, dass die menschliche Evolution
ohne euch Männer stattgefunden hat und allein auf weiblichen Fähigkeiten beruht.«

»Wie jetzt?«

Bevor jemand Jonas' Frage beantworten konnte, klingelte sein Mobiltelefon. Er kramte das Gerät aus der
Hosentasche und warf einen Blick auf das Display. Dann
nahm er den Anruf seiner ältesten Tochter entgegen: »Lisa,
mein Schatz, wie geht es dir?«

»Stell auf Lautsprecher, wir wollen mithören«, verlangte
Stine und Jonas entsprach ihrem Wunsch.

»Warum ist Tante Fenna noch immer in Untersuchungshaft?«, kam Lisa ohne Umschweife zur Sache.

»Weil es bisher keine entlastenden Beweise gibt. Das
Ganze ist nur ein Justizirrtum, der sich bestimmt bald
aufklären wird.«

»Geht das nicht schneller?«

»Ich arbeite rund um die Uhr daran.«

»Kann Mama dir nicht helfen?«

»Das ist eine polizeiinterne Angelegenheit und – he, gib das Handy zurück!« Die Aufforderung galt Stine, die das Gerät an sich genommen hatte.

»Die Familie lässt Tante Fenna keinesfalls hängen. Wir holen sie aus dem Gefängnis raus!«

»Gut zu wissen. Meldet euch, wenn ich etwas tun kann.«

»Klar. Bis später.« Stine beendete das Gespräch und gab ihrem Mann das Handy zurück.

»Wir müssen über mögliche Mordmotive reden. Fenna unterstellt Bakenhus Rache. Was könnte es noch sein?« Emilia schaute fragend in die Runde.

»Liebe.«

»Eifersucht.«

»Habgier.«

»Neid.«

Alle redeten durcheinander, bis Opa Gnadderkopp, der jeden Vorschlag in die Computertastatur getippt hatte, die Hand hob. »Die wichtigsten Motive haben wir bereits genannt. Eifersucht könnte auf Sabine Gerber zutreffen. Sie könnte ihren Mann wegen einer Affäre getötet haben.«

»Warum sollte die Witwe einen Mord begehen, wenn sie sich scheiden lassen kann?«, wandte Jonas ein.

»Wenn du mit einer anderen Frau ins Bett gehst, gibt es für mich nur einen Weg der Trennung. Und der führt nicht über einen Anwalt, sondern direkt zu einem Totengräber.«

»Stine, war das etwa eine Drohung?«

»Nein, sondern ein Versprechen.« Sie lächelte schmallippig.

»Das könnt ihr später ausdiskutieren.« Emilia verdrehte genervt die Augen. »Wir sollten nach einer Geliebten suchen. Jonas, was ist mit der Patientenkartei, von der du gesprochen hast?«

»Bakenhus will sich anscheinend nicht mit Gerbers Kunden anlegen. Darunter sind viele Prominente und Reiche, die Ärger machen könnten.«

»Na und? Kannst du ihn nicht unter Druck setzen?«

»Ich wurde von dem Fall abgezogen, wie oft soll ich das denn noch sagen?«

»Kein Grund, gleich laut zu werden. Kannst du irgendwie an die Patientenkartei gelangen?«

»Nur über den offiziellen Weg. Das bekommt Bakenhus sofort mit. Da er Fenna auf dem Kieker hat, wird er anderen Spuren nicht nachgehen wollen.«

»Ein Grund mehr, sich in seiner Wohnung umzusehen.« Opa Gnadderkopp nickte, als wollte er seine eigenen Worte bestätigen, und fuhr fort: »In den letzten Tagen habe ich mich bei Insulanern umgehört und mit Gastronomen und Strandkorbvermietern gesprochen. Außer dem üblichen Tratsch hat keiner etwas gesehen oder gehört, das uns weiterhelfen könnte.«

»Da ich bei vielen Gästen noch immer als eine der ›Mörderschwestern‹ gelte und entsprechend beleidigt werde, will ich mein Restaurant erst wieder öffnen, wenn der Fall abgeschlossen ist. Die freie Zeit werde ich nutzen, um in Gerbers Vergangenheit zu wühlen. Mit etwas Glück finde ich eine Geliebte. Vielleicht liegt der Grund für den Mord auch in seiner Kindheit oder Jugend.«

»Ich werde die Witwe unter die Lupen nehmen und mich in Bakenhus' Wohnung umschauen. Jonas, du musst unbedingt die Ermittlungsakte einsehen.«

»Vadder, das werde ich schon irgendwie schaffen.«

»Was ist mit mir? Ich könnte das Täterprofil weiter über-
arbeiten und …«

»Nein!«, schallte es gleichzeitig aus allen Mündern.

Stine zog eine Flunsch. »Das habt ihr vorher eingeübt.«

REINIGUNGSTEAM

Opa Gnadderkopp, der an diesem Vormittag einen blauen Arbeitskittel mit einem Klabautermann-Schriftzug über seiner Kleidung trug, blieb vor der Wohnungstür stehen.

In der linken Hand trug er einen Putzeimer, in dem sich ein Lappen und verschiedene Reinigungsmittel befanden. In der rechten Hand hielt er einen Schlüsselbund. Er warf einen kurzen Blick über die Schulter. Niemand war zu sehen.

Rasch steckte er den Schlüssel mit der roten Kappe ins Schloss, öffnete die Tür und schlüpfte hinein.

Im Flur drückte er die Tür mit dem Ellenbogen zu und stellte den Eimer davor. Auf diese Weise konnte niemand die Wohnung unbemerkt betreten. Nun musste es schnell gehen.

Er knipste das Licht an. Drei Spots flammten auf und beleuchteten einen schmalen Flur. Zwei Jacken hingen an der Garderobe. Schwarze Lederschuhe und ein Paar Sneaker standen so akkurat darunter, als wären sie mit einem Lineal in die richtige Position gerückt worden. Auf der gegenüberliegenden Seite war eine Kommode, über der das Bild einer Dünenlandschaft hing.

Links und rechts davon befanden sich zwei Zimmertüren, eine dritte war an der Stirnseite.

Opa Gnadderkopp öffnete die erste Tür und trat in einen circa zwölf Quadratmeter großen Raum, in dem sich zwei Betten und ein Kleiderschrank aus Kiefernholz befanden. Er öffnete den Schrank und lugte hinein. Fünf Hemden und eine Strickjacke hingen an einer Stange. Daneben befanden sich drei Fächer, in denen Unterwäsche, T-Shirts und Pullover verstaut waren. Die Kleidungsstücke lagen so sorgsam aufeinander, als kämen sie aus einer Wäscherei.

Opa Gnadderkopp verschob die Wäschestapel und fuhr mit der Hand in die hinteren Bereiche, konnte dort aber nichts ertasten. Demnach schien Bakenhus die Akte – und was immer er sonst noch aus dem Büro mitgenommen haben könnte – nicht im Schrank aufzubewahren. Der alte Kruskopp schloss das Möbelstück wieder und kniete sich auf den Boden, wobei seine Gelenke protestierend knackten.

»Alt werden ist nichts für Weicheier«, murmelte er vor sich hin und schaute unter das Bett. Aber dort wuselten nur Staubmäuse in einem leichten Luftzug umher. Wer auch immer für die letzte Endreinigung verantwortlich gewesen war, konnte sich bei ihm einen ordentlichen Anschiss abholen.

Er winkelte das rechte Bein an, stützte sich mit den Händen auf dem Oberschenkel ab und richtete sich auf. Wenige Augenblicke später inspizierte er das Badezimmer.

Auf einer gläsernen Ablage standen ein Deostift, eine Flasche Rasierwasser, eine Tube Zahnpasta und eine Cremedose wie stramme Soldaten in einer Reihe. Auf einer länglichen Stange hingen zwei Handtücher, die in einer Linie abschlossen.

Opa Gnadderkopp warf einen kurzen Blick in die Duschkabine und eilte dann in den Wohnbereich. An der linken Wand war eine Küchenzeile, davor stand ein Esstisch, um den vier Stühle drapiert waren. Auf dem Tisch befand sich eine Glasschale, in der drei Äpfel und zwei Bananen lagen.

Er öffnete die Hängeschränke, begutachtete das Geschirr und die Gläser, inspizierte Töpfe und Pfannen und schaute in den Vorratsschrank, konnte dort allerdings auch nichts Auffälliges finden.

Frustriert schlurrte er zu dem halbhohen Schrank, auf dem der Fernseher stand, öffnete die beiden Türen ... und erstarrte. Das durfte doch nicht wahr sein.

Er atmete tief ein, was bei ihm wie das Röcheln eines Sterbenden klang. Dann beugte er sich vor und nahm die Dartscheibe heraus, auf der ein Porträtfoto von Jonas klebte, das vollkommen perforiert war.

Die Augen waren derart löchrig, dass sie kaum noch als solche zu erkennen waren. Die Lippen waren ebenfalls zerfetzt, die Nase kaum noch zu identifizieren. Neben der Dartscheibe lagen drei Pfeile.

Bakenhus schien sich die Zeit damit zu vertreiben, Wurfgeschosse auf das Gesicht seines Sohnes zu werfen.

Demnach musste er noch immer eine Stinkwut wegen seiner damaligen Verhaftung haben – oder hatte Bakenhus einen anderen Grund, sich derart an Jonas abzureagieren?

Er würde mit seinem Sohn darüber sprechen müssen.

Opa Gnadderkopp zog sein Smartphone aus der Seiten-tasche seines Kittels, legte die Scheibe auf den Fußboden und machte ein Foto davon. Er wollte sich den Inhalt des Schranks gerade genauer ansehen, als der Eimer im Flur polternd umfiel.

Hastig stopfte er die Scheibe in den Schrank, schloss die Tür und sah sich nach einem Versteck um – fand aber kei-nes. Aus dem Flur nährten sich Schritte. Wenige Sekun-den später trat Bakenhus in den Raum.

»Haben Sie den Eimer in den Weg gestellt?«, plärrte er los, bevor Kruskopp auch nur »Moin« sagen konnte.

»Jo, ich mache hier sauber.«

»Ohne Putzlappen?« Der Polizist hob die Brauen.

»Ich sehe mir vor der Arbeit immer die Räumlichkeiten an, um zu entscheiden, welche Art der Reinigung angemessen ist.«

»Art der Reinigung?« Bakenhus schaute ihn so irritiert an, als hätte sein Gegenüber von einem fliegenden Schaf gesprochen.

»Feucht oder trocken, Staubtuch oder Wedel, mit Lauge oder Seifenwasser, Essigessenz und …«

»Schon gut!«, fiel ihm der Polizist ins Wort und deutete zur Tür. »Sie können gehen. Ich möchte jetzt allein sein.«

Der alte Mann nickte und huschte in den Flur. Da er nicht wusste, ob Bakenhus ihn zusammen mit Jonas gesehen hatte, wollte er so schnell wie möglich verschwinden. Er war noch zwei Schritte von der Tür entfernt, als Bakenhus rief: »Stopp! Herkommen!«

Einen Moment überlegte er, sich taub zu stellen, dann drehte sich der alte Kruskopp zu dem Beamten um. Dieser musterte ihn mit starrem Blick. »Sie kommen mir bekannt vor.«

»Sie werden meinen Internetauftritt gesehen haben. Hausverwaltung Klabautermann, das ist meine Firma.«

»Finden Sie es nicht ungewöhnlich, dass der Chef die Reinigung der Wohnungen selbst übernimmt?«

»Auf Borkum ist es unglaublich schwierig, gutes Personal zu finden. Zum Fachkräftemangel kommt auf der Insel das Problem des fehlenden Wohnraums hinzu. Diese beiden Faktoren sorgen leider dafür, dass ich viele Arbei-

ten selbst übernehmen muss. Wenn Sie sich etwas dazu-
verdienen wollen, können Sie jederzeit bei mir anfangen.«

»Sehe ich etwa aus, als würde ich *putzen*?« Bakenhus
verzog bei dem Wort das Gesicht, als wäre er mit polierten Lederschuhen in einen riesigen Hundehaufen getreten.

Bei der Frage erinnerte sich Opa Gnadderkopp an die
Schmierereien am Musikpavillon, die dieser vor vielen
Jahren abgewischt hatte, und wollte daher zunächst antworten: »Sie haben in diesem Bereich bereits praktische
Erfahrung sammeln können«, verkniff sich die Bemerkung
aber im letzten Moment und sagte stattdessen: »Natürlich nicht.«

Wenige Augenblicke später hatte er die Wohnung mit
dem Eimer in der Hand wieder verlassen und machte sich
auf den Heimweg.

SUCHAKTION

Jonas schaute in das leere Büro. Bakenhus musste gegangen sein, während er sich auf der Toilette eingeschlossen hatte. Stines Grünzeug hatte seine Verdauung wieder einmal vollkommen durcheinandergebracht.

Da sein Vorgesetzter jederzeit zurückkehren konnte, huschte Jonas schattengleich zu seinem alten Schreibtisch und zog die oberste Schublade auf. Darin befanden sich verschiedene Stifte sowie Notizzettel, ein Locher, eine Rolle Tesafilm und ein Heftgerät. Im zweiten Schubfach fand er Vordrucke und Druckerpapier, die dritte Schublade war abgeschlossen.

Was verbarg Bakenhus darin?

Jonas überlegte einen Augenblick. Dann hastete er zum Abstellraum, in dem neben Besen, Wischmopp und Kehrblech auch Toilettenpapier, Glühbirnen und sonstige Artikel lagerten, auf die niemand verzichten konnte. Wer wollte schon im Dunkeln auf einem stillen Örtchen ohne Klopapier sitzen?

Jonas ging in die Hocke, schob drei Packungen mit Tonerpatronen für den Drucker zur Seite und zog den blauen Handwerkskasten heraus. Er öffnete ihn und wühlte zwischen Schraubenziehern, Hämmern und Zangen umher, bis er das postkartengroße Plastikkästchen gefunden hatte. Darin befanden sich neben einigen Duplikaten auch jene Schlüssel, von denen niemand wusste, für welches Schloss sie benötigt wurden.

Mit dem Kästchen in der Hand eilte Jonas zum Schreibtisch zurück und suchte nach dem passenden Schlüssel.
Was schwieriger war als gedacht, denn bei den meisten
Schlüsseln fehlten Anhänger, die auf den Verwendungs-
zweck hinwiesen.

»Schiet ok«, schimpfte Jonas und kippte den Inhalt des
Kästchens kurzerhand auf den Schreibtisch. Hektisch sor-
tierte er alle Schlüssel, die entweder anderweitig gekenn-
zeichnet waren oder von der Größe her nicht passen konnten, aus und versuchte, die Schublade mit den verbliebenen
Schlüsseln zu öffnen.

Bei jedem Fehlversuch wurde er etwas nervöser, und als
Jonas das Schloss endlich öffnen konnte, riss er die Schublade so ungestüm heraus, dass sie aus den Laufschienen
sprang. Eine Akte, diverse Vordrucke und handbeschrie-
bene Zettel fielen heraus und verteilten sich auf dem Boden.

Jonas schenkte den Unterlagen zunächst keine Beachtung, sondern setzte die Schublade wieder ein. Zumindest
hatte er das vor, aber das blöde Ding verkantete sich ständig. Als das Schubfach endlich wieder in den Laufschienen einrastete, jaulte Jonas auf wie ein getretener Hund.
Irgendwie hatte er es geschafft, seinen rechten Daumen
zwischen Rad und Schiene einzuklemmen. Bei dem Versuch, seinen schmerzenden Daumen aus der misslichen
Lage zu befreien, riss die Haut und hinterließ eine blutige Schliere.

Jonas presste die Lippen zusammen, um einen weiteren Schmerzensschrei zu ersticken, und zog ein Papiertaschentuch aus der Hosentasche. Dieses wickelte er um
den Daumen und blätterte dann in den herausgefalle-
nen Unterlagen. Auf einem der handbeschriebenen Zettel standen Begriffe wie »Patientenakten«, »Alibi Witwe

prüfen« und »Geliebte«. Wenn es sich dabei um Gedankenstützen handelte, war Bakenhus mit seinen Ermittlungen zumindest auf dem richtigen Weg. Jonas fotografierte die Unterlagen mit seinem Smartphone ab. Nachdem er diese in die Schublade zurückgelegt hatte, öffnete er die Akte, auf der *Dr. Alexander Gerber* zu lesen war.

Hastig blätterte er die Unterlagen und Fotos durch. Dabei handelte es sich neben dem pathologischen Bericht um Zeugenaussagen, Tatortbilder und einen Bericht über die Durchsuchung der Villa Kutterbunt. Jonas überflog den Text, in dem sowohl auf rechtliche Belange des Durchsuchungsbeschlusses wie auch auf den Fund des Pillendöschens eingegangen wurde. Danach betrachtete er die Aufnahmen, die das Beweisstück aus unterschiedlichen Perspektiven zeigte – eine Allerweltsverpackung, wie sie in Drogerien und Apotheken verkauft wurden. Fenna hätte sie demnach anonym erwerben können, nicht aber die Zyankalitabletten darin.

In weiteren Unterlagen fand Jonas ein Gutachten zu dem Pillendöschen, wonach keine Fingerabdrücke darauf gefunden worden waren. Diese Information war ihm neu.

Weshalb sollte Fenna sich die Mühe machen, ihre Spuren zu beseitigen, um das Beweisstück im Anschluss auf ihrem Kutter zu verstecken, wo es jederzeit gefunden werden konnte?

Jedem halbwegs vernünftigen Menschen wäre kein solcher Fehler unterlaufen. Vernunft und Weiblichkeit waren allerdings wie identische magnetische Pole, die sich abstießen und niemals zueinanderfanden. Diesen Gedanken hätte Jonas natürlich weder Stine noch den anderen Frauen in seiner Familie gegenüber laut geäußert.

Fenna könnte Mist gebaut und nicht richtig nachgedacht haben – oder hatte jemand anders das Beweismittel dort versteckt, um seiner Schwester den Mord in die Schuhe zu schieben? Spielte Bakenhus mit gezinkten Karten?

Jonas legte das Dokument zur Seite und begutachtete einige Bilder, die Fenna zeigten und anscheinend heimlich gemacht worden waren, denn bei keiner Aufnahme schaute sie direkt in die Kamera.

Andere Fotos hatten die Villa Kutterbunt von verschiedenen Seiten und aus unterschiedlichen Perspektiven als Motiv. Auf manchen von ihnen waren laienhafte Gemälde von Möwen, Seehunden und Leuchttürmen zu sehen, die Fenna auf den Rumpf der Villa Kutterbunt aufgemalt hatte.

Fassungslos starrte Jonas auf einen farbigen Computerausdruck, auf dem der mit einem amateurhaften Gemälde verzierte Musikpavillon zu sehen war. Er vermutete, dass Bakenhus die Aufnahme irgendwo im Internet gefunden und ausgedruckt hatte. Ein Urlauber hätte das Foto knipsen und hochladen können. Wusste sein Vorgesetzter, dass Fenna und Emilia für die Schmiererei verantwortlich waren? Verglich Bakenhus die amateurhaften Kunstwerke auf der Villa Kutterbunt mit denen auf dem Musikpavillon? War sein Chef auf einem privaten Rachefeldzug?

Jonas japste nach Luft, als hätte er einen harten Punch einstecken müssen. Diese Bilder warfen ein vollkommen neues Licht auf die Ermittlungen. Wenn es Bakenhus gelänge, Fenna für den Mord verantwortlich zu machen, hätte er mit der Verhaftung gleich drei Fliegen mit einer Klappe geschlagen.

Erstens hätte er bei einer Verurteilung späte Rache an Fenna geübt, die die Schmierereien damals nicht zugeben und ihm damit die Schmach der Reinigung nicht erspart hatte. Zweitens konnte Bakenhus Jonas, von dem er sich ungerecht behandelt gefühlt hatte, mit der Aufklärung des Falls wie einen Depp dastehen lassen und sich drittens beim Polizeipräsidenten für weitere Aufgaben empfehlen. Für den Ehrgeizling war Fennas Mordmotiv eine Steilvorlage, die sich Bakenhus keinesfalls entgehen lassen würde.

Jonas fotografierte auch diese Bilder und Schriftstücke ab und legte alles zurück in die Schublade. Keine Sekunde zu früh, denn nun hörte er Schritte. Jemand hatte die Polizeistation betreten.

Hektisch stopfte Jonas die Schlüssel in die Schachtel und drückte die unterste Schublade mit dem Fuß zu. Dabei fiel ihm auf, dass der Zweitschlüssel noch im Schloss steckte. Er bückte sich, um diesen an sich zu nehmen, war aber zu langsam.

»Warum versteckst du dich vor mir?« Sein Vater trat ins Büro.

»Ich muss den Schlüssel abziehen.« Jonas hatte die Schublade verschlossen und tauchte aus seiner unbequemen Haltung auf.

»Hast du etwas herausgefunden?«

»Fotos von Fenna und der Villa Kutterbunt. Bakenhus ist auf einem Rachefeldzug gegen die Familie Kruskopp.«

»Jo.« Opa Gnadderkopp zückte sein Smartphone und zeigte Jonas das durchlöcherte Foto auf der Dartscheibe. »Er scheint sich gerne an dir abzureagieren. Du hättest ihn damals nicht verhaften dürfen.«

»Aber er hatte die Sprayflasche in der Hand. Was unternehmen wir jetzt?«

»Den wahren Mörder von Gerber finden, was denn sonst? Ich mache mich jetzt wieder an die Arbeit. Das solltest du auch besser. Wir sehen uns später.« Der alte Seebär verließ die Polizeistation.

Jonas verstaute das Schlüsselkästchen im Werkzeugkoffer und stellte diesen zurück in den untersten Regalboden des Abstellraums. Nachdem er seinen Daumen mit einem Pflaster aus dem Erste-Hilfe-Kasten verarztet hatte, kehrte er zu seinem Schreibtisch zurück. Er stellte die Ellenbogen auf die Tischplatte, stützte den noch immer bandagierten Kopf in die Hände und dachte darüber nach, Bakenhus beim Polizeipräsidenten zu melden. Da Bekker aber nicht gut auf ihn zu sprechen war und Bakenhus nach Fennas Verhaftung ausdrücklich gelobt hatte, würde dieser seinen neuen Günstling sicherlich nicht suspendieren. Wahrscheinlich würde sich der oberste Ordnungshüter sogar über das perforierte Porträt lustig machen.

Sein Vater hatte vollkommen recht. Sie mussten den Mörder auf eigene Faust ermitteln.

BILDBETRACHTUNG

Jonas, der nach einem anstrengendem Arbeitstag an diesem Abend als Letzter zur Lagebesprechung ins Büro des Klabautermanns gekommen war, schlurfte zum einzigen freien Platz neben Stine.

Da Lukas in den nächsten Tagen bei einem Freund auf dem Festland übernachtete, konnte sich die ebenfalls anwesende Emilia ganz auf die Nachforschungen konzentrieren.

»Was haben wir bisher?« Opa Gnadderkopp thronte wieder hinter dem Schreibtisch und schwang seinen Kugelschreiber wie ein Zepter, während seine Familie im Halbkreis auf Plastikstühlen vor ihm saß.

»Bakenhus hat unsere Familie auf dem Kieker.« Jonas setzte sich. »Wir müssen seine einseitigen Ermittlungen melden.«

»Wem willst du das denn melden?«, fragte Stine und fuhr fort, ohne eine Antwort abzuwarten. »Da der Polizeipräsident weder für Fenna noch für dich tätig werden wird, solltest du es beim Innenministerium oder direkt beim Ministerpräsidenten versuchen.«

»Ich dachte eher an die Kollegen von der internen Ermittlung«, grummelte Jonas.

»Die Kruskopps lösen ihre Probleme allein«, ließ sich Opa Gnadderkopp vernehmen. »Wenn die Öffentlichkeit erfährt, dass Bakenhus wegen einseitiger Ermittlungen eine Unschuldige verhaftet hat, wird ihn der Polizeipräsident fallen lassen wie eine heiße Kartoffel. Damit dürfte die Karriere des Ehrgeizlings vorbei sein, noch bevor sie richtig begonnen hat. Emilia und ich haben in den letzten beiden Tagen in Gerbers Vergangenheit gewühlt.« Er machte eine Kunstpause, bevor er feierlich verkündete: »Und etwas gefunden.«

»Gerber scheint eine Geliebte gehabt zu haben«, nahm Emilia den Gesprächsfaden auf. »Im Internet gibt es unzählige Fotos und Berichte über den Schönheitschirurgen, die wir uns alle angesehen haben. Auf vielen Aufnahmen ist er mit ehemaligen Patienten zu sehen, andere zeigen ihn bei feierlichen Veranstaltungen an der Seite seiner Ehefrau. In den letzten Monaten ist er auffallend oft mit einer Ärztin abgelichtet worden, die ebenfalls Schönheitsoperationen durchführt. Ihr Name ist Janine Meinecke.«

»Wenn sie seine Geliebte war, hat Sabine Gerber ihren Mann aus Eifersucht getötet, ist doch klar!«, ließ sich Stine vernehmen. »Jonas, du musst ihr den Mord unbedingt nachweisen, damit Fenna endlich aus der Untersuchungshaft entlassen wird.«

»Ich wurde von dem Fall abgezogen, wie oft muss ich das denn noch sagen? Zudem lässt sich die Witwe von einem Staranwalt vertreten. Der Kerl ist ein juristischer Bluthund, der mich beim geringsten Verfahrensfehler in Stücke reißt.«

»Bist du etwa eine Bangbüx?«

»Vadder, natürlich nicht. Ich will damit nur sagen, dass ich ohne stichhaltige Beweise nichts unternehmen kann. Zudem wird Bakenhus mich suspendieren, wenn ich Sabine Gerber in die Mangel nehme. Nach dem Vorfall in Emden sollte ich mich besser an die Spielregeln halten.«

»Wenn du nicht gegen einen Laternenpfahl gelaufen wärst, hätte niemand von der Vernehmung erfahren.«

Jonas fuhr sich mit der Hand über seinen Kopfverband, der ihn auf den ersten Blick wie eine Mumie in Uniform aussehen ließ, und wandte sich dann an seine Frau: »Warum musst du immer wieder davon anfangen?«

»Weil du dein inneres Gleichgewicht verloren hast. Wenn du mehr meditieren würdest, wärst du nicht nur entspannter, sondern auch erfolgreicher.«

»Ich verstehe nicht, wie mich die akrobatischen Verrenkungen auf deiner Matte erfolgreicher machen könnten.«

»Menschen, die mit sich im Einklang leben, strahlen von innen heraus eine immense Stärke aus. Manche Leute leuchten geradezu. Die Umwelt nimmt dieses Signal unbewusst wahr und sieht in ihnen erfolgreiche Macher, die alles im Griff haben.«

»Du könntest Jonas eine Lampe schlucken lassen und er würde immer noch nicht leuchten.« Opa Gnadderkopp bekräftigte seine Worte mit einem Hustenanfall.

»Das kann man so nicht sagen«, verteidigte sich der Gescholtene und wechselte rasch das Thema: »Gibt es eindeutige Hinweise auf eine Affäre zwischen Gerber und dieser Ärztin?«

»Wenn du damit Aufnahmen meinst, auf denen sie in flagranti erwischt wurden, muss ich dich leider enttäuschen. Der Körpersprache nach zu urteilen, verbindet die beiden aber mehr als eine berufliche Zusammenarbeit.«

»Wir haben in den sozialen Netzwerken Fotos gefunden, auf denen die Turteltäubchen in legerer Kleidung beim Spaziergang am Strand zu sehen sind«, bekräftigte Emilia die Aussage ihres Stiefvaters.

»Ist Janine Meinecke verheiratet?«

»Mit einem gewissen Holger Meinecke«, beantwortete Emilia Stines Frage.

»Demnach trifft das Tatmotiv der Eifersucht auch auf ihn zu. War ihr Ehemann bei der Veranstaltung dabei?«

»Ich denke nicht, denn er ist auf keinem der Fotos zu sehen.« Opa Gnadderkopp drehte sich eine Zigarette.

»Ein Tatmotiv macht ihn noch lange nicht zu einem Mörder.«

»Jonas, das ist richtig. Aber der Mann ist Apotheker und könnte demnach an Zyankali kommen.« Er steckte sich den Glimmstängel zwischen die Lippen.

»Meinecke hätte die Giftpillen aber niemals im Deckel von Gerbers Taschenuhr verstecken können, da dieser das Schmuckstück ständig bei sich getragen hat. Sabine hingegen konnte ihrem Mann an die Wäsche gehen, ohne dass dieser Verdacht schöpfte.«

»Dasselbe trifft auf die Geliebte zu«, wandte Emilia ein.

»Das stimmt, aber warum sollte sie ihren Liebhaber umbringen? An Janines Stelle hätte ich entweder meinen Ehemann oder seine Frau vergiftet, am besten gleich beide.«

»Jonas' mörderische Fantasie sollte dir zu denken geben«, neckte Opa Gnadderkopp seine Schwiegertochter und zündete sich die Zigarette an.

»Wenn Jonas eine Affäre hätte, wüsste es innerhalb weniger Stunden die ganze Insel. Ach was, ganz Ostfriesland, so ungeschickt würde er sich dabei anstellen.« Stine wedelte mit der Hand, als wollte sie ein lästiges Insekt verscheuchen.

Jonas beugte sich vor. »Wenn ich ein Verhältnis hätte, würdest du das niemals erfahren.«

»Tüünkram. Du würdest dich sofort mit Lippenstift auf dem Hemdkragen, einer Hotelrechnung in deiner Geldbörse oder einem Kondom in deiner Hosentasche verraten.«

»Diese Anfängerfehler würden mir keinesfalls passieren.«

»Anfängerfehler? Hältst du dich etwa für einen Experten im Fremdgehen?« Stine sprang auf, stellte sich vor ihren Mann und stemmte die Hände in die Hüften.

»Nicht direkt, aber …«

»… was?« Sie beugte sich so weit vor, dass ihre Nasenspitze nur noch eine Handbreit von seinem geschwollenen Zinken entfernt war.

»Nichts, vergiss es.« Er senkte den Kopf.

»Besser ist das.« Sie setzte sich wieder.

»Demnach haben wir es hier mit einer klaren Eifersuchtstat zu tun.« Jonas versuchte, das Gespräch wieder in andere Bahnen zu lenken.

»Einem der Ehepartner wird die Sicherung durchgebrannt sein. Sabine Gerber könnte das Kopfgeld ausgelobt haben, um von sich abzulenken«, mutmaßte Emilia.

»Wäre möglich. Der Mord könnte allerdings auch von einem Konkurrenten verübt worden sein. Da Janine Meinecke die Leitung der Borkumer Klinik übernehmen sollte, müssen wir auch die anderen Ärzte unter die Lupe nehmen«, gab Opa Gnadderkopp zu bedenken.

»Um Meinecke werde ich mich kümmern«, ließ sich Stine vernehmen.

»Wie willst du das denn anstellen?« Jonas war sichtlich irritiert.

»Ich gebe mich als Patientin aus, die sich den Busen vergrößern lassen möchte.«

»Vergrößern?« Er riss die Augen auf. »Dann hast du zwei Airbags in der Bluse.«

»Na und? Männer stehen doch auf große Brüste.«

»Aber nicht, wenn ich darin ersticken könnte. Kannst du dir stattdessen nicht den Hintern straffen oder das Fett absaugen lassen?«

»Oha, diesen Spruch hättest du dir besser verkniffen.« Der ehemalige Seebär schaute zu Stine, die auf ihrer offenen Gefühlsskala innerhalb weniger Sekunden von verärgert zu wütend wechselte.

»Willst du mir damit etwa sagen, dass du mich nicht mehr attraktiv findest?«, fragte sie, wobei sich ihre Stimme wie bei einer Sopranistin immer weiter in die Höhe schraubte.

»Nein, ich meine, ja.«

»Wie jetzt?«

»Können wir bitte über etwas anderes reden?«

»Emilia, nicht bevor das geklärt ist.« Stines Stimme war nun so schrill, dass sie Glas hätte zerspringen lassen können.

»Mein Schatz, du bist die schönste Frau, die ich kenne.«

»Pah, das ist kein Kunststück, denn außer mir kennst du nur die Frauen in unserer Familie.«

»Bist du sicher?« Jonas grinste, was mit dem Kopfverband und seiner malträtierten Nase so schaurig aussah wie Quasimodo mit Zahnschmerzen.

»Hältst du dich etwa für einen Gigolo?«

»Schluss jetzt. Das könnt ihr zu Hause ausdiskutieren.« Opa Gnadderkopp zog an seiner Zigarette und stieß eine Qualmwolke aus. »Wenn wir Fenna helfen wollen, müssen wir alle an einem Strang ziehen.«

»Da ist was dran.« Stine warf ihrem Ehemann einen bitterbösen Blick zu. »Ich werde mich als Patientin ausgeben und von Meinecke in Gerbers Schönheitskliniken beraten lassen.«

»Dann lass dir einen Termin geben. Jonas, du beschaffst uns weiterhin alle Unterlagen der polizeilichen Ermittlungen. Wir müssen wissen, was Bakenhus im Schilde führt. Zudem musst du die Witwe vernehmen und diesen … wie hieß der Kerl noch gleich?«

»Holger Meinecke. Ich werde mit Bakenhus reden. Wenn ich ihm die Fotos von Gerber und seiner mutmaßlichen Geliebten zeige, wird er gegen ihn ermitteln müssen. Eifersucht ist ein starkes Mordmotiv.«

»Bist du sicher, dass das eine gute Idee ist?«

»Mit meiner Suspendierung ist niemandem geholfen.«

»Da ist was dran.« Der alte Kruskopp nickte.

Dann kopierte er die Fotos von seinem Computer auf einen USB-Stick und reichte ihn seinem Sohn. »Der ist für dich. Wenn wir die Belohnung kassieren wollen, müssen wir uns ranhalten. Auf Borkum treiben sich bereits zwielichtige Gestalten herum, die für eine Million Euro auch die eigene Großmutter verraten würden. Alle an die Arbeit, aber zackig!«

»Ich bin doch kein Dressurpferd.« Jonas schüttelte verärgert den Kopf, nahm den Datenträger entgegen und stampfte aus dem Büro.

FASANENBRAUSE

»Woher haben Sie die Fotos?«

Bakenhus schaute Jonas, der ihm den USB-Stick mit den Aufnahmen von Gerber und Meinecke gegeben hatte, fragend an.

»Die habe ich in privaten Foren im Internet gefunden.«

»Sie sollten sich doch aus den Ermittlungen raushalten und andere Fälle bearbeiten.«

»Ich habe privat recherchiert. Wenn Gerber und Meinecke tatsächlich ein Verhältnis miteinander haben, wären deren Ehepartner dringend verdächtig.«

»Wenn das Wörtchen ›wenn‹ nicht wär«, zitierte sein Vorgesetzter die Textzeile eines alten Liedes und lächelte süffisant. »Das sind alles nur Mutmaßungen. Ich brauche Beweise.«

»Das ist mir klar. Um diese zu beschaffen, müssen wir allen Verdachtsfällen aber unbedingt nachgehen.«

»Sie wollen aufgrund dieser Fotos ernsthaft gegen die Witwe und den Ehemann von Meinecke ermitteln?«

»Selbstverständlich. Wir können diese Spuren keinesfalls ignorieren.«

»Über die Relevanz der Verdachtsmomente entscheide immer noch ich«, wies ihn Bakenhus zurecht.

»Natürlich. Dennoch sind diese Bilder ...«

»Welchen Teil von ›*Über die Relevanz der Verdachtsmomente entscheide immer noch ich*‹ haben Sie nicht verstanden? An Ihrer Stelle würde ich mich an die Arbeit machen. Die Akten stapeln sich auf Ihrem Schreibtisch.«

»Aber ich …«

Jonas verstummte, als sein Chef zur Tür deutete, und trottete zu seinem Arbeitsplatz.

Bakenhus steckte den USB-Stick in seine Hosentasche und wollte sich gerade seinem Monitor zuwenden, als der Bürgermeister in die Polizeistation trampelte. Der Polizist seufzte vernehmlich. Auf diesen unterbelichteten Inselpolitiker hätte er heute gut verzichten können. An allen anderen Tagen auch. Der Wichtigtuer ging ihm mit seinen Fragen zum Stand der Ermittlungen zunehmend auf die Nerven.

In seinem billigen grauen Anzug, den er anscheinend ständig trug, und der schlampig gebundenen Krawatte wirkte er wie seine eigene Karikatur. In der linken Hand hielt er eine Plastiktüte. »Moin«, brüllte der Amtsträger so laut, dass man es bis zur Seehundsbank hören konnte.

Bakenhus zwang sich zu einem Lächeln, auch wenn er den Kerl am liebsten in eine Arrestzelle gesperrt hätte. Ein paar Tage bei Wasser und Brot würden dem feisten Mann bestimmt guttun.

»Schön, Sie zu sehen.« Puschen polterte ins Büro und streckte ihm die behaarte Pranke entgegen.

Bakenhus überwand seine Abscheu und ergriff die Hand, die sich anfühlte wie ein lebloses Stück Fleisch.

»Ich wollte mich für Ihre Arbeit bedanken. Niemand von uns hat damit gerechnet, dass Sie die Mörderin so schnell aus dem Verkehr ziehen würden. Die Kruskopps machen seit Jahren nur Ärger.«

»Das ist mir bekannt. Ich werde persönlich dafür sorgen, dass die Familie nie wieder negativ auffällt.«

»Warum arbeitet dieser Dösbaddel dann noch hier?«

Der Bürgermeister deutete mit einem Kopfnicken zu Jonas, der in einer Akte blätterte.

»Den kann ich leider nicht einfach rauswerfen. Aber keine Sorge, ich weise ihm nur einfache Tätigkeiten zu, die jedes Kindergartenkind erledigen könnte.«

»Damit dürfte Kruskopp trotzdem überfordert sein. Was ist denn mit seinem Gesicht passiert? Hat ihn die Alte wieder verdroschen?« Puschen lachte lauthals.

»Herr Kruskopp hatte einen Dienstunfall. Er wurde von einem Laternenpfahl angegriffen.«

»Laternenpfahl? Angegriffen?« Der Bürgermeister schaute Bakenhus irritiert an.

Dieser verdrehte die Augen. Jeder Seehund hatte mehr Verstand als dieser Schwachkopf. Wenn der Stadtrat aus weiteren Intelligenzlegasthenikern wie dem Bürgermeister bestand, grenzte es an ein Wunder, dass Borkum nicht längst in der Nordsee versunken war. »Nicht wichtig«, winkte er ab. »Wie Sie sich vorstellen können, haben wir trotz des Fahndungserfolges noch alle Hände voll zu tun.«

»Vorher müssen wir aber noch auf die Verhaftung anstoßen!«

»Ich kann Ihnen leider nur kalten Kaffee und Leitungswasser anbieten. Das Anstoßen müssen wir demnach auf einen anderen Termin verschieben.«

»Nee, denn ich habe Vitaminsaft für Männer mitgebracht.«

Puschen zog zwei Flaschen aus der Plastiktüte, die er daraufhin achtlos fallen ließ. Eine Flasche stellte er neben sich auf den Boden. Die andere hielt er in der rechten Hand.

»Ein Gläschen Fasanenbrause hat viel Vitamin C und schmeckt besser als jeder Obstteller. Seit ich täglich eine Flasche davon trinke, habe ich keine Erkältung mehr.«

Dafür aber eine Säuferleber, dachte Bakenhus, sagte es aber nicht laut.

»Kruskopp, hol uns zwei Gläser«, plärrte der Bürgermeister.

Der Angesprochene stand auf und verschwand kommentarlos in der Küche. Wenige Augenblicke später kehrte er mit zwei Gläsern zurück.

»Das sind Wassergläser«, stellte Bakenhus konsterniert fest.

»So muss das«, antwortete Kruskopp kryptisch, stellte die Gläser auf den Schreibtisch und kehrte zu seinem Arbeitsplatz zurück.

Puschen schraubte die Flasche auf.

»Für mich nur einen kleinen Schluck«, bat Bakenhus.

Der Amtsträger ignorierte den Wunsch und reichte ihm ein bis zum Rand gefülltes Glas. Dann goss er sich selbst ein.

»Nich lang schnacken, Kopp in Nacken.« Er stieß mit dem Polizisten an und leerte die Hälfte seines Glases in einem Zug. »Sach mal, willst du nicht groß und stark werden? Du musst ordentlich an Gewicht zulegen, sonst weht dich der Sturm im nächsten Winter vom Deich.«

Bakenhus, der vorsichtig an seinem Glas genippt hatte, schaute sein Gegenüber mitleidig an. Obwohl er auf der Insel aufgewachsen war, konnte sich der Polizist nichts Schlimmeres vorstellen, als wieder auf diesem Sandhaufen leben zu müssen. »Nach Abschluss der Ermittlungen werde ich auf das Festland zurückkehren. Dort warten weitere Aufgaben auf mich.«

»Nee, du bleibst auf der Insel.«

»Warum sollte ich das tun?« Bakenhus schaute sein Gegenüber irritiert an.

»Der Stadtrat ist meiner Empfehlung gefolgt und möchte Sie als neuen Leiter der Polizeistation Borkum begrüßen. Kruskopps Tage sind gezählt.«

»Das ist ein verlockendes Angebot. Leider werde ich auf dem Festland gebraucht.« Bakenhus trank einen kleinen Schluck und leckte sich über die Lippen. Das Zeug schmeckte echt gut.

»Darüber habe ich bereits mit dem Polizeipräsidenten gesprochen. Er wird Sie für die nächsten zehn Jahre von allen anderen Aufgaben entbinden.«

»Polizeipräsident? Zehn Jahre?«, echote Bakenhus fassungslos.

»Ist das nicht toll?«

Statt einer Antwort leerte Bakenhus das Glas mit großen Schlucken. Diese Meldung musste er erst einmal verdauen.

Der Bürgermeister trank sein Glas ebenfalls aus und schenkte beiden neu ein.

»Das Zeug macht dich fit, wirst schon sehen. In wenige Stunden fühlst du dich wie Herkules mit dem Verstand von Einstein.«

Wenn diese Bemerkung nur ansatzweise stimmte, hätte Puschen bei seinem Konsum an Fasanenbrause die Figur eines Bodybuilders und einen Intelligenzquotienten jenseits jeder messbaren Skala haben müssen. Aber dieses Missverhältnis schien er entweder nicht zu bemerken oder es war ihm egal.

Bakenhus gönnte sich einen weiteren Schluck. Selbst wenn ihn das Gesöff weder stärker noch schlauer machte, half es zumindest, die grauenvolle Nachricht besser zu ertragen.

»Wann haben Sie denn mit dem Polizeipräsidenten gesprochen?«

»Wir haben uns gestern über Ihre Zukunft unterhalten. Er wird Ihnen die frohe Botschaft sicherlich bald selbst überbringen.«

Bakenhus, der in der Nachricht keine frohe Botschaft erkennen konnte, trank einen weiteren Schluck. Inzwischen legte sich die Fasanenbrause wie ein orangefarbener Filter über sein Sichtfeld, das an den Rändern etwas ausfranste.

»Ich werde mit Herrn Bekker darüber reden. Bis dahin …«

»… müssen wir feiern.« Der Bürgermeister stellte die halb volle Flasche äußerst schwungvoll auf den Schreibtisch – direkt auf einen leeren Aktenordner. Sie rutschte auf der schiefen Ebene nach unten und kippte um, bevor jemand danach greifen konnte. Orangefarbene Flüssigkeit lief aus und bildete eine Lache, in der sich das Papier der auf dem Schreibtisch liegenden Schriftstücke vollsog.

»So eine Scheiße!« Bakenhus stellte sein Glas auf dem Schreibtisch ab und zog die Unterlagen aus der Fasanenbrause. Farbige Tropfen liefen an den Papieren herab und klatschten zu Boden. In dem Bemühen, die Blätter zu trocknen, wedelte er hektisch damit herum. Dabei spritzte Fasanenbrause durch das Büro und hinterließ orangefarbene Punkte auf seiner Kleidung und an den Wänden.

Puschen schaute dem Treiben eine Weile amüsiert zu, als wäre Bakenhus ein spielendes Kind. Dann grapschte er mit der freien Hand nach den Unterlagen, die noch in Fasanenbrause badeten. Dabei fegte er Bakenhus' Glas vom Tisch. Es fiel zu Boden und zerbrach.

»Sie sollten gehen, bevor Sie das Gebäude in Schutt und Asche legen!« Bakenhus deutete zur Tür.

»Ach was, das ist nur ein kleines Malheur, nicht der Rede wert. Davon sollten wir uns die gute Laune nicht vermiesen lassen.«

»Malheur? Das ist eine Katastrophe. Zudem können Sie mir keine gute Laune vermiesen, weil ich verdammt sauer bin.«

»Aber ich wollte doch nur ...«

»Raus hier, aber sofort!«, schrie Bakenhus.

»Ich begleite Sie besser hinaus.« Jonas tauchte im Türrahmen auf und eskortierte einen sichtlich konsternierten Bürgermeister zum Ausgang.

Bakenhus schaute sich in dem Raum um, der inzwischen mehr einer Spelunke als einem Büro glich. Zudem lag ein durchdringender Alkoholgeruch in der Luft.

»Kruskopp, sauber machen!«, befahl Bakenhus, wobei er sich zur Tür umdrehte. Bei der schwungvollen Bewegung rutschte er mit dem rechten Fuß in der orangefarbenen Pfütze aus. Einen Moment lang tanzte er auf dem linken Bein, dann kippte er nach hinten. In dem Bemühen, irgendwo Halt zu finden, krallte er die Finger um den Monitor. Einige Sekunden lang schien der Polizist seinen Sturz damit verhindern zu können. Dann krachte er, den Bildschirm fest umklammernd, zu Boden. Die Kabel rissen aus den Steckverbindungen und wanden sich wie elektronische Schlangen über dem versifften Schreibtisch. Als die Adern des stromführenden Kabels mit einer Lache aus Fasanenbrause in Berührung kamen, gab es einen Knall. Die Lichter gingen aus – und mit ihnen alle anderen elektronischen Geräte.

Bakenhus bekam davon allerdings nichts mit, denn er war mit dem Hinterkopf an die Schreibtischkante gestoßen und ohnmächtig geworden.

GROSSSTADTCOP

»Regt sich Bakenhus immer gleich so auf?« Der Bürgermeister drückte die Tür zur Polizeistation von außen zu
und lehnte sich dagegen, als wollte er eine Gefahr, die im
Inneren des Gebäudes lauerte, einsperren.

»Heute ist er harmlos. Sie müssen ihn erleben, wenn er
richtig wütend ist«, raunte ihm Jonas verschwörerisch zu.

»Richtig wütend?«, echote Puschen.

»Genau. Dann wirft er mit Aktenordnern nach mir.«

»Mit Aktenordnern?«

»Jo.«

Jonas, der das vorangegangene Gespräch zwischen dem
Bürgermeister und Bakenhus mitbekommen hatte, nickte.
Mit etwas Geschick konnte er die Situation für sich nut-
zen.

Wenn es ihm gelang, Bakenhus in einem schlechten Licht
erscheinen zu lassen, konnte er einer dauerhaften Degradierung vielleicht entgehen. Die Vorstellung, sich für die
nächsten zehn Jahre von diesem Jungspund rumkommandieren lassen zu müssen, war zu grauenvoll, um auch nur
darüber nachzudenken.

»Zudem mag er keine Fasanenbrause.«

»Das geht gar nicht!«, echauffierte sich der Amtsträger. »Fasanenbrause ist schließlich ein Borkumer Natio-
nalgetränk.«

»Obwohl Bakenhus hier aufgewachsen ist, sieht er sich
keinesfalls als Insulaner, sondern als Großstadtcop.«

»Großstadtcop?«

Jonas unterdrückte einen Seufzer. Puschen war schlimmer als jeder Papagei. Da er ihn aber auf seiner Seite brauchte, um Bakenhus von der Insel zu verbannen, gab er sich zunächst reumütig: »Ich weiß, dass ich in der Vergangenheit Fehler gemacht habe. Im Gegensatz zu Bakenhus habe ich mich aber stets für die Belange dieser Insel eingesetzt. Zudem ...«

»... Moment, da muss ich rangehen.« Der Bürgermeister kramte sein Smartphone aus der Hosentasche und nahm das Gespräch entgegen.

»Herr Polizeipräsident, was für eine Überraschung. Sie rufen bestimmt wegen Bakenhus an. Meiner Meinung nach sollten wir unsere Entscheidung noch einmal überdenken und ... Sie kommen mit dem Inselflieger nach Borkum und wollen vom Flugplatz abgeholt werden? Sofort? Selbstverständlich.«

Puschen beendete das Telefonat, indem er sich verneigte. Ihm schien nicht einmal aufzufallen, dass diese Demutshaltung am Telefon nicht gesehen werden konnte. Dann richtete er sich wieder auf und steckte sein Mobiltelefon in die Hosentasche. »Kruskopp, los jetzt. Wir müssen zum Flugplatz. Der Polizeipräsident will persönlich mit Bakenhus sprechen.«

»Dann sollten Sie ihn mitnehmen, nicht mich.«

»In seinem jetzigen Zustand ist das unmöglich.«

»Wie Sie meinen.« Jonas eilte mit dem Bürgermeister zum Streifenwagen.

Wenige Minuten nach ihrer Ankunft am Flugplatz landete ein Kleinflugzeug und der Polizeipräsident stieg aus.

»Wo ist Bakenhus?«, fragte Bekker statt einer Begrüßung und musterte Jonas, der neben Puschen stand, mit einem missbilligenden Blick.

»Der ist … sagen wir … unabkömmlich.« Puschen senkte den Kopf. »Sie können alles Weitere mit mir besprechen.«

»Weshalb sollte ich mit Ihnen reden, wenn ich etwas mit Bakenhus zu klären habe? Haben Sie ihn bereits über unsere Absichten informiert?«

Da Puschen schwieg, antworte Jonas für ihn. »Er hat sich derart über seine Leitungsfunktion gefreut, dass er sich gleich die Kante gegeben hat.«

»Die Kante gegeben?«, wiederholte Bekker.

Fing der Polizeipräsident jetzt auch noch an, ihm alles nachzuplappern? Puschen und Bekker schienen sich dieselbe Hirnzelle zu teilen.

»Er hat seine Beförderung spontan gefeiert«, erklärte der Bürgermeister und nickte.

»Während seiner Dienstzeit?«

»Ich fürchte, Bakenhus hat sich im Überschwang seiner Gefühle ein Gläschen zu viel genehmigt.« Jonas flüsterte, als sollte das Besäufnis seines Vorgesetzten ein Geheimnis bleiben.

»Ich will mit ihm sprechen.« Der Polizeipräsident stampfte mit dem Fuß auf und zog sein Handy heraus. Fahrig tippte er auf eine im Kurzwahlverzeichnis hinterlegte Nummer, aber niemand nahm seinen Anruf entgegen.

»Bakenhus geht nicht ans Telefon. Pennt der Kerl etwa im Dienst?«

»Er macht bestimmt nur ein kleines Nickerchen«, erklärte Jonas diensteifrig, wobei er sich ein Grinsen verkneifen musste.

»Dann werde ich ihn aufwecken. Abfahrt, aber zackig!«

Bekker schritt zum Wagen und stieg auf der Beifahrerseite ein. Der Bürgermeister quetschte sich auf die Rückbank. Jonas setzte sich auf den Fahrersitz und ließ den Motor an.

Während der Fahrt sagte niemand ein Wort.

Vor der Polizeistation riss Bekker die Tür auf und stürmte aus dem Fahrzeug wie ein Springteufel aus seiner Box. Mit strammen Schritten marschierte er auf die Polizeistation zu und verschwand im Inneren des Gebäudes.

Jonas und Puschen stiegen ebenfalls aus. Der Bürgermeister verabschiedete sich mit dem Hinweis auf eine dringende Ratssitzung und Jonas betrat das Polizeipräsidium.

Statt eines lautstarken Tobsuchtsanfalls erwartete ihn eine beinahe andächtige Stille. Er durchquerte den dunklen Arbeitsbereich und blieb in der Tür zu seinem früheren Büro stehen. Dort sah es aus, als hätten Vandalen gehaust.

Der Monitor lag neben Bakenhus auf dem Boden. Herausgerissene Kabel schlängelten sich über den Schreibtisch und hingen schlaff über der Kante. Über allem lag der alkoholgeschwängerte Mief einer seit Wochen nicht gelüfteten Hafenkneipe.

»Aufwachen!«, schrie der Polizeipräsident Bakenhus an.

Dessen Lider flatterten, dann öffnete er die Augen.

»Können Sie mir diese Schweinerei erklären?«

»Was? Wie?«

Bakenhus setzte sich auf. Dabei verzog er das Gesicht und tastete mit der rechten Hand über seinen Hinterkopf, an dem eine große Beule sichtbar wurde.

Bekker beugte sich über ihn. »Unter meiner Leitung wird nicht gesoffen, ist das klar?«

»Ich habe nicht ... wollte nur ... Bürgermeister.«

»Reden Sie gefälligst in vollständigen Sätzen.«

Bakenhus stemmte sich hoch und nahm Haltung an. Zumindest versuchte er es, aber seine Körperspannung glich der einer Marionette, die von einem ungeübten Spieler mit losen Fäden gehalten wurde.

»Der Bürgermeister war hier und hat mir dieses widerliche Zeug angeboten. Ich musste mit ihm anstoßen.« Der Polizist presste die Handballen an die Schläfen, als wollte er seinen Kopf vor dem Zerplatzen retten.

»Kruskopp wird die laufende Ermittlung führen, bis ich einen Ersatz für Sie gefunden habe. Sie bringen den Laden sofort wieder auf Vordermann!« Bekker drehte sich auf dem Absatz um und deutete auf Jonas. »Was steht heute an?«

»Vernehmungen von Holger Meinecke und Sabine Gerber.«

»Um die Witwe werde ich mich zu gegebener Zeit persönlich kümmern. Sie vernehmen zunächst nur Meinecke, ist das klar?«

»Selbstverständlich.« Jonas knallte die Hacken zusammen.

»Es ist unfassbar, dass ich auf einen Kruskopp setzen muss, weil ich sonst kein anderes Personal habe.« Bekker schüttelte den Kopf.

»Ich werde Sie keinesfalls enttäuschen.«

»Kruskopp, Sie sind die personalisierte Enttäuschung.«

»Die Befragung der Verdächtigen ist meine Aufgabe«, meldete sich Bakenhus zu Wort.

»Ihre Aufgabe besteht heute darin, alle Spuren dieses Gelages zu beseitigen. Kruskopp, Sie erstatten mir Bericht, ist das klar?« Bekker deutete mit einem knochigen Zeigefinger auf ihn.

»Jo.«

»Ich bin durchaus in der Lage …«

»… zu putzen!«, bölkte der Polizeipräsident Bakenhus
an und marschierte aus der Polizeistation.

Nachdem die Tür hinter ihm ins Schloss gefallen war,
ordnete Bakenhus an: »Kruskopp, Sie machen hier klar
Schiff. Ich muss mich um die laufende Ermittlung kümmern.«

»Sie haben gehört, was der Polizeipräsident gesagt hat.«

»Wollen Sie sich ernsthaft einer Anweisung widersetzen?«

»Im Gegenteil. Ich werde Bekkers Befehl befolgen.«

Jonas trottete zu seinem Arbeitsplatz. Bakenhus schaute
ihm nach. Einen Moment schien es, als ob er noch etwas
sagen wollte, dann knallte er die Bürotür zu.

KOPFKINO

Bakenhus schaute sich in dem verwüsteten Büro um. Dabei ballte er die Hände zu Fäusten und fletschte die Zähne wie ein Raubtier. Ein *hungriges* Raubtier.

Wenn dieses Walross mit der schief sitzenden Krawatte nicht in der Polizeistation aufgetaucht wäre, hätte ihm Bekker seine Gunst nicht entzogen.

Die Schmach, dass Kruskopp ihn durch die Glastür ein weiteres Mal schrubben sehen würde, war kaum zu ertragen.

In Gedanken, die noch immer in der orangefarbenen Kolorierung der Fasanenbrause getaucht waren, sah er sich wieder den Musikpavillon säubern. Die Erinnerung kehrte mit der Wucht eines Vorschlaghammers zurück und in seinem Kopfkino lief der Film in Endlosschleife.

Die Beule am Hinterkopf pochte derart, als würde ein Specht ein Loch in seinen Kopf hacken. Zu allem Überfluss rebellierte auch noch sein Magen, ihm war speiübel.

Bakenhus eilte zur Toilette. Nachdem er sich übergeben hatte, holt er die Putzsachen und machte sich mit dem Vorsatz an die Arbeit, nie wieder einen Tropfen Alkohol anzurühren. Wenn er das Büro gesäubert hatte, würde er dem Polizeipräsidenten beweisen, dass er der richtige Mann für wichtige Aufgaben war. Kruskopp war ein ostfriesischer Einfaltspinsel, der ihm niemals das Wasser reichen konnte. Nun durfte er sich allerdings keinen Fehler mehr erlauben.

BLONDINE

Jonas war sicher, dass Bakenhus den Fall nach dieser Demütigung so schnell wie möglich abschließen würde, um sich bei Bekker wieder zu profilieren. Daher musste er diesen Tag unbedingt für eigene Ermittlungen nutzen. Wenn er Holger Meinecke mit einer groß angelegten Polizeiaktion überraschte, hatte dieser keine Zeit, Giftstoffe und andere Beweismittel verschwinden zu lassen.

Jonas warf einen Blick auf Bakenhus, der nach seiner Rückkehr von der Toilette so blass aussah, als hätte ihm ein Vampir das Blut aus dem Körper gesaugt.

Dann griff er zum Telefonhörer und schilderte dem zuständigen Richter eine fiktive Gefahrensituation, die die sofortige Ausstellung eines Durchsuchungsbeschlusses für die drei Apotheken von Meinecke erforderte. Zu seinem Glück fragte der Richter nicht weiter nach und wenige Minuten später hielt Jonas einen amtlichen Durchsuchungsbeschluss in seinen Händen.

Er steckte das Schriftstück ein und informierte Jens Lambrecht, den Leiter der Polizeiinspektion Leer/Emden, über eine geplante Durchsuchung aller Niederlassungen von Holger Meinecke. Seine Mitarbeiter sollten dafür sorgen, dass niemand Beweise vernichten oder verschwinden lassen konnte, während er den Ehemann der Ärztin vernahm.

Die Kurzfristigkeit des Einsatzes begründete Jonas mit einer Geheimoperation unter Federführung des Polizeipräsidenten, die sich auf eine eindeutige Beweislage bezog. Dass seine Vernehmung nur auf Vermutungen basierte, die sich auf einige Fotos im Internet stützten, erwähnte er nicht.

Manchmal musste man für seinen Erfolg etwas riskieren.

Jetzt war manchmal.

Jonas hoffte, dass Lambrecht nicht auf die Idee käme, persönlich bei Bekker nachzuhaken, sonst würde ihm die Ermittlung um die Ohren fliegen.

Aber was hatte er schon zu verlieren?

Glücklicherweise sicherte ihm Lambrecht seine Unterstützung trotz der dünnen Personaldecke sofort zu.

Jonas verlor keine Zeit, radelte mit dem E-Bike zum Hafen und nahm den nächsten Katamaran zum Festland. Im Emder Außenhafen wurde er von Lambrecht erwartet, der ihn mit dem Streifenwagen zur Emder Zentrale der Friesenapotheke fuhr. Vor den anderen beiden Geschäftsstellen in Leer und Aurich hatten sich bereits Beamte positioniert und warteten auf weitere Befehle.

Das Polizeiauto hielt vor der Apotheke auf dem Seitenstreifen. Jonas atmete tief durch. Wenn er jetzt keinen Fehler machte, konnte er als Superbulle, der Gerbers Mörder in einer spektakulären Aktion überführt hatte, nach Borkum zurückkehren. Obwohl er als Polizist auf das Kopfgeld verzichten musste, würde er den Möchtegernermittlern damit zeigen, dass ein Kruskopp besser war als Sherlock Holmes, Miss Marple und alle anderen Detektive zusammen.

»Zugriff!«, brüllte Jonas, riss die Beifahrertür auf und sprang heraus. Zumindest hatte er das vor.

Bei seiner ungestümen Aktion verfing sich der linke Fuß im Sicherheitsgurt, der nur langsam wieder aufrollte. Jonas ruderte mit den Armen und versuchte, mit dem rechten Bein das Gleichgewicht zu wahren, aber vergeblich. Um mit seinem lädierten Kopf nicht auf das Straßenpflaster zu knallen, ergriff er reflexartig den Arm einer vorbeigehenden Blondine, die einen schneeweißen Hund in Miniaturgröße an einer ebenfalls weißen Leine führte.

Die in einem rosafarbenen Kleid gewandete Frau schrie überrascht auf und versuchte, sich loszureißen. Damit brachte sie Jonas, dessen linker Fuß von dem sich aufrollenden Sicherheitsgurt unbarmherzig nach hinten gezogen wurde, endgültig aus dem Gleichgewicht.

Da er sich weiter an ihr festhielt, gingen die beiden in einem Gewirr aus Armen und Beinen zu Boden. Die Blondine plumpste auf ihr gut gepolstertes Hinterteil und Jonas, der sich sogar im Sturz noch an sie klammerte, landete weich auf ihrem üppigen Körper.

»Runter von mir, du elender Lustmolch«, keifte die dralle Frau und verpasste Jonas zwei schallende Ohrfeigen.

Drei Jugendliche, die auf Elektrorollern unterwegs waren, hielten lachend an und filmten die Situation mit ihren Smartphones.

»Der nagelt die Alte mitten auf der Straße.«

»Voll krass. Halt die Kamera drauf.«

»Dafür bekommen wir Likes ohne Ende.«

Lambrecht, der bisher im Wagen gesessen und seinen Kollegen den Befehl zum Zugriff erteilt hatte, stieg aus und erfasste die Situation mit einem Blick.

»Das ist ein Polizeieinsatz. Hier darf nicht gefilmt werden«, raunzte er die Jugendlichen an. Diese steckten ihre Geräte ein und düsten auf den Rollern davon.

Derweil krabbelte Jonas so ungeschickt von der üppigen Blondine, die in seinen Augen wie eine mit Fastfood gemästete Barbie aussah, wie ein Käfer mit drei Beinen. Seine Wangen brannten wie Feuer.

Das Kläffen des Hundes klang heiser, wahrscheinlich hatte sich das lebende Sofakissen in der Aufregung die Stimmbänder ruiniert. Die Frau kam unbeholfen wieder auf die Beine und drehte sich zu Jonas um, der endlich seinen Fuß aus dem Sicherheitsgurt befreien konnte.

»Du wolltest mich vergewaltigen. Polizei, wo ist die Polizei?«, schrie sie wie von Sinnen.

»Ich bin Polizist«, ließ sich Jonas vernehmen. »Bei mir sind Sie in besten Händen.«

»Diese Bemerkung war nicht so klug«, raunte Lambrecht ihm ins Ohr und wandte sich an die keifende Frau. »Das war nur ein Missgeschick. Mein Kollege würde Ihnen niemals etwas antun.«

»Das ist ein Perverser in Uniform«, keifte sie.

Inzwischen waren Passanten stehen geblieben und betrachteten die Auseinandersetzung neugierig. Hinter der Schaufensterscheibe der Apotheke tauchten die Gesichter zweier Frauen auf. Ein Mann in einem weißen Kittel trat aus der Tür und schritt auf die Polizisten zu.

»Kann ich irgendwie helfen?«

»Das ist nicht nötig. Wir haben die Situation unter Kontrolle.« Jonas straffte die Schultern und schaute dem Mann ins Gesicht. Dabei bemühte er sich, nicht auf die Hakennase zu starren, die ihn an den Schnabel eines Raubvogels erinnerte. Was ihm nicht gelang, denn diese Nase war in dem kantigen Gesicht so auffällig wie eine Pyramide mitten in der Wüste. Jonas würde Meinecke, den er auf einigen Fotos gesehen hatte, jederzeit daran erkennen.

»Sie haben nicht einmal Ihre Libido unter Kontrolle!«, ereiferte sich die Blondine.

»In der Apotheke haben wir eine Notfallliege, darauf können Sie sich ausruhen.« Meinecke streckte ihr die Hand entgegen.

»Erst will ich Anzeige gegen diesen tatschenden Widerling erstatten.«

»Ich bin sicher, dass wir die Angelegenheit auch anders regeln können«, versuchte Jonas, die aufgebrachte Dame zu beruhigen.

»Das ist voll der Bullenterror!«, ließ sich ein schmächtiger Kerl aus dem Kreis der Passanten vernehmen.

»Schämen Sie sich. In der Uniform sollten Sie ein Vorbild für die Bürger sein.« Eine ältere Dame drohte ihm mit dem Gehstock.

»Früher herrschte noch Zucht und Ordnung«, schimpfte ein dickbäuchiger Mann.

»Die Verrohung der Sitten wird immer unerträglicher!«

»Ins Straflager mit dem Grapscher.«

»Der Kerl gehört eingesperrt!«

Bald redeten alle durcheinander, einige hatten ihre Smartphones gezückt und richteten diese wie Waffen auf Jonas.

»Keine Aufnahmen, dies ist ein Polizeieinsatz!« Jonas versuchte, seine Stimme befehlsbetont klingen zu lassen, hörte sich aber an wie ein verängstigter Junge.

»Polizeieinsatz?«, echote die Blondine. »Der einzige Verbrecher, den ich hier sehe, bist du!«

»Sie müssen sich ausruhen. Die Polizisten werden Sie in meine Apotheke begleiten. Dort können wir die Angelegenheit in Ruhe besprechen. Ist doch so, oder?« Bei der Frage schaute Meinecke von Kruskopp zu Lambrecht.

»Selbstverständlich«, bestätigten beide und nickten wie auf ein unsichtbares Kommando hin gleichzeitig.

»Schön, dass wir das geklärt hätten.« Meinecke winkelte den Arm ab, und zu Jonas' Verwunderung hakte sich die Blondine bei ihm ein.

Kurz darauf hatten sich alle im Sozialraum der Apotheke versammelt, in dem sich neben einer Küchenzeile ein Tisch befand, um den vier Stühle gruppiert waren.

»Möchten Sie sich einen Moment hinlegen?« Meinecke deutete auf eine an der Wand stehende Untersuchungsliege mit abgestoßenen Ecken. Jonas vermutete, dass der Apotheker die Liege aus dem Bestand einer alten Arztpraxis übernommen hatte.

»Hinlegen? Keinesfalls. Dieser Widerling würde die Situation sofort ausnutzen!« Mit einem beringten Wurstfinger deutete die in bonbonfarbene Kleidung gehüllte Blondine auf Jonas.

»Das würde ich niemals tun«, verteidigte er sich.

»Würden Sie sich besser fühlen, wenn er den Raum verlässt?«

Die Angesprochene nickte und schaute den Apotheker mit einem Vielleicht-geht-was-Lächeln an. »Sie sind ein richtiger Gentleman. Fluffy mag Sie auch.« Bei dem Namen deutete sie auf ihren Hund, der sich an Meineckes rechtem Bein zu schaffen machte.

»Ich denke, Sie sollten besser verschwinden.« Der Apotheker versuchte, den aufdringlichen Köter mit pendelartigen Bewegungen seines Beins zu verscheuchen, was ihm allerdings nicht gelang.

»Wir sind in dienstlicher …«, setzte Jonas, an den die Aufforderung gerichtet war, zu einem Widerspruch an, wurde aber von Lambrecht unterbrochen.

»Ich kläre das«, raunte er ihm zu und Jonas schlurfte mit hängendem Kopf Richtung Tür. Das Überraschungs-

moment war verpufft wie eine fehlgezündete Silvesterra-
kete. Wenn der Einsatz weiterhin so katastrophal verlief,
war er auf Borkum erledigt. Er durfte sich wegen seines
Fauxpas keinesfalls von seinem Vorhaben abbringen lassen! Jonas gab sich einen Ruck und marschierte in den
Verkaufsraum.

Eine ältere Dame und eine junge Frau, die beide weiße
Kittel mit aufgedrucktem Namen trugen, tuschelten hinter
vorgehaltener Hand und schwiegen, als sie ihn bemerkten.

»Dies ist eine polizeiliche Aktion. Bitte schließen Sie die
Apotheke.« Jonas drückte die Brust raus, zog den Durchsuchungsbeschluss hervor und wedelte damit herum.

»Was suchen Sie hier denn?«, wollte die Ältere wissen
und blieb, wie ihre Kollegin, hinter dem Verkaufstresen
stehen.

»Dies ist ein Undercovereinsatz. Sie verstehen hoffentlich, dass ich Ihnen deshalb keine Auskünfte geben kann.«
In der Rolle des Polizisten fühlte sich Jonas wieder auf
sicherem Terrain.

»Sollte ein Undercovereinsatz nicht eher im Geheimen
stattfinden? Mehr Aufmerksamkeit als vorhin hätten Sie
kaum bekommen können.« Die junge Frau, die der Sti-
ckerei auf dem Kittel nach zu urteilen U. Emmen hieß,
wickelte eine blau gefärbte Strähne ihres dunkelblonden
Haares um den rechten Zeigefinger.

»Die Ablenkung der Betrachter ist eine Strategie zur
Verschleierung der eigentlichen Absichten.« Jonas zitierte
einen Satz, den er einmal in einem Fachbuch gelesen hatte
und der ihm nun passend erschien.

»Demnach haben Sie die arme Frau angegriffen, um
von einem Undercovereinsatz abzulenken?« Die Blauge-
strähnte wickelte die Strähne wieder aus.

»Ich habe niemanden tätlich angegriffen. Das war ein gut durchdachtes strategisches Missgeschick zur Ablenkung des wahren Ziels.«

»Strategisches Missgeschick?« Die ältere Apothekerin legte die Stirn so gekonnt in Falten, dass es den Anschein hatte, als habe man ihr ein hautfarbenes Tuch über den Kopf geworfen.

»Genau. Das ist eine besondere Vorgehensweise im Rahmen … ist auch egal.« Jonas wechselte schnell das Thema. »Wo bewahren Sie Ihre Giftstoffe auf?«

»Gift ist oft nur eine Frage der Dosierung. Viele Medikamente können in einer Überdosis zum Tod führen«, belehrte ihn die Ältere, die dem Schriftzug auf dem Kittel nach J. Imken hieß.

Jonas unterdrückte einen Seufzer. Eine ähnliche Antwort hätte ihm Stine auch gegeben.

»Er meint sicherlich Kaliumzyanid und ähnliche Gifte.«

»Genau!«, bestätigte Jonas und schaute Emmen dankbar an.

»Die tödlichen Stoffe lagern wir in Kanistern und Kisten in einem geheimen Lager«, raunte sie ihm verschwörerisch zu.

»Geheimes Lager? Führen Sie mich dorthin, aber sofort.« Seine Stimme duldete keinen Widerspruch.

»Das war ein makabrer Scherz meiner Kollegin.« Imken verdrehte die Augen. »Wir wollen die Menschen mit unseren Arzneimitteln heilen und keinesfalls umbringen. Sie können gerne alle Packungen und Fläschchen auf verbotene Substanzen überprüfen. Das dürfte aber eine Weile dauern.«

»Wenn Sie die Medikamente unter die Lupe nehmen, sollten Sie bei den Schnupfensprays beginnen, denn die kleinen Fläschchen sind bei Dealern sehr beliebt.«

»Die sind konfisziert, alle!«

»Die Fieberzäpfchen sollten Sie sich auch genauer ansehen, denn dabei könnte es sich um Rektaldrogen handeln, bei der die verbotene Substanz nicht oral aufgenommen, sondern ...«

»Keine weiteren Ausführungen. Konfiszieren!«

»Natürlich. Die Kapseln mit den Vitaminen könnten ebenfalls mit tödlichen Inhaltsstoffen gefüllt sein.«

»Ich werde das gesamte Lager untersuchen lassen. Sie rühren sich nicht von der Stelle. Zudem ...« Jonas verstummte, als Meinecke den Verkaufsraum betrat.

»Frau Puseka wird auf eine Anzeige verzichten, wenn Sie sich bei ihr für das übergriffige Verhalten entschuldigen.«

»Das war kein übergriffiges Verhalten, sondern ein strategisches Missgeschick.«

»Strategisches Missgeschick?« Der Apotheker runzelte die Stirn.

»Das habe ich auch nicht begriffen.« Imken zuckte mit den Schultern.

»Meinecke hat mit Engelszungen auf die Frau eingeredet, damit sie die Angelegenheit fallen lässt. Du solltest dich entschuldigen, dann ist die Sache aus der Welt. Sie wartet auf dich.« Lambrecht tauchte auf und deutete zur offen stehenden Tür.

Jonas seufzte vernehmlich und trottete in den Flur. Dort wurde er von der Blondine und ihrem Schoßhund bereits erwartet.

»Tut mir leid«, nuschelte er und senkte den Kopf.

»Ich kann Sie nicht verstehen.« Sie legte die linke Hand hinter das Ohr.

»Tut mir leid«, wiederholte Jonas, dieses Mal etwas lauter.

»Ich kann Sie immer noch nicht hören.« Puseka beugte sich etwas vor.

»Tut mir leid«, schrie Jonas nun so laut, dass ihr Hund seinen streichholzdünnen Schwanz einzog und leise winselte.

»Hat der böse Mann dich erschreckt?« Sie bückte sich und nahm das wimmernde Fellbündel auf den Arm.

»Ich bin kein böser Mann, sondern ein Polizist, der für Recht und Ordnung sorgt«, stellte Jonas klar.

»Blödsinn. Sie sind nicht nur ein Macho in Uniform, der Frauen auf Sexobjekte reduziert, sondern auch ein Tierquäler.«

»Dieses Ding ist doch kein Tier, sondern ein lebendes Accessoire aus einer grauenvollen Zuchtfarm.« Jonas deutete auf den Hund, der zwischen den üppigen Brüsten kaum noch zu sehen war.

»Das wird Folgen haben«, drohte die Blondine, drehte sich mit der Eleganz eines auf Rollschuhen balancierenden Elefanten um und trippelte aus der Apotheke.

»Na toll«, grummelte Lambrecht. »Die wird dir die Hölle heißmachen, verlass dich drauf.«

»Sie können sich auf einen ordentlichen Shitstorm gefasst machen, denn Frau Puseka ist eine bekannte Influencerin, die sich gegen Bodyshaming und Sexismus einsetzt.« Meinecke, der das Gespräch durch die geöffnete Tür verfolgt hatte, machte ein Gesicht, als hätte er in eine Zitrone gebissen.

»Woher wissen Sie das denn?« Jonas machte große Augen.

»Vor einem Jahr hatte sie es neben Gerber auch auf Janine abgesehen. Meine Frau hat daraufhin Kontakt zu ihr aufgenommen und sich mit ihr getroffen. Danach hat

Puseka nie wieder ein Wort darüber verloren. Janine kann sehr überzeugend sein.« Meinecke lächelte gequält.

»Puseka hat sich ihr Schweigen sicherlich gut bezahlen lassen«, mutmaßte Jonas.

»Wäre möglich, aber darüber möchte ich keinesfalls mit Ihnen sprechen. Die Leiter meiner Niederlassungen haben mich darüber informiert, dass Beamte den gesamten Warenbestand der Apotheken beschlagnahmen. Was soll das?«

»Wir suchen nach Giftstoffen.« Jonas nahm Haltung an.

»Giftstoffe?«, echote Meinecke. »Was glauben Sie denn, hier zu finden?«

»Zyankali«, antwortete Lambrecht.

»Wozu ...« Der Apotheker verstummte einen Moment. Dann nickte er bedächtig. »Jetzt verstehe ich. Sie verdächtigen mich, Gerber vergiftet zu haben, richtig?«

»Jo.« Jonas nickte.

»Warum sollte ich das tun?« Er hob die Hände, als wollte er sich ergeben, wobei er die Polizisten fragend anblickte.

»Um sich einen Nebenbuhler vom Hals zu schaffen.« Jonas wusste, dass er sich mit dieser Behauptung auf dünnes Eis begab. Wenn er aber etwas erreichen wollte, musste er Meinecke aus der Reserve locken.

»Nebenbuhler?« Der Apotheker zog das Wort in die Länge, als würde es auf diese Weise einen geheimnisvollen Inhalt offenbaren wie die dreidimensionalen Bilder, die erst nach längerer Betrachtung verborgene Motive freigaben. »Wollen Sie damit etwa andeuten, dass Janine ein Verhältnis mit ihrem Chef hatte?«

»Jo.« Jonas nickte.

»Janine und ich führen eine glückliche Ehe. Haben Sie Beweise für Ihre lächerliche Behauptung?« Alle Freundlichkeit war nun aus der Stimme des Apothekers verschwunden.

»Selbstverständlich.« Jonas zog sein Smartphone hervor und zeigte ihm die Fotos, auf denen Janine mit Gerber zu sehen war.

»Gerbers und wir haben in der Vergangenheit einige Ausflüge zu viert gemacht. Bei denen müssen die Bilder aufgenommen worden sein«, wandte Meinecke ein. »Haben Sie Fotos, auf denen die beiden im Bett zu sehen sind?«

»Nicht direkt«, wich Jonas einer Antwort aus.

»Also nicht. Wenn ich Sie richtig verstehe, gehen Sie davon aus, dass meine Frau mich mit Dr. Gerber betrogen hat und ich den Mediziner aus Eifersucht mit Zyankali umgebracht habe.«

»Und? Haben Sie?«, hakte Jonas nach.

»Natürlich nicht. Mit Ihrer Fantasie sollten Sie Romane und keine Polizeiberichte schreiben. Denken Sie ernsthaft, hier irgendwo Zyankali finden zu können?«

»Und Rektaldrogen«, ergänzte Jonas.

»Rektawas?«

»Sie wissen genau, was ich meine.« Jonas machte einen Schritt auf Meinecke zu und baute sich direkt vor ihm auf. »Ihre Apotheken sind Drogenumschlagplätze und Giftküchen.«

»Jetzt mach mal halblang«, mahnte Lambrecht, aber Jonas war nicht mehr zu bremsen. Nach dem katastrophalen Start musste er unbedingt einen Erfolg vorweisen.

»Das ist eine unverschämte Behauptung.« Meinecke stemmte die Hände in die Seiten. »Sie lassen meine Apotheken schließen und beschlagnahmen Arzneimittel wegen einiger *Fotos*?« Das letzte Wort spie er Jonas entgegen.

»Diese Bilder beweisen ...«

»... nichts«, raunte Lambrecht seinem Kollegen zu. »Ich kann mir kaum vorstellen, dass der Polizeipräsident aufgrund dieser dünnen Beweislage eine Razzia befürwortet hat. Hast du mich etwa angelogen?«

»Nicht direkt. Ich habe nur ... sagen wir ...«

»Weiß Bekker von dieser Aktion?«

»Noch nicht, ich werde es ihm aber zeitnah mitteilen.« Jonas betrachtete seine Schuhe, die dringend wieder geputzt werden mussten.

»Bist du von allen guten Geistern verlassen? Diese Razzia, oder was immer das werden sollte, wird dich deinen Job kosten!« Ein sichtlich verärgerter Lambrecht stampfte zum Ausgang.

»Bleib hier. Wir müssen das Warenlager beschlagnahmen. Allein kann ich das keinesfalls schaffen«, rief ihm Jonas hinterher, aber Lambrecht reagierte nicht auf seinen Zuruf und verschwand aus der Tür.

»Können Sie mir mal erklären, was hier los ist?«, fragte Meinecke, wobei er Jonas verständnislos anschaute.

»Hierbei handelt es sich um ein taktisches Ablenkungsmanöver, um Verdächtige in Sicherheit zu wiegen.«

»Strategisches Missgeschick, taktisches Ablenkungsmanöver, was kommt als Nächstes? Spontaner Gedächtnisverlust?«

»Wie reden Sie mit mir?«

Jonas bemühte sich um einen gebieterischen Tonfall, der ihm zu seiner Verwunderung auch gelang. Leider ließ sich Meinecke davon nicht einschüchtern.

»Sie verlassen meine Apotheke auf der Stelle.«

»Wollen Sie etwa einen Vollstreckungsbeamten mit gül-
tigem Durchsuchungsbeschluss auf die Straße setzen? Da
ich nicht Ihren ganzen Lagerbestand konfiszieren kann,
werde ich nun einige zufällig ausgewählte Musterstücke
mitnehmen und diese auf Giftstoffe untersuchen lassen.«

Eine halbe Stunde später verließ Jonas die Apotheke
mit einer Kiste unter dem Arm. Darin befanden sich zwölf
Packungen Fieberzäpfchen, 17 Fläschchen Schnupfenspray
und 20 Dosen Vitamintabletten. Mit der mageren Aus-
beute seiner Durchsuchung machte er sich auf den Weg
zum Anleger, da Lambrecht mit dem Streifenwagen weg-
gefahren war und ihn sicherlich nicht mehr abholen würde.

STAMMKNEIPE

Nach seiner Rückkehr schleppte Jonas die Kiste vom Inselbahnhof zur Polizeistation. Bakenhus war an diesem frühen Abend glücklicherweise schon gegangen.

Das Büro war so sauber und aufgeräumt, als sollte es
für eine Zeitschrift fotografiert werden.

Jonas stellte die Kiste auf seinem Schreibtisch ab. Auf
der Überfahrt hatte er die Beipackzettel studiert, wegen
der Fachausdrücke aber kaum etwas von den Inhaltsstoffen verstanden. Er hätte in Chemie besser aufpassen sollen.

In den anderen Fächern auch.

Er würde die beschlagnahmten Mittel morgen an die
Experten vom LKA weiterleiten. Jetzt musste er schleunigst nach Hause.

Stine hatte ihn auf der Überfahrt bereits zweimal angerufen, demnach schien sie ihm etwas Wichtiges mitteilen
zu wollen. Jonas hatte die Telefonate nicht angenommen,
weil er mit seiner Lektüre beschäftigt gewesen war und
dabei nicht hatte gestört werden wollen. Da er aus leidvoller Erfahrung wusste, dass er seine Frau besser nicht warten ließ, machte er sich direkt auf den Heimweg.

Wenige Minuten später öffnete er die Haustür.

»Schatz, ich bin wieder zu Hause.« Jonas schlüpfte aus
seinen Schuhen und hängte das Jackett an die Garderobe.

»Wie schön. Hattest du einen anstrengenden Arbeitstag?«, säuselte Stine und trat aus dem Wohnzimmer. In

der rechten Hand hielt sie ihr Tablet, auf das sie einen kurzen Blick warf.

»Geht so«, wich Jonas ihrer Frage aus. Stines honigsüße Stimme irritierte ihn. Als sie zum letzten Mal in diesem Tonfall mit ihm gesprochen hatte, waren sie noch in den Flitterwochen gewesen. In den ersten Tagen der Flitterwochen, um genau zu sein, denn danach … Darüber wollte sich Jonas lieber keine Gedanken machen. Immerhin waren sie noch verheiratet. Ob das Fluch oder Segen war, würde er eines Tages herausfinden müssen.

»Warst du den ganzen Tag im Büro?« Seine Frau trat ihm entgegen.

»Nee, heute war ich in Emden. Dort habe ich einen Verdächtigen ordentlich rangenommen und Beweismaterial gesichert.«

»Nur den Verdächtigen?« Obwohl Stine noch immer mit ihrer lieblichsten Stimme sprach, musste er auf der Hut sein. Irgendetwas stimmte hier nicht.

»Wie meinst du das?« Jonas schaute sie mit großen Augen an.

»Dem Bild nach zu urteilen, hast du eine Frau ordentlich rangenommen. Ist das eine eurer Verhörmethoden oder bist du fremdgegangen?«

Stine drehte das Tablet, sodass Jonas nun auf das Display schauen konnte. Darauf war ein Foto zu sehen, das ihn bäuchlings auf der drallen Blondine zeigte.

»Das ist ein strategisches Missgeschick und eine besondere Form der Verhörmethode, die nur von ausgesuchten Spezialisten durchgeführt werden darf.« Er zwang sich dazu, den Blick nicht zu senken.

»Und du bist einer jener *Spezialisten*?« Stine malte bei dem Wort imaginäre Gänsefüßchen in die Luft, bevor sie weitersprach: »Mich erinnert die Aufnahme eher an sexuelle Belästigung.«

»Der Eindruck täuscht.«

»Meines Erachtens ist die Situation eindeutig. Das sehen auch die anderen so.«

»Welche anderen?« Jonas' Magen zog sich zu einem schmerzhaften Klumpen zusammen.

Statt einer Antwort wischte Stine über das Display. Das Foto verkleinerte sich und nun konnte er die Kommentare darunter sehen. Demnach war die Aufnahme in einem sozialen Netzwerk hochgeladen worden.

Sexuelle Verhörmethoden.

Grapschender Widerling.

In den Knast mit dem Kerl.

Eine Schande für die Polizei.

Was für ein Lüstling.

Jedes Wort brannte wie eine der Ohrfeigen, die ihm die Blondine verpasst hatte. Schlimmer konnte es kaum werden.

»Was du hier siehst, ist das Standbild eines Videoclips. Willst du ihn anschauen?«

Jonas schüttelte den Kopf, aber das schien Stine nicht im Geringsten zu interessieren und wenige Augenblicke später schaute Jonas sich dabei zu, wie er unbeholfen von der Blondine krabbelte, wobei er mit den Händen ihre Brüste …

»Das war anders, als es aussieht«, verteidigte er sich schwach.

»Wonach sieht es deiner Meinung nach denn aus? Bin ich so hässlich, dass du wie ein wilder Stier über unschuldige Frauen herfallen musst? Findest du mich nicht mehr attraktiv?«

Jetzt konnte es nicht mehr schlimmer werden, denn Jonas befand sich mitten in einem sprachlichen Minenfeld. Bei einem einzigen falschen Wort würde Stine explodieren.

Jonas dachte einen Moment lang nach, dann sagte er: »Niemand wird mich jemals so auffangen wie du. Bei dir kann ich mich voller Vertrauen fallen lassen.«

Einige Augenblicke lang sah ihm Stine in die Augen, das Gesicht zu einer steinernen Maske erstarrt. Jonas wich ihrem Blick nicht aus, obwohl er mit jeder verstreichenden Sekunde etwas mehr das Gefühl hatte, dass er keinesfalls die Antwort gegeben hatte, die sie hören wollte.

»Willst du mir damit etwa sagen, dass ich eine fette Kuh bin, auf der du weicher landest als auf dieser Blondine?« Die Worte wurden aus ihr herausgeschleudert, als wäre in ihrem Inneren ein Vulkan ausgebrochen. Ihre Augen glühten, als würde dahinter ein wildes Feuer lodern.

»Natürlich nicht«, versicherte Jonas schnell und trat vorsichtshalber zwei Schritte zurück. »Das war metaphorisch gemeint. Damit wollte ich sagen ... du bist ... hast ...«

»... einen fetten Arsch?«

»So etwas würde ich niemals sagen.«

»Aber denken!«

»Keinesfalls.« Jonas machte einen weiteren Schritt zurück. »Du hast weibliche Rundungen ...«

»... wie ein Nilpferd?« Stine funkelte ihn zornig an.

»Du bist ...« Verzweifelt suchte Jonas nach den Komplimenten, mit denen er ihr vor der Hochzeit ein Lächeln entlockt hatte, aber diese hatte er so tief im hintersten Winkel seines Gedächtnisses vergraben, dass er sich nicht mehr daran erinnern konnte. Irgendwas mit »anmutig wie eine Gazelle« oder »bunt schimmernd wie ein Eisvogel«.

Oder waren es Reh und Papagei gewesen? Elefant und Geier vielleicht?

Jonas wusste es nicht mehr. Ihm war nur klar, dass er sofort von hier verschwinden musste, bevor etwas *wirklich Schlimmes* geschah. Wobei er keine Ahnung hatte, was diesem grauenvollen Tag noch die Krone aufsetzen konnte.

Ohne Stine aus den Augen zu lassen, schob er sich bis zur noch immer offen stehenden Haustür und rief ihr zu: »Ich muss noch schnell zur Polizeistation.« Dann hastete er hinaus.

Diesen Tag musste er unbedingt mit einem Bier runterspülen. Auf dem Weg zu seiner Stammkneipe bohrten sich kleine Steinchen in seine Fußsohlen und erinnerten ihn daran, dass er auf geringelten Socken unterwegs war, da er in der Hektik seine Schuhe nicht wieder angezogen hatte. Aber deshalb würde er keinesfalls zurückkehren.

Wenig später riss er die Tür zum Aikes auf.

Stimmengewirr und Gelächter, das sich mit dem Klirren der Gläser zur Melodie eines entspannten Feierabends vermischte, waberten ihm wie eine akustische Wolke entgegen. Jonas trat ein und steuerte die Theke an.

»Was willst du denn hier?« Ein Stammgast drehte sich zu ihm um.

»Ein Bier trinken, was denn sonst?« Er enterte den letzten freien Barhocker.

»Niemand will mit dir ein Bier trinken. Stimmt doch, oder?« Die Bedienung schaute in die Runde.

»Jo.« Die Anwesenden nickten so synchron, als hätten sie diese Geste jahrelang einstudiert.

»Was soll das denn bedeuten?«, fragte Jonas, obwohl er die Antwort bereits erahnte.

»Mit Leuten, die Frauen ungefragt an die Wäsche gehen, wollen wir nichts zu tun haben. Du bist eine Schande für diese Insel.«

»Das war ein strategisches Missverständnis.« Jonas machte keine Anstalten zu gehen. »Ihr kennt mich doch. Ich würde keiner Frau etwas antun.«

»Bisher habe ich dich für einen feinen Kerl gehalten, aber jetzt …« Der Stammgast trank einen Schluck.

»Zudem hast du den süßen Hund gefoltert«, ließ sich ein anderer Zecher vernehmen.

»So ein Unfug. Ich habe dem Tier nichts getan.«

»Du hast den armen Fluffy zu Tode erschreckt. Wie kann man nur so herzlos sein?«

»Der Hund ist so empfindlich, dass er sogar bei einem Flüstern zusammenzuckt«, verteidigte sich Jonas.

»Das ist noch lange kein Grund, das arme Tier zu quälen.«

»Das habe ich nicht getan.«

»Doch, hast du.«

»Nee!«

Jonas war mit seinen Nerven am Ende. Welchen Wert hatte sein Leben noch, wenn er die Sorgen nicht einmal in seiner Lieblingskneipe im Bier ertränken konnte?

»Wir wissen alle, was du getan hast.«

Die Bedienstete zückte ihr Smartphone, wischte über das Display und hielt Jonas das Gerät vor die Nase.

Er überflog die Texte, die unter dem Videoclip, den Stine ihm gezeigt hatte, zu finden waren. Es mussten Hunderte sein und ständig kamen neue hinzu. Es gab kaum eine Bemerkung, in der nicht mit mehr oder weniger drastischen Worten über ihn hergezogen wurde.

»Das sind doch nur dumme Kommentare von unterbelichteten Trullas.« Langsam wurde er echt sauer.

»Frauenfeindliche Äußerungen werden hier nicht geduldet.«

»Sorry, war nicht so gemeint. Kann ich endlich ein Bier
haben?«

»Von mir bekommst du keinen Tropfen.« Die Kellne-
rin verschränkte demonstrativ die Arme vor der Brust.

»Dann zapfe ich eben selbst.« Jonas glitt vom Barhocker
und schlurfte auf seinen Socken hinter die Theke.

Er hatte den Zapfhahn fast erreicht, als sich eine Pranke
auf seine rechte Schulter legte.

»Mach dich vom Acker!« Der Stammgast drehte ihn
wie eine Puppe herum. »Du hast Hausverbot.«

»Dazu hast du keine Berechtigung. Nur der Eigentümer ...«

»Von einem wie dir lasse ich mir keine Vorschriften
machen.« Er schob Jonas, der auf den Socken über den
Boden rutschte, vor sich her bis zur Tür. Er öffnete sie und
schubste Jonas hinaus. Dieser taumelte einige Schritte und
fiel auf die Knie.

»Lass dich hier nie wieder blicken.« Die Tür wurde mit
Karacho zugeschlagen.

Jonas rappelte sich mühsam wieder auf und trottete mit
gesenktem Kopf nach Hause.

VERNEHMUNG

Bakenhus hatte sein Büro so gründlich geschrubbt, als wollte er mit der Reinigung nicht nur den Boden säubern, sondern sich auch die Demütigung von seiner Seele putzen. Wieder mit einer Bürste in der Hand für Sauberkeit sorgen zu müssen, war eine Schmach, die er kein weiteres Mal ertragen konnte.

In seiner bisherigen Laufbahn war er die Karriereleiter in atemberaubender Geschwindigkeit Stufe um Stufe emporgeklettert. Mit der Verhaftung von Gebers Mörder würde er sich für weitere Aufgaben empfehlen können. In wenigen Jahren wollte er Bekker beerben und der jüngste Polizeipräsident aller Zeiten werden.

Doch nun drohte er auf der Karriereleiter nicht nur eine Stufe abzurutschen, sondern ganz nach unten zu fallen. Um einen derartigen Sturz zu verhindern, brauchte er unbedingt einen schnellen Fahndungserfolg.

Wenn Kruskopps Ermittlungen Erfolg hatten, konnte Bakenhus einpacken. Auch wenn davon kaum auszugehen war, musste Bakenhus den Fall zu Ende bringen, bevor ihm das Schicksal gehörig den Hintern versohlte.

Wenn Fenna Kruskopp den Mord gestand, konnte er die Akte schließen, ohne dass ihn der alkoholgeschwängerte Ausrutscher seine Karriere kostete. Bakenhus würde die selbst ernannte Revolutionärin so lange unter Druck setzen, bis sie ihre Tat zugab. Er hatte seine Rhetorik in unzähligen Seminaren und Schulungen derart perfektioniert, dass er Fenna zunächst in Widersprüche verwickeln und ihr dann ein Geständnis in den Mund legen würde. In Gedanken arbeitete er bereits an einer Gesprächsstrategie, mit der er Fenna zu Fall bringen würde. Kein Kruskopp dieser Welt konnte ihn stoppen.

BAUCHGEFÜHLE

»Der Shitstorm, den diese Influencerin losgetreten hat, ist inzwischen abgeflaut. Glücklicherweise ist das Internet so schnelllebig, dass die Leute ältere Themen schnell vergessen.«

»Emilia, die Insulaner werden meinen Fauxpas weder vergessen noch vergeben. Der Polizeipräsident übrigens auch nicht.« Jonas schaute seine Stiefschwester traurig an. In den letzten drei Nächten, die seit seinem Einsatz in Emden vergangen waren, hatte er kaum geschlafen. Stundenlang hatte er sich auf dem Sofa gewälzt, auf dem er nächtigen musste, weil Stine ihn aus dem Schlafzimmer verbannt hatte. Sobald er die Augen schloss, wurde er von einer riesigen, in rosa Kleidung gehüllten Blondine verfolgt, die ihren monströsen Mund aufriss, um ihn zu verschlingen. Ihr Lachen hallte auch nach dem Aufwachen wie ein Echo in seinem Kopf nach.

»Du jammerst mehr als Fennas Ziepeltriene.« Opa Gnadderkopp, der wie immer hinter seinem Schreibtisch in der Kommandozentrale des Klabautermanns saß, zog an seiner Zigarette und stieß eine Qualmwolke aus, die durch den Raum waberte. »Bakenhus hat Fenna in der Untersuchungshaft ordentlich durch die Mangel gedreht. Er scheint den Fall unbedingt mit einem Geständnis abschließen zu wollen. Wir müssen den wahren Mörder finden, bevor Fenna unter dem Druck zusammenklappt. Was kannst du uns zu den laufenden Ermittlungen sagen?«

»Vadder, bisher weiß ich nur, dass Holger Meinecke am Tag von Gerbers Ermordung vormittags die Filialen seiner Apotheken besucht hat, um mit der Geschäftsleitung die neuen Businesspläne zu besprechen. Tagsüber war er in der Emder Niederlassung und abends beim monatlichen Treffen des ostfriesischen Apothekerverbandes. Es gibt Zeugen, die seinen Tagesablauf bestätigen. Da sich die Mitarbeiter des Fährbetriebs und des Inselfliegers nicht an einen Mann mit einer derart markanten Hakennase erinnern, können wir ihn von der Liste unserer Verdächtigen streichen.«

»Er könnte mit einem eigenen Schiff nach Borkum gekommen sein«, wandte Stine ein, die gemeinsam mit den anderen an diesem Abend wieder in einem Halbkreis vor dem Schreibtisch saß.

»Meinecke hat zwar einen Bootsführerschein, aber das Ehepaar besitzt weder ein Segelschiff noch ein Motorboot. Zudem gelten die beiden bei Freunden und Bekannten als Vorzeigepaar, verliebt wie am ersten Tag. Wenn wir die Fotos nicht falsch interpretiert hätten, wäre ich nicht nach Emden gefahren und noch immer im Dienst.«

»Wenn du dich bei der Fahndung nicht so dämlich angestellt hättest, wäre Fenna längst wieder in Freiheit. Wie kommst du nur auf die blöde Idee, Arzteimittel zu konfiszieren?« Der alte Seemann nahm einen weiteren Zug und drückte seinen Zigarettenstummel in dem übervollen Aschenbecher aus.

»Wegen des Zyankalis. Das könnte doch irgendwo versteckt sein«, verteidigte sich Jonas schwach.

»Denkst du ernsthaft, dass er das Gift in einer Arzneimittelpackung versteckt hat? Das ist viel zu riskant, denn einer seiner Mitarbeiter hätte diese Packung verkaufen können. Wenn der Patient an den tödlichen Pillen gestorben wäre, hätte Meinecke sofort die Polizei am Hals gehabt.«

»Die Apotheke hätte ein Umschlagplatz für illegale Substanzen sein können, wie …«

»Rektaldrogen«, warf Stine ein und schüttelte den Kopf. »So ein Blödsinn! Damit du bei unseren privaten Ermittlungen keinen weiteren Unfug machen kannst, werde ich Janine Meinecke genauer unter die Lupe nehmen. Ich habe bereits für morgen einen Termin in der Oldenburger Klinik gemacht. Trotz aller Dementis lief da was zwischen ihr und Gerber. Das habe ich im Gefühl.«

»Ermittlungen sollten nur auf Tatsachen beruhen und keinesfalls auf Gefühlen, vor allem nicht auf weiblichen.«

»Ach ja? Und was hast du mit diesem Ermittlungsansatz erreicht? Nichts!«, fuhr Stine ihren Mann an.

»Obwohl mir Stines Gefühle auch eher suspekt sind, gehe ich ebenfalls davon aus, dass mehr hinter den Fotos steckt als rein berufliches Interesse«, ließ sich Opa Gnadderkopp vernehmen.

»Holger Meinecke hat ein Alibi.« Jonas betonte jede einzelne Silbe, als wäre sein Vater ein begriffsstutziges Kind.

»Vielleicht hat Janine im Hintergrund die Strippen gezogen«, mutmaßte Stine. »Bei der habe ich ein richtig komisches Bauchgefühl.«

»Deine Bauchgefühle erzeugen viel heiße Luft. Das nennt man Blähungen.«

»Jonas, manchmal solltest du besser den Sabbel halten.« Der alte Kruskopp schaute zu seiner Schwiegertochter, die ihren Mann fuchsteufelswild anfunkelte.

Dann stand sie auf, stampfte zum Ausgang und knallte die Tür hinter sich zu.

»Bruderherz, du hast die Empathie eines Vorschlaghammers.« Emilia stieß einen laut hörbaren Seufzer aus.

»Stine beruhigt sich schon wieder.« Jonas winkte ab.
»Wenn sie ihre Verrenkungen auf der Matte gemacht hat,
ist sie danach so handzahm wie ein Schaf.«

»Das denke ich keinesfalls. Dieses Mal wird auch keine
Meditation helfen. Ich sollte mit Stine reden.«

»Vadder, lass mal. Das ist meine Sache.«

»Bei deiner Metaphorik zieht sie dir nach der ersten
Bemerkung eine Bratpfanne über den Schädel. Obwohl ...«
Opa Gnadderkopp verstummte und dachte einen Moment
lang nach, bevor er fortfuhr: »... das vielleicht keine schlechte
Idee ist. Ein Schlag auf den Hinterkopf könnte in deinem
Oberstübchen wieder einige Dinge in Ordnung bringen.«

»Wir müssen die Witwe unter die Lupe nehmen«, wechselte Emilia das Thema. »Wenn Sabine Gerber von der
Affäre wusste, könnte sie ihren treulosen Ehemann mit
dem Tod bestraft und sich von seinem Geld ein Leben im
Reichtum ermöglicht haben. Damit hätte sie zwei Fliegen
mit einer Klappe geschlagen.«

»Ihr Anwalt schirmt sie ab wie ein Bodyguard«, wandte
Jonas ein. »Ohne handfeste Beweise sind uns rechtlich die
Hände gebunden.«

»Darum werde ich mich kümmern.« Emilia stand auf.

»Was hast du vor?«

»Ich werde nach Beweisen suchen, Jonas.«

»Wie willst du das anstellen?«

»Mir wird schon etwas einfallen.«

»Sabine Gerber könnte eine Giftmischerin sein.«

»Bruderherz, das mag sein, aber sie sollte sich besser
nicht mit mir anlegen. Für Fenna würde ich auch mit dem
Teufel tanzen.«

»Damit du direkt nach dem Tanz wieder mit ihr streiten kannst?«

»Richtig.«

»Verstehe ich nicht.«

»Das ist auch so ein Frauending. Viel zu kompliziert
für dich.« Sie zwinkerte ihm zu.

»Pass auf dich auf.« Opa Gnadderkopp schaute seiner
Stieftochter nach, bis sich die Tür hinter ihr geschlossen
hatte.

»Warum hast du Emilia nicht aufgehalten? Bei Sabine
Gerber könnten wir es mit einer skrupellosen Schwarzen
Witwe zu tun haben.«

»Wenn Emilia sich etwas in den Kopf gesetzt hat, ist sie
wie ein Sturm. Den kannst du auch nicht bändigen.« Opa
Gnadderkopp griff nach seinem Tabakbeutel und drehte
sich eine Zigarette.

»Da ist was dran. Ich sollte mich eher um die Witwe
sorgen.« Jonas versuchte sich an einem Grinsen, das mit
seinem lädierten Gesicht noch immer gruselig aussah.

»Statt dir über andere Leute den Kopf zu zerbrechen,
solltest du lieber in deiner eigenen Familie aufräumen. Der
Mist, den du in den letzten Tagen gebaut hast, reicht bei
anderen Menschen für ein ganzes Leben. Jetzt mach dich
vom Acker und versöhn dich mit Stine. Wir Kruskopps
müssen zusammenhalten, vor allem jetzt.«

»Jo.« Jonas stand auf und schlurrte hinaus.

GEDANKENREISE

Fenna Kruskopp lag mit geschlossenen Augen und hinter dem Kopf verschränkten Armen auf der schmalen Pritsche in ihrer Gefängniszelle. In Gedanken hatte sie es sich in der Hängematte, die an Deck der Villa Kutterbunt zwischen die Masten gespannt war, bequem gemacht. Ziepeltriene schlief auf ihrem Bauch, den Kopf ins Federkleid gesteckt.

Nach einem farbenprächtigen Sonnenuntergang funkelten die Sterne wie Diamanten. Der Himmel war wie eine Leinwand, auf dem die Natur in ihrer verschwenderischen Schönheit immer wieder neue Meisterwerke erschuf. Eine laue Brise strich sanft über ihre Haut und trug das Rauschen der Brandung an ihr Ohr. Diese ewige Symphonie des Nordens hatte sie schon als Kind in den Schlaf gewiegt.

Würde sie das Flüstern der Wellen jemals wieder hören? Sich erneut den Geschmack des Salzes von den Lippen lecken? In die unendliche Weite des Horizonts hineinschauen?

Die Vorstellung, viele Jahre in einem winzigen Raum eingesperrt zu sein, brachte Fenna fast um den Verstand. Bakenhus hatte bei seinem letzten Verhör ein Geständnis erpressen wollen. Sie hatte ihm die Stirn geboten, aber lange würde sie dem Druck nicht mehr standhalten.

Mit jeder verstreichenden Stunde schwand die Hoffnung auf eine baldige Freilassung. Zunächst hatte sich Fenna noch gegen ihre Inhaftierung gewehrt und den Wärtern ihre Wut entgegengeschleudert. Inzwischen schrie sie nicht mehr, sondern sprach sogar leiser als sonst. Bald würde sie flüstern und irgendwann schweigen, denn dann gab es nichts mehr zu sagen.

In der Gefangenschaft verschwammen Tag und Nacht immer mehr zu einer grauen Existenz, in der sie nicht mehr lebte, sondern nur noch vegetierte.

Fenna kniff die Lider fest zusammen, als könnte sie sich der Realität auf diese Weise verweigern. Inzwischen hatte sie längst begriffen, dass sie in einem Gerichtsverfahren auch ohne Geständnis schlechte Karten hatte.

Wenn sie darauf verzichtet hätte, gegen die Schönheitsklinik zu rebellieren und Gerber vor seinen Gästen mit dem Tod zu drohen, würde sie nicht in dieser ausweglosen Situation stecken. Warum konnte sie nicht einfach die Klappe halten und jene Dinge akzeptieren, die sie ohnehin nicht ändern konnte?

Da niemand Fenna glauben würde, dass sie die tödlichen Pillen nicht auf der Villa Kutterbunt versteckt hatte, war eine Verurteilung so gewiss wie das Amen in der Kirche.

Weil ihr Schuldspruch für Bakenhus neben einer weiteren Stufe auf der Karriereleiter auch eine späte Rache für ihre Schmiererei am Musikpavillon bedeutete, würde er sie als kaltblütige Mörderin brandmarken.

Die Vorstellung, dass ihr Schicksal allein in den Händen ihres liebenswerten, aber vertrottelten Bruders lag, jagte ihr einen Schauer über den Rücken. Hoffentlich wurde er von seinem Vater und den Frauen der Familie unterstützt, denn nur gemeinsam würden sie ihre Unschuld beweisen können.

AVATARE

Stine blickte auf den neben ihr schlafenden Jonas, der wie ein Walross schnarchte. Obwohl sie sich am gestrigen Abend ausgesprochen hatten und er nicht mehr auf dem Sofa schlafen musste, war ihre Wut längst nicht vollständig verraucht. Momentan gab es allerdings Wichtigeres als ihre eigenen Befindlichkeiten.

Entschlossen schwang sie die Beine aus dem Bett und stand auf. Nach einer schnellen Dusche schlüpfte sie in ihre Kleidung und machte sich in der Küche einen Grünkohl-Smoothie. Als Stine die grüne Pampe in ein Glas goss, rümpfte sie die Nase. Das Zeug schmeckte ziemlich genau so, wie es aussah. Sie schloss die Augen und zwang den Vitaldrink in ihren Magen. Danach spülte sie das Glas und den Mixer aus, schloss die Küchentür und öffnete die unterste Schublade neben der Spüle.

Hastig schob sie die Spültücher zur Seite und griff nach der Schokolade, die sie darunter versteckt hatte. In Zeiten wie diesen brauchte sie ihre Nervennahrung. Stine brach einen Riegel ab und steckte sich die süße Köstlichkeit in den Mund. Genießerisch verdrehte sie die Augen.

Rasch legte sie die angebrochene Tafel in die Schublade zurück und platzierte die Spültücher darüber. Dann schloss sie das Schubfach und verließ die Küche – nur um wenige Augenblicke später zurückzukehren und die restliche Tafel in ihrer Handtasche zu verstauen. Um den heutigen Tag zu überstehen, brauchte sie jede Unterstützung, die sie bekommen konnte. Schokolade war ein Freund, der sie bisher noch nie enttäuscht hatte.

Stine zog ihre Schuhe an und warf sich eine dünne Jacke über die Schulter. Dann verließ sie das Haus und machte sich auf den Weg zum Inselbahnhof, von dem aus die Borkumer Kleinbahn zum Hafen fuhr. Der Bahnsteig war bereits voller Menschen.

Viele standen unausgeschlafen neben ihren Koffern und Taschen. Mütter trugen schlafende Kinder auf dem Arm, Väter schulterten schwere Rucksäcke. Pärchen hielten sich an den Händen und schauten schweigend auf die Gleise. Der Abschied von der Insel schien allen schwerzufallen. Neben einer Säule stand ein älterer Mann und rauchte eine selbst gedrehte Zigarette. Als er ihr zuwinkte, erkannte sie ihn und ging auf ihn zu.

»Gerrit, was machst du denn hier?«

»Auf dich aufpassen. Wenn die Ärztin ihren Liebhaber getötet hat, wird sie auch dich aus dem Weg räumen.«

»Keine Sorge, ich kann gut allein auf mich aufpassen.«

»Das bezweifle ich keinesfalls, denn du lebst seit Jahren mit meinem Sohn zusammen. Dazu brauchst du nicht nur einen starken Überlebenswillen, sondern auch Nerven wie Drahtseile.«

»Sollte das etwa ein Kompliment sein?«

»So weit würde ich jetzt nicht gehen.« Opa Gnadderkopp nahm einen letzten Zug und drückte die Kippe dann in einem Aschenbecher aus.

Kurz darauf tuckerte die Kleinbahn in den Bahnhof. Die Wartenden strömten zu den Waggons. Wenige Minuten später fuhr die Lokomotive ruckelnd an und passierte die Schranken. Während viele Touristen auf der Fahrt durch die wundervolle Insellandschaft wehmütig Abschied von

Borkum nahmen, steckten Opa Gnadderkopp und Stine die Köpfe zusammen.

Als sie die Fähre nach der Überfahrt im Emder Außenhafen verließen, hatten sie einen Plan ausgeheckt. Dieser war zwar riskant, bot Stine aber die Möglichkeit, nach Beweisen zu suchen, mit denen sie die Ärztin als Mörderin überführen konnte.

Vom Hafen aus fuhren sie mit der Bahn nach Oldenburg, wo sie mit halbstündiger Verspätung eintrafen. Von dort aus nahmen sie sich ein Taxi, das sie zur Schönheitsklinik am Oldenburger Stadtrand brachte.

Über einen gewundenen Kiesweg, der durch eine parkähnliche Landschaft führte, gelangte Stine zur Eingangstür, die wie von Geisterhand zur Seite glitt. Sie trat in einen großzügig angelegten Empfangsbereich. Die Absätze ihrer Pumps, in die sie ihre Füße gezwängt hatte, klapperten auf dem Marmorboden. Durch eine ins Dach integrierte Glaskuppel fiel Sonnenlicht hinein und überzog das Interieur mit goldenem Glanz.

Staunend blieb Stine stehen und drehte sich einmal im Kreis. An der rechten Seite gelangte man über eine Treppe, deren Stufen mit dunkelrotem Teppich ausgelegt waren, in das erste Stockwerk. Auf der linken Seite befand sich die Rezeption. Die Möbel waren wie die Wände in Weiß gehalten. Blumenarrangements auf halbhohen Säulen sorgten für akzentuierte Farbtupfer. Auf einem Glaspodest stand ein gerahmtes Foto, auf dem Alexander Gerber mit einem strahlenden Lächeln posierte. Über eine Ecke des Rahmens zog sich ein schwarzer Trauerflor.

Hinter der Rezeption standen eine Frau und ein Mann, die beide weiße Kleidung trugen. Die Frau trippelte auf Stine zu. In der rechten Hand hielt sie ein Tablet.

»Wie kann ich Ihnen helfen?«

Neben der grazilen Gestalt kam sich Stine so attraktiv vor wie ein Nilpferd. Wahrscheinlich fühlten sich die meisten Frauen in Gegenwart des perfekt modulierten Körpers wie Trampeltiere – was sicherlich beabsichtigt war.

»Ich habe einen Termin bei Frau Dr. Meinecke.« Stine gab sich einen Ruck und schaute in das ebenmäßige Gesicht, das von langen blonden Haaren umrahmt wurde. Das einfallende Licht gab ihnen die Farbe eines Weizenfeldes im Sonnenuntergang.

Die lebende Kunstfigur nickte, als wäre Stines Besuch in der Schönheitsklinik so notwendig wie der Zahnarztbesuch bei einer entzündeten Wurzel. Sie wischte über das Display. Wenige Augenblicke später verzogen sich ihre Lippen zu einem Lächeln. »Sie müssen Frau Schnabelfein sein.«

»Jo.« Stine hatte sich unter einem falschen Namen angemeldet, da sie befürchtete, dass Meinecke der Name Kruskopp wegen Jonas bekannt sein könnte.

»Wenn Sie mir bitte folgen wollen.« Mit einer ausladenden Handbewegung deutete sie auf die Treppe. »Oder möchten Sie lieber den Fahrstuhl benutzen?«

Stine blickte suchend umher und entdeckte erst jetzt den Aufzug, dessen weiße Türen sich so harmonisch in die Wand einfügten, dass sie nur auf den zweiten Blick auffielen. »Die Treppe.«

Entschlossen schritt Stine voran und klomm die Stufen empor. Während ihre Schuhe im Teppich versanken, schien die Begleiterin neben ihr förmlich zu schweben.

»Hier entlang bitte.« Die Empfangsdame hatte das erste Stockwerk drei Stufen vor ihr erreicht und huschte leichtfüßig über den Flur.

Oben angekommen, schnaufte Stine kurz durch und folgte ihr dann bis zu einer offen stehenden Tür am Ende des Ganges.

»Frau Meinecke erwartet Sie bereits.«

Stine lugte in den Raum. Auch dieser war ganz in Weiß gehalten. Die Schönheitschirurgin saß hinter einem an der Stirnseite stehenden Schreibtisch, vor dem ein Stuhl stand. In dem weißen Arztkittel schien Janine Meinecke mit dem Interieur zu verschmelzen. An der linken Wand stand eine in weißem Leder überzogene Liege. Daneben war ein Standspiegel, davor eine gläserne Waage.

»Kommen Sie doch rein.«

Die Ärztin winkte Stine zu sich, die auf der Schwelle stehen geblieben war und sich urplötzlich wie eine Maus fühlte, die in eine Falle tappt. Obwohl sie am liebsten auf dem Absatz kehrtgemacht hätte und verschwunden wäre, trat sie ein. Als die Tür mit einem leisen Klicken hinter ihr zugezogen wurde, zuckte Stine kaum merklich zusammen. Nun gab es kein Zurück mehr.

»Setzen Sie sich doch.« Meinecke deutete auf den Stuhl.

Zögerlich kam Stine der Aufforderung nach und ließ sich vorsichtig auf der Stuhlkante nieder, bereit, jederzeit aufzuspringen. Sollte diese Frau tatsächlich eine kaltblütige Mörderin sein …

»Keine Sorge, bei mir sind Sie in den besten Händen.«

Demnach hatte Meinecke ihre Nervosität bemerkt. Vor ihrem inneren Auge sah sich Stine in einem weißen Krankenhaushemd auf einem Operationstisch liegen. Die Ärztin stand neben ihr, in der rechten Hand ein Skalpell. Mit einem süffisanten Grinsen beugte sie sich über Stines narkotisierten Körper und schnitt ihr die Kehle auf. Blut rann aus der Wunde und tropfte zu Boden.

Stine atmete tief ein und ließ die Luft langsam entweichen. Sie durfte sich keinesfalls verrückt machen lassen, schließlich war sie eine Psychologin, die in anderen Menschen lesen konnte wie in einem geöffneten Buch. Zumindest hatte sie sich das immer eingebildet, aber nun war sie keinesfalls mehr sicher. Die Psyche einer skrupellosen Killerin war sicherlich schwerer zu ergründen als die einer Reha-Patientin.

»Ihre Nervosität ist vollkommen normal.« Meinecke legte die Unterarme auf den Schreibtisch, beugte sich etwas vor und sprach mit leiser Stimme: »Die meisten Frauen sorgen sich wegen der Operationen, die ihnen ein Leben in vollkommener Schönheit ermöglichen. Da draußen«, die Ärztin deutete zum Fenster, das einen Blick in einen makellosen Garten gestattete, »gibt es leider viele Menschen, die unsere Arbeit nicht verstehen und unberechtigte Ängste schüren.«

Meinecke war gut, das musste Stine ihr lassen. Mit ihrer Geste und der leisen Stimme, die beinahe einem Flüstern glich, wollte die Ärztin bestimmt Vertrauen aufbauen.

»Manche schrecken dabei auch vor einem Mord nicht zurück.« Stine ließ ihr Gegenüber nach dieser Bemerkung nicht aus den Augen.

Einen Augenblick hielt Meinecke dem Blickkontakt stand, dann senkte sie den Kopf. Das konnte ein Zeichen von Trauer sein – oder von Schuld.

»Gerbers Tod ist ein großer Verlust für die Menschheit. Er war ein Visionär, der die Welt zu einem schöneren Ort machen wollte. Nun müssen wir ohne ihn zurechtkommen.« Bei den letzten Silben stockte ihre Stimme. »Sie sind aber sicherlich nicht hier, um über den Verstorbenen zu reden. Lassen Sie uns stattdessen lieber über Ihr Optimierungspotenzial sprechen.«

Optimierungspotenzial.

Stine musste sich bei dem Begriff zusammenreißen. Sie war doch kein Mängelexemplar, das man mit plastischer Chirurgie wieder in einen makellosen Zustand versetzen konnte.

Meinecke stand auf und trat neben den Spiegel. »Zunächst müssen Sie sich von Ihrem alten Körper verabschieden. Machen Sie sich bitte frei.«

»Ich soll mich nackig machen?« Stine riss die Augen auf.

»Keine Sorge, wir sind unter uns.« Meinecke zwinkerte ihr zu.

Stine behagte die Anordnung ganz und gar nicht. Außer Jonas hatte sie seit vielen Jahren niemand unbekleidet gesehen und auch er hatte oft das Licht ausgemacht, bevor sie zu ihm unter die Bettdecke geschlüpft war.

»Muss das wirklich sein?«

»Ich fürchte ja. Nur auf diese Weise kann ich Ihnen das Optimierungspotenzial vollständig aufzeigen.«

»Wenn Sie meinen.«

Stine, die Meinecke keinesfalls argwöhnisch machen wollte, knöpfte die Bluse auf und legte nach und nach alle Kleidungsstücke ab. Im Evakostüm trat sie vor den Spiegel. Im grellen Licht der in den Rahmen integrierten LED-Leuchten fühlte sie sich wie eine zur Schau gestellte Ware.

»Im Brustbereich könnten wir einige Änderungen vornehmen.« Die Ärztin trat, mit einem Stift bewaffnet, vor sie und malte einige Bögen auf die Haut.

»Wenn wir die Brüste an diesen Stellen hervorheben … den Hintern straffen … die Hüften schmaler machen … das Bauchfett wegsaugen … die faltige Haut nach hinten

ziehen … die Nase richten … die Lippen etwas aufsprit-
zen …« Meinecke markierte jede der genannten Stellen
mit verschiedenen Zeichnungen, bis Stine aussah wie eine
furchterregende Kämpferin mit Kriegsbemalung.

»Nach einigen kleinen Eingriffen wird Sie Ihr eigener
Mann nicht wiedererkennen.« Die Ärztin legte den Stift
zur Seite und schaute Stine lächelnd an.

Das tut er meistens ohnehin nicht, dachte diese, sagte
es aber nicht.

»Wenn Sie sich für eine Behandlung in unserem Haus
entscheiden, werden Sie eines Tages so aussehen.« Meinecke deutete auf den Spiegel, in dem plötzlich eine Frau
mit Wespentaille und voluminöser Brust erschien, die nur
entfernte Ähnlichkeit mit Stine hatte. Das puppenhafte
Gesicht wies keine Falte auf. Die perfekt geschwungenen
Lippen waren weit aufgerissen und zeigten zwei strah-
lend weiße Zahnreihen.

»Was ist das?« Stine hob die rechte Hand und deutete auf die Frau im Spiegel. Diese machte ihre Bewegung nach.

»Nicht *was*, sondern *wer*. Das ist ein Avatar, der Sie
nach erfolgreicher Behandlung zeigt. In dem Rahmen des
Spiegels sind neben den Lichtern auch Kameras integriert.
Diese sind mit einem auf künstlicher Intelligenz basierenden Computerprogramm verbunden, das Ihr Optimierungspotenzial visuell umsetzt. Was würde Ihr Mann
wohl sagen, wenn er nach einem harten Arbeitstag nach
Hause käme und ihm eine Frau von derartiger Schönheit
die Tür öffnete?«

Geh mal Bier holen und kümmere dich danach um das
Abendessen, dachte Stine, aber auch das sagte sie natürlich nicht. Ihr behagte es ganz und gar nicht, dass mit

versteckten Kameras Nacktaufnahmen gemacht worden waren. Sie wollte Meinecke gerade fragen, ob die Aufzeichnungen gespeichert wurden, als plötzlich ein schriller Ton zu hören war.

»Feueralarm!« Meinecke schob Stine zur Tür.

»Ich bin nackt.«

»Zum Anziehen ist keine Zeit. Wir müssen hier sofort raus.«

»Ich werde doch nicht unbekleidet aus dem Gebäude laufen.« Stine trat einen Schritt zurück.

»Dann werfen Sie sich etwas über, aber schnell. Als Brandschutzbeauftragte muss ich mich um die Evakuierung des Gebäudes kümmern.« Meinecke riss die Tür auf und rannte auf den Flur.

Darauf hatte Stine nur gewartet, denn zu dem mit ihrem Schwiegervater ausgeheckten Plan gehörte die Aktivierung des Feueralarms. Demnach hatte es der alte Mann irgendwie in das Gebäude geschafft und eine qualmende Zigarette direkt unter einen Rauchmelder gehalten.

Stine hastete zum Schreibtisch und zog die oberste Schublade auf. Darin waren Schreibutensilien, Büroklammern, Zettel und ein Schlüsselbund. Sie legte diesen auf den Schreibtisch und nahm sich dann ein weiteres Schubfach vor. Hier fand sie diverse Vordrucke, Briefumschläge, Visitenkarten – und ein Foto, das Meinecke zusammen mit Gerber zeigte. Auf dem Bild hatten sie die Gesichter einander zugewandt und schmachteten sich so selig an wie Frischverliebte. Stine legte das Foto vor sich auf den Schreibtisch.

Wenige Minuten später hatte sie alle Schubladen durchwühlt und schaute sich suchend im Zimmer um.

Da es im Behandlungsraum keine Aktenschränke gab, blieb nur der Computer. Auf dem Monitor war der Schriftzug *Golden Gerber* zu sehen, der ständig rotierte.

Stine zog die Tastatur etwas vor und drückte auf die Enter-Taste. Der Schriftzug verschwand und der Bildschirm wurde schwarz. In der Mitte erschien nun ein weißes Kästchen, das sie zur Eingabe eines Passwortes aufforderte.

»So ein Mist!«, fluchte Stine und drehte die Tastatur um. Aber darunter klebte kein Zettel, auf dem Meinecke den Sicherheitscode notiert hatte. Da Stine sich auch an keinen Hinweis in den Schubladen erinnern konnte, überlegte sie kurz und gab dann »Alexander« ein.

Sollte Meinecke ein Verhältnis mit Gerber gehabt haben, konnte sie den Namen ihres Liebhabers als Passwort verwendet haben. Nach Bestätigung ihrer Eingabe tauchte eine rote Schrift auf und informierte Stine über einen fehlerhaften Sicherheitscode.

»So ein Mist«, fluchte sie erneut und gab den Namen von Meineckes Ehemann in das Suchfeld ein. Aber auch »Holger« wurde vom System nicht akzeptiert. Dafür wies sie eine nun auftauchende Hinweiszeile darauf hin, dass der Computer bei einer weiteren Falscheingabe gesperrt wurde.

Stine überlegte fieberhaft. Wenn die Ärztin ein Datum oder eine beliebige Kombination aus Ziffern, Buchstaben und Sonderzeichen verwendet hatte, würde sie das Passwort nicht erraten können. Da Meinecke bei einem gesperrten Bildschirm misstrauisch werden würde, wollte sie keinen weiteren Versuch unternehmen. Der schrille Alarmton ließ ohnehin kaum einen klaren Gedanken zu.

Stine ging Richtung Spiegel, neben dem ihre Kleidung lag. Mit einem Mal stürmte jemand in den Raum und Stine konnte sich nur noch mit einem beherzten Sprung hinter der nach innen aufgehenden Tür in Sicherheit bringen. Auf diese Weise war sie vor neugierigen Blicken zumindest so lange geschützt, bis jemand die Tür hinter sich ins Schloss drückte. Vorsichtig lugte sie durch den Spalt zwischen Rahmen und Türblatt, von dem aus sie einen Teil des Spiegels einsehen konnte.

»Was für eine imposante Gestalt.«

Das war doch die Stimme von Opa Gnadderkopp! Was um alles in der Welt machte der denn hier? Er sollte doch nur den Feueralarm auslösen und dann wieder verschwinden.

Obwohl Stine seit vielen Jahren mit seinem Sohn verheiratet war, wollte sie keinesfalls, dass Gerrit sie nackt sah. Es blieb ihr also nichts anderes übrig, als weiter in ihrem Versteck zu bleiben und sich nicht zu erkennen zu geben.

Sie schaute zum Spiegel, in dem statt einem faltigen Hutzelmännchen ein attraktiver Mann zu sehen war. Mit aufrechter Haltung, faltenlosem Gesicht und vollem Haar grinste sie das Spiegelbild an. Statt so schnell wie möglich zu verschwinden, tänzelte ihr Schwiegervater wie ein Gigolo, nahm verschiedene Posen ein und spannte sogar den Bizeps an. Er wackelte gerade mit seinem schlaffen Hinterteil, als der Alarm ausgestellt wurde. Er erstarrte mitten in der Bewegung, warf einen letzten Blick in den Spiegel und huschte aus dem Raum.

Stine atmete erleichtert auf, drückte die offen stehende Tür ins Schloss und verstaute die Sachen wieder in den Schubladen. Dann zog sie sich an.

»Bitte entschuldigen Sie die Unannehmlichkeit. Das war ein Fehlalarm.« Meinecke kehrte wenige Minuten später zurück und setzte sich hinter den Schreibtisch. Ihr schien gar nicht aufzufallen, dass Stine das Zimmer allem Anschein nach nicht verlassen hatte. »Jemand muss auf der Herrentoilette gequalmt haben. Das ist doch kein Schulklo, auf dem man heimlich rauchen kann. Manche Männer scheinen nie erwachsen zu werden.«

»Das ist richtig«, stimmte Gesine zu, wobei sie an ihren Schwiegervater und sein geckenhaftes Verhalten vor dem Spiegel dachte.

»Aber über die selbst ernannte Krone der Menschheit wollen wir jetzt lieber nicht reden.« Die Ärztin lachte freudlos auf.

»Dr. Gerber war bestimmt eine Ausnahme.« Stine musste das Gespräch unbedingt wieder auf den Arzt bringen, um Meinecke aus der Reserve zu locken.

»Er war ein wundervoller Mensch.« Das Lächeln, das bei diesen Worten über das Gesicht ihres Gegenübers huschte, entging Stine nicht.

»Und ein attraktiver Mann. Einen Kerl wie ihn hätte ich nicht von der Bettkante gestoßen.« Stine zwinkerte Meinecke bei dieser Bemerkung zu.

Diese nickte, ohne sie anzusehen. Demnach schien sie mit ihren Gedanken woanders zu sein.

»Sie müssen ihn sehr vermissen.«

»Alexander war ein Vorbild für uns alle.«

»Alexander? Standen Sie sich nahe?« Stine hob die Brauen.

»Ich … wir …« Meinecke verstummte und verschränkte die Finger ineinander, als wollte sie beten. Dann schaute sie auf und sagte: »Wir sollten nicht länger über Dr. Gerber reden, sondern über Ihr Optimierungspotenzial.«

Jetzt also wieder Dr. Gerber, registrierte Stine und schaute ängstlich auf, als Meinecke die Tastatur malträtierte. Würde sie ihre Anmeldeversuche bemerken?

Als die Ärztin die Stirn runzelte, verkrampfte sich Stines Magen.

»Das Programm spinnt wieder«, schimpfte Meinecke und bewegte die Maus ruckartig von links nach rechts.

»Was ist denn los?« Stine versuchte, ihre Stimme wie beiläufig klingen zu lassen und keinesfalls neugierig zu wirken.

Ohne den Blick vom Monitor zu wenden, erklärte ihr Gegenüber: »Die Avatare werden in einer gesicherten Datenbank gespeichert, danach werden die Originaldateien gelöscht. Da Datenschutz für unser Unternehmen eine große Rolle spielt, müssen Sie sich keine Sorgen machen, dass Ihre Aufnahmen in falsche Hände geraten können. Manchmal überschreibt das Programm allerdings bestehende Avatare und ersetzt sie durch Fantasiefiguren. Die Programmierer arbeiten an dem Problem, aber ich habe den Eindruck, dass die künstliche Intelligenz ihren Spatzenhirnen weit überlegen ist. Schauen Sie mal, was das Programm aus Ihnen gemacht hat.« Meinecke drehte den Bildschirm und Stine erblickte die verjüngte Version ihres Schwiegervaters. »Diesem Avatar nach muss die menschliche Version wie ein evolutionärer Frontalunfall aussehen. Glücklicherweise ist das nur ein Systemfehler und keine Realität. Wir müssen ... Das verstehe ich jetzt nicht.«

»Was ist passiert?«

Meinecke bemerkte Stines verängstigten Gesichtsausdruck nicht, sondern fixierte weiterhin den Monitor.

»Ihre Avatarbilder wurden ordnungsgemäß archiviert ...
Wie auch immer.« Die Ärztin schaute auf. »Ich drucke
Ihnen ein Bild Ihres Avatars aus. Für viele Frauen ist die
zukünftige Figur eine gute Entscheidungsgrundlage. In
manchen Fällen hat der Ehemann noch einige Extrawün-
sche, wie ...«

»... mehr Intelligenz?«, warf Stine ein.

»Normalerweise hat es eher etwas mit den Brüsten oder
dem Hintern zu tun.«

»Dachte ich mir. Gerber, konnte er ...«

»... Menschen schlauer machen? Natürlich nicht«, fiel
ihr Meinecke ins Wort und fuhr sich durch die Haare.

»Es muss sehr inspirierend gewesen sein, mit ihm zu
arbeiten.« Stine ließ ihr Gegenüber nicht aus den Augen.

»Er war ein wundervoller Mensch und ein besonderer
Mann.« Meinecke verstummte und ihre Miene verdüsterte
sich. »Auch wenn wir alle seinen Tod betrauern, muss das
Leben weitergehen, nicht wahr?« Ohne Stine Gelegenheit
für eine Antwort zu geben, fuhr die Ärztin fort: »Leider
muss ich unser Gespräch beenden, da ich einen weiteren
Termin habe.« Sie gab über die Tastatur einen Befehl ein.

Kurz darauf spuckte ein Drucker geräuschvoll Papier
aus und sie reichte Stine einen Farbdruck. »Ich würde
mich freuen, wenn Sie Ihr Optimierungspotenzial voll
ausschöpfen würden.«

»Wir haben noch nicht über die Kosten gesprochen.
Ich bin unsicher, ob ich mir eine solche Behandlung überhaupt leisten kann.«

»Können Sie es sich leisten, Ihr Optimierungspotenzial nicht voll auszuschöpfen?«, antwortete Meinecke mit
einer Gegenfrage. »Ich freue mich, bald wieder von Ihnen
zu hören.«

»Das werden Sie bestimmt!«, antwortete Stine zweideutig, griff nach dem Avatarbild und steckte es ein. Dann stand auch sie auf und ging zur Tür.

Meinecke begleitete Stine bis zum Ausgang, als wollte sie sicherstellen, dass ihre Patientin das Gebäude auch wirklich verließ.

BILDSPRACHE

Jonas tigerte im Wohnzimmer auf und ab, wobei er seine Schritte von einer Wand zur anderen laut mitzählte.

Eins. Zwei. Drei. Vier. Fünf.

Er machte auf dem Absatz kehrt und legte die Strecke in entgegengesetzter Richtung zurück, wobei er die Schritte rückwärts aufsagte.

Fünf. Vier. Drei. Zwei. Eins.

Vor der Terrassentür blieb er stehen und trat auf der Stelle.

Eins. Zwei. Drei. Vier. Fünf. Sechs. Sieben. Acht. Neun. Zehn.

Jonas drehte sich um und marschierte wieder los.

Eins. Zwei. Drei.

»So eine Scheiße!«

Schwungvoll trat er gegen den Korb, in dem sich Zeitungen und Rätselhefte befanden. Dieser flog durch die Luft und fiel krachend zu Boden. Missmutig starrte Jonas auf den Kratzer, den der Korb bei seinem Sturz im Parkett hinterlassen hatte. Wenn Stine die Schramme bemerkte, würde sie wieder ausrasten.

Seit ihrem Besuch in der Schönheitsklinik vor zwei Tagen hatte seine Frau öfter vor dem Spiegel gestanden und etwas von »Optimierungspotenzial« gemurmelt. Zu diesem Thema hätte Jonas einige Vorschläge, aber die behielt er lieber für sich. Die Stimmung im Haus war ohnehin explosiv genug.

Nach dem Gespräch mit Janine Meinecke war Stine davon überzeugt, dass die Ärztin eine Affäre mit Gerber gehabt hatte. Stines Aussage nach war sie nervös gewesen und hatte im Gespräch teilweise fahrig gewirkt. Leider gab es keinen Beweis für diese Annahme. Das Foto mit den einander zugewandten Gesichtern, das Stine in der Schreibtischschublade gefunden hatte, war lediglich ein weiterer Hinweis. Blöderweise hatte seine Frau die Aufnahme nicht abfotografiert, weil sie angeblich nackt gewesen war und kein Smartphone in einer ihrer Hautfalten versteckt gehabt hatte. Auf seinen Hinweis, dass sie das Gerät aus ihren Klamotten hätte herausfischen können, hatte sie extrem dünnhäutig reagiert, sodass Jonas nicht weiter nachhakte.

In der gestrigen Familiensitzung hatte Emilia von ihren vergeblichen Versuchen berichtet, ein Gespräch mit Sabine Gerber zu führen, die sich noch immer im Hotel Friesenglanz aufhielt. Jonas' Meinung nach blieb die Witwe nur auf der Insel, um die aktuellen Ermittlungen vor Ort besser verfolgen zu können. Da neben den beiden Ehefrauen auch unzufriedene Patienten und mögliche Konkurrenten um die Leitungsposition der Borkumer Klinik als mutmaßliche Täter in Betracht kamen, lag noch viel Arbeit vor der Familie Kruskopp. Bisher hatten sie nur Holger Meinecke und Ulrike Spindler wegen ihrer Alibis aus dem Kreis der Verdächtigen ausschließen können.

Das Klingeln des Mobiltelefons riss Jonas aus seinen Grübeleien. Er zog das Gerät aus der Tasche seines Bademantels. Nach einem Blick auf das Display nahm er das Gespräch entgegen.

»Moin, Lisa«, begrüßte er seine älteste Tochter.

»Warum ist Tante Fenna noch immer in Untersuchungshaft?«, hörte er zu seiner Überraschung aber Lauras Stimme. Demnach schienen die beiden Schwestern zusammen zu sein und die Lautsprecherfunktion aktiviert zu haben.

»Ich wünsche euch auch einen guten Tag.«

»Was ist jetzt mit Tante Fenna?«

»Laura, wir arbeiten mit Hochdruck an dem Fall.«

»Wer ist … *wir*?«

»Die ganze Familie und die örtliche Polizei. Alle …«

»… außer dir, das wolltest du doch sagen, oder?«

»Wie meint ihr das denn?«, hakte Jonas nach, obwohl er die Antwort erahnte.

»Mama hat uns von deiner Suspendierung erzählt. Warum hast du in aller Öffentlichkeit mit der Blondine rumgemacht?«

»Woher wisst ihr das?«

»Von einem Video im Internet. Ein digitales Wunderland, das du unbedingt erkunden solltest.«

»Lisa, ich kenne die Aufnahme.« Jonas überlegte fieberhaft, wann seine kleinen Prinzessinnen erwachsen geworden waren. Früher war er für seine Töchter ein uniformierter Held gewesen, der die Borkumer vor Verbrechern bewahrte. Jetzt konnte er nicht einmal seine eigene Familie schützen.

»Ich werde den wahren Mörder schon finden.«

»Bisher hast du nichts erreicht.«

»Das kann man so nicht sagen. Sobald meine Suspendierung aufgehoben ist, werde ich Fennas Unschuld beweisen.«

»Das kann eine Weile dauern. Du musst ihr sofort helfen.«

»Die Vorschriften …«

»Scheiß auf die Vorschriften und unternimm endlich etwas«, schrie Lisa in den Hörer.

»Achte auf deine Wortwahl«, wies er seine Tochter zurecht.

»Versprich mir, dass du Tante Fenna aus dem Gefängnis holst.« Lauras Stimme bebte. Jonas musste die Tränen nicht sehen, um zu wissen, dass sie weinte.

»Ich verspreche es.«

»Dann mach dich an die Arbeit.«

Die Leitung war tot.

Jonas ließ die Hand, in der er das Handy hielt, sinken, als wäre das Gerät zu schwer geworden. Er konnte seine Töchter unmöglich enttäuschen.

In der Polizeistation würde er sicherlich Informationen zum aktuellen Stand der Ermittlungen finden. Nach seinem Desaster in der Apotheke hatte der Polizeipräsident Bakenhus zähneknirschend wieder die Leitung übertragen, da er kurzfristig niemand anders für diese Aufgabe freistellen konnte.

Jonas zog sich die Uniform an, die er nach seiner Suspendierung nicht mehr angerührt hatte. In der Kleidung einer Amtsperson fühlte er sich nicht mehr so verloren wie in seinem Schlafanzug, über den er in den letzten Tagen nur einen Bademantel geworfen hatte.

Mit unterdrückter Telefonnummer rief er in der Polizeistation an. Als er ein Knacken in der Leitung hörte und sich der Klingelton veränderte, wusste er, dass Bakenhus die Rufumleitung eingeschaltet hatte. Demnach schien er nicht im Büro zu sein. Er legte auf.

Jetzt oder nie.

Jonas schlüpfte in seine Schuhe und trat aus dem Haus. Dunkle Wolken hingen an diesem Tag tief über der Insel

und es nieselte. Er schlug den Kragen hoch und marschierte zur Polizeistation. Trotz des regnerischen Wetters schoben sich viele Menschen durch die Straßen des
Inselzentrums. Die meisten Urlauber schienen sich von
der feuchten Witterung die gute Laune nicht verderben
zu lassen und flanierten in ihren Friesennerzen an den
Schaufenstern der Geschäfte vorbei. Einige Touristen hatten Schirme aufgespannt, von denen das Wasser zu Boden
tropfte – oder auf Jonas' Nacken.

Er fluchte, als ein Rinnsal kalten Wassers zwischen seinen Schulterblättern entlanglief und den Stoff des Hemdes
tränkte, der danach nass auf der Haut klebte.

Vor der Polizeistation blieb Jonas stehen und zögerte.
Falls er trotz seiner Suspendierung am Arbeitsplatz
erwischt würde, steckte er in noch größeren Schwierigkeiten als bisher. Wenn er jetzt nach Hause zurückkehrte,
wäre nichts passiert und er … könnte seinen Töchtern nie
wieder in die Augen sehen.

»Scheiß drauf«, murmelte er, öffnete die Tür und
schlüpfte hinein. Er wollte diese gerade hinter sich
abschließen, als er eine Stimme hinter sich hörte: »Gut,
dass ich hier noch jemanden antreffe.«

Jonas fuhr herum. Vor ihm stand eine zierliche Frau,
deren Gesicht unter der bis in die Stirn gezogenen Kapuze
nicht zu erkennen war.

»Sind Sie der diensthabende Beamte im Mordfall Gerber?«

»Worum geht es denn?«

»Ich kenne den Mörder.«

Jonas musterte die Besucherin argwöhnisch. »Sie sind …«

Die Angesprochene schob die Kapuze zurück. »Dr.
Janine Meinecke.«

Jonas schaute die Ärztin mit großen Augen an. Sie schien in den letzten Tagen um Jahre gealtert zu sein.

Ihre Haut hatte die Farbe kalter Asche. Die Augen lagen tief in den Höhlen und hatten jeden Glanz verloren. Die Lippen waren zwei blutleere Striche.

»Kommen Sie.«

Jonas ließ die Ärztin eintreten und ging mit ihr in sein altes Büro. Da Meinecke mit ihm reden wollte, wusste sie offensichtlich nichts von seiner Suspendierung.

Er knipste das Licht an und deutete auf den Plastikstuhl, der gegenüber dem Schreibtisch stand. Meinecke setzte sich und legte die Hände in den Schoß. Jonas blieb im Türrahmen stehen und musterte sie aus zusammengekniffenen Augen. Wollte sie mit einer falschen Fährte von sich ablenken oder würde sie ihm tatsächlich den Mörder auf dem Silbertablett servieren?

»Wer hat Gerber auf dem Gewissen?« Er trat ins Büro und blieb auf Armeslänge vor dem Stuhl stehen, auf dem Meinecke Platz genommen hatte.

Statt einer Antwort griff die Ärztin in die Tasche ihres Regenmantels und zog einen Briefumschlag heraus. Wortlos überreichte sie ihm das Kuvert.

Jonas öffnete den Umschlag, in dem sich ein Foto befand. Mit den Fingerspitzen zog er das Bild heraus. Darauf waren Gerber und Meinecke zu sehen, die einander umarmten. Beide waren nackt. Dem Winkel nach zu urteilen, musste die Aufnahme von einem Fenster aus gemacht worden sein. Demnach hatte der unbekannte Fotograf die beiden bei ihrem Schäferstündchen beobachtet.

»Rückseite«, flüsterte Meinecke.

Jonas drehte das Foto um. Darauf war in akkuraten Buchstaben, die aller Wahrscheinlichkeit nach mit einer

Schablone gezeichnet worden waren, zu lesen: *Wenn du nicht auch sterben willst, sollte dir dein Leben eine Million Euro wert sein. Übergabe heute Abend im Borkumer Ostland auf der Bank am Ende des Deichs.*

»Wann haben Sie die Drohung bekommen?«

»Der Umschlag war in der Morgenpost der Klinik. Ich habe daraufhin alle Termine abgesagt und bin direkt nach Borkum gefahren. Ich kann unmöglich so viel Geld in so kurzer Zeit besorgen. Wenn ich nicht zahle, werde ich sterben.«

»Das wird keinesfalls geschehen, da Sie unter meinem persönlichen Schutz stehen«, versicherte Jonas und überlegte: »Da nur Ihr Name und keine Adresse draufsteht, muss sie entweder der Erpresser oder ein Komplize eingeworfen haben.«

»Das war bei den ersten beiden Fotos auch so.«

»Sie haben schon mehrere Aufnahmen bekommen?«

»Dies ist das dritte Bild, aber die erste Drohung.« Die Ärztin überreichte ihm zwei weitere Umschläge. Jonas schaute sich die Aufnahmen an, auf denen Gerber und Meinecke beim Liebesspiel zu sehen waren.

»Warum sind Sie damit nicht früher zur Polizei gegangen?«

»Bisher wurde ich nicht bedroht, aber jetzt muss ich um mein Leben fürchten. Zudem hätten Sie mich als Geliebte sofort als seine Mörderin verdächtigt.«

»Da ist was dran. Wissen Sie denn, wer die Aufnahmen gemacht hat?«

»Gerbers Mörder.«

Jonas verdrehte die Augen. »Haben Sie auch einen Namen für mich?«

»Leider nicht. Ich bin aber sicher, dass ihn seine Frau

umgebracht hat. Sabine hat Alex mit ihrer Eifersucht das Leben zur Hölle gemacht. Als Chemikerin kannte sie sich mit Giften aus. Zudem konnte sie ihm die Zyankalipillen problemlos unterschieben.«

»Als Medizinerin kommen Sie auch an tödliche Substanzen, zudem ist Ihr Mann Apotheker. Das Zyankali hätten Sie sich auch über ihn beschaffen können.«

»Warum sollte ich den einzigen Menschen umbringen, der mir jemals etwas bedeutet hat?«

»Gerber könnte Sie wegen einer anderen Frau abserviert oder Ihnen die versprochene Klinikleitung wieder entzogen haben.«

»Alex hat mich geliebt. Wir wollten heiraten und uns eine gemeinsame Zukunft aufbauen.«

»Haben Sie mit Ihrem Mann über eine Scheidung gesprochen?«

»Nein.«

»Könnte er der geheimnisvolle Fotograf sein?«

Meinecke lachte auf. »Niemals. Holger ist ein romantischer Trottel, der an die ewige Liebe glaubt.«

»Sind Sie sicher, dass er Ihnen nicht auf die Schliche gekommen ist?«

Sie überlegte einen Moment und schüttelte dann den Kopf. »Der hat nichts bemerkt. Um unsere jeweiligen Ehepartner in Sicherheit zu wiegen, haben wir sogar freundschaftliche Ausflüge zu viert gemacht. Zudem habe ich mich nur dann mit Alex getroffen, wenn Holger Veranstaltungen oder andere Termine hatte.«

»Sind Sie sicher, dass er jeweils auch wirklich bei diesen Terminen gewesen ist?«

»Ja, denn er hat mir immer wieder Selfies zugesendet. Es vergeht kaum eine Stunde, in der er kein Herzchen oder eine andere Liebesbotschaft schickt. Holger ist so schwärmerisch wie ein verliebter Teenager und sollte endlich mal erwachsen werden.«

»Kann ich die Selfies mal sehen?« Jonas streckte die Hand danach aus.

»Selbstverständlich.« Meinecke zog ihr Smartphone hervor und scrollte durch die Galerie. »Hier ist er beim monatlichen Treffen der Emder Kaufmannschaft und auf dieser Aufnahme …« In den folgenden Minuten betrachtete Jonas einige Bilder, die den Apotheker mit anderen Menschen zeigten.

»In der Öffentlichkeit gelten Ihr Mann und Sie als glückliches Ehepaar. Demnach haben Sie uns allen eine Schmierenkomödie vorgespielt.«

»Nach dem Mord musste ich die Fassade wahren.« Meinecke steckte das Smartphone wieder ein.

»Wer sagt mir denn, dass Sie die Fotos und Drohbriefe nicht selbst angefertigt haben, um von sich abzulenken?«

Die Ärztin schaute Jonas mit großen Augen an. »Das ist unmöglich. Wie Sie vorhin selbst festgestellt haben, war der Fotograf nicht im Zimmer.«

»Sie hätten die Kamera auf einem Stativ platzieren und mit einem Selbstauslöser Aufnahmen machen können.«

»Das ist ziemlich weit hergeholt, finden Sie nicht auch? Ich bin Opfer, keine Täterin. Zudem hätte es nur bei Zimmern im Erdgeschoss funktioniert und …«

»Was machen Sie denn hier?« Bakenhus stürmte ins Büro und baute sich vor Jonas auf.

»Ich wollte nur schnell ein paar private Sachen holen. Dann kam Frau Meinecke und …«

»Sie hätten Ihren Vorgesetzten sofort darüber informieren müssen!«

»Dazu war keine Zeit. Wir haben eine direkte Spur zum Mörder von Gerber und ich muss deshalb …«

»… sofort verschwinden«, plärrte Bakenhus.

»Können Sie mich endlich mal ausreden lassen?« Jonas war sichtlich angefressen.

»Statt wie testosterongesteuerte Alphamännchen zu streiten, solltet ihr euch beide auf die Suche nach dem Erpresser machen.« Meinecke merkte in ihrer Entrüstung nicht einmal, dass sie die Ordnungshüter duzte.

»Erpresser? Was für ein Erpresser?«, wollte ein sichtlich irritierter Bakenhus von Meinecke wissen.

»Das habe ich Ihrem Kollegen schon alles erzählt.«

»Der ist nicht im Dienst und dürfte nicht einmal hier sein.«

»Woher soll ich das denn wissen?«, giftete die Ärztin.

»Sie hat recht. Wir sollten zusammenarbeiten«, schlug Jonas eine Lösung vor.

»Raus, aber sofort!« Bakenhus deutete zur Tür.

Jonas lag eine nicht jugendfreie Erwiderung auf der Zunge, die er mühsam hinunterschluckte, um Bakenhus nicht weiter zu reizen – sofern das überhaupt möglich war. Er drehte sich um und trottete wortlos aus der Polizeistation.

Vor dem Gebäude ballte er die Hände zu Fäusten und boxte in die Luft. Er war doch kein Fußabtreter, auf dem jeder nach Belieben herumtrampeln durfte!

Mit etwas Geschick würde er den Täter verhaften können, bevor Bakenhus auch nur in die Nähe des Mörders kam. Am Übergabeort befanden sich drei Bänke. In den dahinter wachsenden Sträuchern konnte man sich gut verstecken und im richtigen Moment zuschlagen. Er würde dort sein.

WATTENMEER

Am frühen Abend radelte Bakenhus mit dem Fahrrad eines Inselverleihs ins Ostland. Die Uniform hatte er gegen eine Jeans und ein weißes T-Shirt getauscht, über das er eine Regenjacke gezogen hatte. Sie verdeckte Dienstwaffe und Handschellen. Um den Hals baumelte sein Fernglas an einem Lederriemen, auf dem Kopf trug er eine Schirmmütze mit einem aufgedruckten Leuchtturm. Mit dieser Kleidung hoffte Bakenhus, wie ein Urlauber auszusehen, der sich bei einer Radtour eine frische – und momentan recht feuchte – Brise um die Nase wehen ließ.

Etwa 50 Meter vor ihm strampelte Meinecke in einem quietschgelben Friesennerz gegen den auffrischenden Wind an. Auf dem Gepäckträger ihres E-Bikes transportierte sie eine mit Papierschnipseln gefüllte Sporttasche. Diese sollte sie an der vereinbarten Stelle platzieren und dann verschwinden.

Ohne Absicherung durch geschulte Kollegen hätte er sie niemals als Lockvogel einsetzen dürfen. Sollte ihr etwas geschehen, würde Bakenhus dafür zur Rechenschaft gezogen werden, aber dieses Risiko musste er eingehen.

Einen Moment lang hatte er mit dem Gedanken gespielt, Kruskopp in sein Vorhaben einzuweihen, sich dann aber dagegen entschieden, da er weder die Suspendierung aufheben noch einen möglichen Fahndungserfolg teilen wollte.

Zudem durfte er die Gefahr, die von dieser menschgewordenen Schussligkeit ausging, keinesfalls unterschätzen.

Ein einziger Fehler konnte den ganzen Einsatz ruinieren und Meinecke gefährden. Zudem könnte Kruskopp in einer brenzligen Situation die Nerven verlieren und wild um sich schießen. Nein, diesen Einsatz musste er alleine durchführen.

Bakenhus fluchte, als ihm eine Windbö einen Schwall kalten Wassers ins Gesicht klatschte und er Meinecke nur noch als verschwommene Silhouette ausmachen konnte. Kurz darauf riss die Wolkendecke immer weiter auf und die tief im Westen stehende Sonne überzog die Insel mit goldenem Schimmer.

Hundert Meter vor dem Ende des Deichs stieg Bakenhus vom Fahrrad und beobachtete Janine Meinecke durch das Fernglas. Diese stellte die Tasche neben der mittleren Bank ab, schwang sich wieder auf ihren modernen Drahtesel und strampelte so schnell Richtung Ostland, als wäre der Leibhaftige hinter ihr her. Dem Plan nach würde sie zur Polizeistation zurückkehren und dort auf ihn warten.

Um sich nicht zu verraten, guckte Bakenhus einige Minuten lang weiter durch sein Fernglas. Dann schwang er sich wieder auf sein Fahrrad und radelte bis zum Ende des Deichs.

Bei den Bänken war niemand zu sehen. Das war keinesfalls verwunderlich, denn an diesem Regentag hätte kaum ein Urlauber den langen Weg zur Ostspitze gewagt. Der Erpresser würde daher sofort auffallen.

Bakenhus stellte seinen fahrbaren Untersatz am Fahrradständer der Aussichtsdüne ab. Mit schnellen Schritten eilte er über den gewundenen Weg zur Aussichtsplattform. Von dort aus hatte er einen wundervollen Blick über die Insel, ohne selbst gesehen zu werden. Nun musste er nur noch warten.

Wenige Minuten später trug der Wind Stimmengewirr und Gelächter zu ihm. Kurz darauf sah er eine Gruppe von fünf Radfahrerinnen, die sich den Bänken näherten. Die Frauen plapperten unentwegt, als würden sie für jedes Wort bezahlt. Vor den Bänken stiegen sie ab.

Eine von ihnen setzte sich – und sprang mit einem überraschten Aufschrei wieder auf. Die anderen lachten, als sie sich über das feuchte Hinterteil wischte, und füllten Sekt in Plastikbecher, aus denen sie im Stehen tranken. Die Tasche beachteten sie nicht.

War eine von ihnen eine frühere Geliebte, die Gerber aus Rache umgebracht hatte und nun ihre Nachfolgerin erpresste? Bakenhus schaute sich jede Radfahrerin durch das Fernglas genauer an, aber kein Gesicht kam ihm bekannt vor.

Die Gruppe war die perfekte Tarnung für eine Mörderin, denn diese konnte die wie zufällig entdeckte Tasche unter dem Vorwand mitnehmen, diese als Fundsache bei der Polizei abgeben zu wollen – was natürlich niemals geschehen würde. Bisher schien allerdings noch niemand das herrenlose Gepäckstück bemerkt zu haben.

Die Frauen tranken ihren Sekt aus, wobei sie unentwegt redeten, und verstauten dann sowohl die Plastikbecher als auch die Flasche in einer Satteltasche. Kurz darauf radelten sie über den Deich davon und wurden am Horizont immer kleiner, bis sie schließlich ganz verschwanden.

Die Tasche stand noch immer neben der mittleren Bank.

Ungeduldig trat Bakenhus von einem Fuß auf den anderen, wie ein Kind, das dringend zur Toilette musste. Mit dem Fernglas hielt er immer wieder Ausschau nach weiteren Personen, konnte aber niemanden entdecken.

Bakenhus grübelte erneut über die Frage nach, warum

sich der Täter ausgerechnet diesen Übergabeplatz ausgesucht hatte. Ihm hätte doch klar sein müssen, dass er seine Beute niemals unbeobachtet an sich nehmen konnte.

Weshalb hatte er sich nicht für den Bahnhof im Inselzentrum entschieden? Nach Ankunft einer Kleinbahn hätte er die fremde Tasche in dem Getümmel an sich nehmen und zwischen den zahlreichen Urlaubern verschwinden können.

Im Hafen wäre eine Übergabe ebenfalls kaum aufgefallen. In dem Gedränge, das vor der Abfahrt einer Fähre herrschte, wäre sie unauffällig möglich gewesen. Der Unbekannte hätte mit der Tasche an Bord gehen, damit zum Festland übersetzen und unerkannt verschwinden können. Um eine weitere Erpressung zu verhindern, hätte sich sein Opfer bestimmt nicht der Polizei anvertraut. Für den unwahrscheinlichen Fall, dass die Passagiere beim Aussteigen von Beamten gefilzt würden, hätte er die Tasche stehen lassen und ohne Beute vom Schiff gehen können.

Wieso hatte es also ausgerechnet dieser abgelegene Ort sein müssen? Weshalb hatte der Erpresser eine so unpräzise Zeitangabe gemacht?

Ein Rascheln im dichten Strauchwerk unter ihm riss Bakenhus aus seinen Gedanken. War eines der auf Borkum so zahlreichen Kaninchen durch das Gebüsch gehoppelt? Hatte sich ein Reh dorthin verirrt – oder lauerte der Erpresser im Gebüsch?

An die Möglichkeit, dass der Verbrecher längst vor Ort war und nur auf eine passende Gelegenheit wartete, hatte Bakenhus bisher keinen Gedanken verschwendet. Aber auch ein Versteckspiel änderte nichts am Problem einer unerkannten Flucht. War die angebliche Geldübergabe nur ein Vorwand, um ihn aus dem Weg zu räumen?

Die Vorstellung, dass Bakenhus nicht Jäger, sondern Gejagter war, ließ ihm einen eiskalten Schauer über den Rücken laufen. War er in eine Falle getappt? Wollte ihn jemand bei einem tödlich verlaufenden Einsatz von der Bildfläche verschwinden lassen? Nicht jemand … sondern Kruskopp! Hatte er dessen Skrupellosigkeit unterschätzt? War der Inselpolizist zu einem Mord fähig? Die Fragen wirbelten in seinem Kopf herum wie Sandkörner in einem Sturm.

Bakenhus suchte die nähere Umgebung mit seinen Augen Zentimeter für Zentimeter ab, konnte aber nichts Verdächtiges erkennen. Er erweiterte den Radius und inspizierte sein Umfeld durch das Fernglas. Hinter dem Deich lag das Wattenmeer wie ein nasser Teppich. Das Festland war zum Greifen nah und schien nur wenige Schritte entfernt zu sein.

Da Bakenhus auf Borkum aufgewachsen war, wusste er, dass die Illusion trog und der Weg bis zum rettenden Ufer tödlich enden konnte. Vor allem bei auflaufendem Wasser.

Ein roter Punkt mitten im Watt erregte seine Aufmerksamkeit. Bakenhus visierte diesen an und stellte das Fernglas scharf. Wenige Augenblicke später betrachtete er ein knallrotes Schlauchboot, das etwa 40 Meter vor dem Deich auf Grund lag. Bei Flut konnte man damit zum Festland übersetzen.

Ein raffinierter Plan, der bei Kruskopp und den unterbelichteten Tranfunzeln seiner Familie mit Sicherheit funktioniert hätte. Glücklicherweise war Bakenhus ein geistiger Leuchtturm in der intellektuellen Dunkelheit, die auf dieser Insel herrschte.

Wenn er das Schlauchboot versenkte, würden ihm auch mehrere Täter nicht entkommen können. Bakenhus zog sein Smartphone hervor und rief die Gezeitentabelle auf. Demnach wäre das Hochwasser erst in knapp drei Stunden. Daher ergab auch die Zeitangabe auf dem Foto einen Sinn.

Bakenhus suchte noch einmal das Gestrüpp ab, bemerkte aber auch jetzt keine Auffälligkeiten. Wahrscheinlich hatte ihm seine Fantasie einen Streich gespielt. Kruskopp kauerte bestimmt nicht im Gestrüpp, sondern war längst zu Hause und ertränkte den Frust über seine armselige Existenz in Alkohol.

Wenn Bakenhus das Boot versenkte, raubte er dem Täter damit die einzige Möglichkeit, um unerkannt von der Insel zu fliehen. Ohne weitere Überlegung rannte er zum Deich.

Dort angekommen marschierte Bakenhus zwischen den grasenden Schafen hinab, machte einen weiteren Schritt und versank bis zum Knöchel im feuchten Untergrund.

Leise fluchend zog er das rechte Bein heraus. Zumindest hatte er das vor, aber das Watt hielt ihn fest umklammert. Er zog fester und nun rutschte der Fuß samt Socke aus seinem Schuh.

»So ein Mist«, grummelte Bakenhus und bückte sich, um den Schuh aus dem schlammigen Untergrund zu befreien. Dabei versanken seine Hände bis zu den Gelenken im Morast. Er krallte seine Finger um den Sneaker und zog, aber das Wattenmeer wollte seine Beute so leicht nicht loslassen. Er atmete tief ein und versuchte es erneut. Millimeter für Millimeter grub er seinen Schuh aus – bis das Watt ihn urplötzlich mit einem hörbaren Schmatzen freigab.

Vom eigenen Schwung getragen verlor Bakenhus das Gleichgewicht. Einen Moment lang ruderte er so schnell mit den Armen, dass es den Anschein hatte, als wollte er fliegen. Dann kippte er mit einem Aufschrei nach vorn und landete mit dem Gesicht voran im Matsch. Obwohl er die Lippen fest zusammenpresste, drang etwas Schlick in seinen Mund und schob sich in die Nasenlöcher.

Bakenhus hielt den Atem an, legte die Hände neben die Schultern und stemmte sich hoch. Zumindest hatte er das vor, aber er rutschte auf dem feuchten Untergrund ab und tunkte sein Gesicht erneut in den matschigen Untergrund.

Bakenhus winkelte die Knie an und drückte gleichzeitig die Arme durch. Mühsam rappelte er sich auf und stakste zum Deich zurück. Die dunkle Gestalt, die ihn bei seinen tollpatschigen Versuchen, wieder auf die Beine zu kommen, keine Sekunde aus den Augen gelassen hatte, bemerkte er nicht.

SCHLAMMMONSTER

Jonas kauerte sich im Gestrüpp zusammen. Nasse Blätter benetzten sein Gesicht und tränkten die ohnehin schon feuchte Kleidung. Bei jeder Bewegung peitschten dünne Äste seine Haut und hinterließen rote Striemen. Der Kopfverband war verrutscht und hing ihm in die Stirn. Die Hockstellung war anstrengend und erinnerte ihn an ein Zeltlager der Pfadfinder, bei denen er als Jugendlicher seine Notdurft auf diese Weise im Wald verrichten musste und dabei das Gleichgewicht verloren hatte. Nach diesem peinlichen Vorfall war er bei den Pfadfindern ausgetreten. Er hatte bis heute nicht begriffen, warum jemand seine Exkremente wie ein Neandertaler unter widrigen Bedingungen in einem Loch verscharren sollte, wenn es Toiletten gab, auf denen man bequem sitzen und in aller Ruhe Zeitung lesen konnte.

Der feuchte Boden war rutschig. Bei der kleinsten Bewegung glitschten seine Schuhe über die nasse Erde und er konnte seinen Körper nur mühevoll ausbalancieren.

In den Actionstreifen, die sich Jonas allein ansehen musste, weil Stine ihre Lebenszeit nicht mit sinnloser Ballerei vergeuden wollte, versteckten sich die muskelbepackten Helden oft im Dschungel und bekämpften ihre Feinde aus dem Dickicht heraus. Bisher hatte Jonas die im Hinterhalt lauernden Gestalten stets bewundert, die sich todesmutig auf scheinbar übermächtige Gegner stürzten.

Die Wirklichkeit war leider, wie so oft, trostlos.

Was vielleicht daran lag, dass er nicht im Dschungel war, sondern auf einer Nordseeinsel, auf der es keine giftigen Schlangen oder gefährlichen Raubtiere gab.

Dafür aber Käfer und Spinnen. Ein besonders widerliches Exemplar mit acht haarigen Beinen krabbelte gerade über seinen rechten Arm, huschte in Windeseile über den Ärmel und lief wenige Sekunden später über seine rechte Wange.

Jonas konnte einen Schrei im letzten Moment unterdrücken und fuhr sich über das Gesicht. Dabei verlor er das Gleichgewicht und plumpste mit seinem Hinterteil auf die nasse Erde.

Wenige Augenblicke später vernahm er Stimmen, die immer lauter wurden. Obwohl die Feuchtigkeit inzwischen in seine Unterhose zog, wagte er es nicht, sich zu rühren.

Vorsichtig bog er einige Zweige auseinander und lugte hindurch. Eine Gruppe Frauen stand neben den Bänken, an denen Janine Meinecke kurz vorher eine Tasche abgestellt hatte. Allem Anschein nach sollte sie den Lockvogel spielen, denn Bakenhus war wenig später aufgetaucht und dann wieder aus seinem Gesichtsfeld verschwunden.

Jonas drückte die Zweige etwas weiter zur Seite. War eine der Frauen, die nun Becher in den Händen hielten, die Erpresserin? Konnte die ganze Gruppe in das Verbrechen involviert sein oder handelte es sich lediglich um harmlose Touristinnen, die eine Radtour machten?

Er warf einen Blick auf die Tasche, die noch immer neben der mittleren Bank stand. Wenn eine der Frauen diese auch nur anrührte, würde er sofort aus dem Gebüsch stürzen.

Wenige Minuten später schwangen sich die Teilnehme-
rinnen der Gruppe wieder auf ihre Räder und strampel-
ten davon. Bakenhus eilte kurz darauf durch sein Sichtfeld und verschwand Richtung Deich.

Jonas überlegte, sich seinem Chef zu zeigen und ihm
eine Zusammenarbeit anzubieten. Aber dann würde
Bakenhus ihn wieder die Deppenarbeit machen lassen und
später die Lorbeeren einheimsen. Das kam nicht infrage.
Da seine Hose nun ohnehin verdreckt war, kniete sich
Jonas auf den Boden und beobachtete die Bänke, doch
niemand war zu sehen.

Dafür hörte er einen angsterfüllten Schrei.

Obwohl die Stimme schwer zu erkennen war, hätte
Jonas schwören können, dass es sich um Bakenhus handelte. Fürchtete sich sein Vorgesetzter etwa vor den Schafen oder war etwas Schlimmes passiert? Sollte er seinem
ungeliebten Vorgesetzten helfen oder ihn einfach seinem
Schicksal überlassen? Falls sich der Wichtigtuer in einer
lebensbedrohlichen Situation befand, konnte Jonas einfach abwarten und … »Nein!«

Jonas fiel nicht einmal auf, dass er das letzte Wort laut
ausgesprochen hatte. Er war Polizist geworden, um den
Menschen zu helfen und sie in der Not keinesfalls allein
zu lassen. Obwohl die Aussicht, Bakenhus auf diese Weise
loszuwerden, verlockend war, drängte er aus dem Gebüsch
und eilte zum Deich. Die auflaufende Flut leckte bereits
an der Grasnarbe. Aus dem Watt erhob sich ein Schlamm-
monster und torkelte zum Deich. Auf dem nassen Gras
rutschte die verdreckte Kreatur aus und fiel auf die Knie.

War das etwa Bakenhus?

Bei dem Gedanken, dass sein Vorgesetzter ein unfrei-
williges Schlammbad genommen hatte, stieg in Jonas ein

Glucksen auf. In seinem Bauch schienen sich plötzlich unendlich viele Luftbläschen zu befinden, die wie durch den Hals einer geschüttelten Champagnerflasche nach oben schossen. Er presste die Lippen zusammen, konnte ein Lachen aber nicht unterdrücken.

»Was ist daran denn so witzig?« Unbeholfen kam Bakenhus wieder auf die Beine und stakste mit schlackernden Armen auf ihn zu. »Das war ein tätlicher Angriff und wird Folgen haben.« Mit Speichel vermischte Schlammpartikel spritzten wie Fontänen in alle Richtungen.

»Was für Angriff?« Jonas verging das Lachen so schnell, wie es begonnen hatte.

Bakenhus deutete mit einem verdreckten Zeigefinger auf das Schlauchboot, das auf leichten Wellen tanzte. »Der Erpresser könnte mit diesem Boot entkommen. Als ich den Fluchtweg unterbinden wollte, haben Sie mich ins Watt gestoßen. Wollten Sie meinen Kopf in den Schlamm drücken und mich ersticken?« Bakenhus redete sich in Rage.

Jonas war vollkommen konsterniert. »Das ist Tüünkram.«

»Sie wollten mich umbringen, weil ich Ihnen im Weg bin! Ich werde persönlich dafür sorgen, dass Sie die Uniform für immer an den Nagel hängen können.«

»Diesen Schwachsinn muss ich mir keinesfalls anhören.« Jonas drehte sich um. Dabei fiel sein Blick auf einen Mann, der die Tasche auf den Gepäckträger seines Fahrrads wuchtete. Jonas sprintete los.

Auch Bakenhus schien den Erpresser bemerkt zu haben, denn er rief: »Stehen bleiben!«

Der Angesprochene warf den Polizisten einen überraschten Blick zu. Statt der Aufforderung nachzukommen, schwang er sich in den Sattel und strampelte los.

Jonas verschärfte das Tempo und schnaufte bald wie eine alte Dampflokomotive kurz vor der Explosion des Kessels. Die gebrochene Nase pochte protestierend.

Er biss die Zähne zusammen und sprintete noch schneller, war aber trotzdem zu langsam.

Obwohl die Entfernung zwischen dem Radfahrer und Jonas immer größer wurde, lief er unbeirrt weiter. Ihm war aufgefallen, dass der Dieb Probleme mit dem Gleichgewicht zu haben schien, da er immer wieder einen Schlenker machte. Entweder war der Kerl betrunken oder er fühlte sich auf dem Rad so sicher wie auf einem störrischen Maulesel.

Der Mann warf einen Blick zurück über die Schulter. Dadurch bemerkte er die beiden Kaninchen, die vor ihm über den Weg hoppelten, erst im letzten Moment. Er verriss den Lenker und stürzte. Jonas mobilisierte seine letzten Kräfte und war bei dem Flüchtenden, bevor dieser sich aufrappeln konnte.

»Hiermit verhafte ... ich Sie ... wegen ... Mordverdachts ... Erpressung ...« Jonas war derart außer Atem, dass er nur einzelne Worte herausbrachte. Ohne sich den Mann genauer anzusehen, legte er ihm Handschellen an. Er würde Bakenhus den Triumph der Festnahme keinesfalls gönnen.

Glücklicherweise kam eine Zeugin mit wehenden Haaren angeradelt, die seinen Zugriff bestätigen würde. Sekunden später hatte sie ihn erreicht.

»Jonas, drehst du jetzt komplett durch?«, zeterte die Ehefrau des Bürgermeisters und stieg vom Rad.

»Wieso das denn?«

Er schaute auf den verhafteten Mann, der trotz der gefesselten Hände lachte. Aus einer Schramme, die sich über die linke Wange zog, lief etwas Blut über sein Gesicht. Aber er schien die Verletzung nicht zu bemerken.

Erst jetzt fiel Jonas auf, dass der vermeintliche Erpresser einen karierten Schlafanzug trug und barfuß war. Neben dem Drahtesel entdeckte er zwei Filzpantoffeln.

»Weil du meinen Vater festgenommen hast. Du weißt doch, dass er abends immer seine Runde durchs Ostland dreht.«

»Er hat eine Tasche mit Lösegeld mitgenommen«, verteidigte sich Jonas schwach.

»Lösegeld?« Sabine Puschen ging neben der auf dem Weg liegenden Tasche in die Hocke und zog den Reißverschluss auf. »Dadrin sind nur Papierschnipsel.«

»Das war eine Falle. Für den Erpresser.«

»Keine Ahnung, welche Show du hier abziehst, aber wenn du meinen Vater nicht sofort freilässt, wird mein Mann für deine Versetzung sorgen. Hast du das verstanden?«

»Ich musste sichergehen, dass …«

»Ob du das verstanden hast, will ich wissen!«, plärrte Sabine und drohte ihm mit dem Zeigefinger.

»Was ist denn hier los?« Bakenhus kam angetrabt.

Die Frau trat einen Schritt zurück und musterte ihn angeekelt. »Wer sind Sie denn?«

»Bakenhus. Ich bin Leiter der Borkumer Polizeistation.«

»Aha, dann sind Sie also der Milchbubi, der keine Fasanenbrause verträgt. Haben Sie im Matsch gespielt?«

»Kruskopp hat mich geschubst.«

»Habe ich nicht.«

Die Ehefrau des Bürgermeisters schaute von einem zum anderen und schüttelte dann den Kopf. »Manche Männer werden nie erwachsen. Kein Wunder, dass auf dieser Insel weder Zucht noch Ordnung herrschen.«

»Kruskopp hat ...«

»... nichts gemacht.« Jonas verschränkte die Arme vor der Brust.

»Mir ist vollkommen egal, wer wen weshalb beschuldigt. Nehmt meinem Vater endlich die Handschellen ab, aber zackig. Ihr beiden seid eine Schande für Borkum. Man sollte euch von der Insel jagen!«

»Kann man so nicht sagen. Ich bin ein Polizist, der ...«

»... die Hosen gestrichen voll hat.« Sie deutete auf Jonas' verdrecktes Hinterteil und rümpfte die Nase.

»Das ist nicht so, wie es aussieht. Bei den Ermittlungen musste ich mich im Gebüsch verstecken.«

»Um unschuldigen Frauen aufzulauern? Ich habe das Video gesehen. Du bist ein widerlicher Lustmolch. Wie kann man nur mit einem Mann wie dir verheiratet sein? Stine tut mir echt leid.«

»Das war ein strategisches Missgeschick«, erklärte Jonas mit bemüht ruhiger Stimme. »Ich wollte ...«

»... gehen, aber sofort.« Bakenhus deutete mit einem schlammverkrusteten Arm Richtung Inselzentrum. »Ihr Verhalten wird Konsequenzen haben.« Er nahm dem alten Mann, der während der Auseinandersetzung kein Wort gesagt hatte, die Handschellen ab.

Jonas schaute sich die Szene einen Moment an wie ein unbeteiligter Zuschauer. Dann machte er sich auf den Heimweg. Mit seinem Undercover-Einsatz hatte er viel riskiert und ... verloren.

WINDLOOPER

»›Die Kruskopps haben die Hosen gestrichen voll‹, dieser Spruch verbreitet sich auf Borkum schneller als ein ansteckender Virus.« Opa Gnadderkopp schaute seinen Sohn bei der nächsten Familiensitzung tadelnd an. »Was hast du dir nur dabei gedacht, dem Schwiegervater des Bürgermeisters Handschellen anzulegen?«

»Ich habe ihn nicht sofort erkannt. Zudem hatte er die Tasche an sich genommen.«

»Demnach weiß die Polizei also nicht, ob die Lösegeldforderung nur vorgetäuscht war oder ob der Erpresser sich irgendwo versteckt hatte und verschwunden ist, nachdem der alte Mann die Tasche mitgenommen hat?«, meldete sich Stine zu Wort.

»Das ist leider richtig. Janine Meinecke könnte die Botschaft selbst geschrieben haben, um von sich abzulenken. Ihr Mann hat mit seiner Eifersucht zwar ein starkes Motiv, scheidet wegen des Alibis aber als Täter aus. Wie weit bist du mit deinen Nachforschungen über die Witwe?«

»Gerber wird von den Angestellten des Hotels Friesenglanz abgeschirmt wie ein Promi. Wenn sie ihr Zimmer verlässt, dann nur in Begleitung ihres Anwalts und in schwarzer Kleidung.«

»Die Rolle der trauernden Witwe nehme ich ihr nicht ab.« Jonas überlegte einen Moment und sagte dann: »Ich rede mit Robert.«

»Wer ist das denn?«, wollte Emilia wissen.

»Ein neues Mitglied meines Shantychors ›Windlooper‹. Er arbeitet im Hotel. Vielleicht lässt er mich zur Witwe.«

»Warum hast du das nicht längst erledigt?«

»Vadder, ich hatte so viel zu tun, dass ich in den letzten Tagen nicht einmal bei den Proben war.«

»Was hat es eigentlich mit dem Schlauchboot auf sich, mit dem der Erpresser angeblich fliehen wollte?«

»Das hatte eine Familie als gestohlen gemeldet, dabei war es nur bei ablaufendem Wasser ins Meer gezogen worden. Bakenhus' Vermutung war eine Sackgasse. Ich gehe jetzt zu Robert.«

Jonas stand auf und verließ das Büro im Klabautermann.

Die Straßen im Inselzentrum waren voller Urlauber, die diesen unbeschwerten Sommerabend genossen. Das grauenvolle Verbrechen schienen die meisten bereits vergessen zu haben. Glücklicherweise waren die Hobbydetektive nicht so zahlreich nach Borkum gekommen, wie Jonas zunächst befürchtet hatte. Wahrscheinlich jagten viele von ihnen den Mörder mit virtuellen Methoden, die bisher aber nicht erfolgreich verlaufen zu sein schienen, da außer Fenna noch niemand verhaftet worden war.

Bei dem Gedanken an seine Schwester beschleunigte Jonas seine Schritte. Allen bisherigen Misserfolgen zum Trotz würde er die Suche nach dem Mörder erst dann einstellen, wenn er ihn überführt hatte. Das war er nicht nur dem Toten, sondern auch Fenna und seinen Töchtern schuldig.

Statt der verdreckten Uniform trug Jonas an diesem frühen Abend legere Kleidung. Auf dem Kopf hatte er eine Baseballkappe, die er nun tief in die Stirn zog, um nicht erkannt zu werden – was mit seinem lädierten Kopf nicht ganz einfach war. Er hatte keine Lust, wegen des Shitstorms, den die Blondine im Internet entfacht hatte, oder der Verhaftung des alten Puschen angesprochen zu werden.

In der Reedestraße begegneten ihm immer weniger Menschen. Vor dem kleinen Häuschen, in dem Siebert mit seiner Frau lebte, blieb er stehen. Der graue Golf stand mit geöffneter Heckklappe in der Einfahrt. Demnach schien jemand zu Hause zu sein.

Jonas schritt über den mit rotem Klinker gepflasterten Weg und klingelte an der Eingangstür. Drinnen ertönte ein Gong. Wenig später waren polternde Schritte zu hören, dann wurde die Tür aufgerissen und er blickte in ein braun gebranntes Gesicht.

»Jonas, habe ich etwas angestellt oder willst du mich zur Chorprobe abholen?« Robert Siebert lachte. »Ich muss nur noch schnell den Koffer aus dem Wagen holen, dann komme ich mit. Das Singen hat mir echt gefehlt und das Bier im Aikes danach auch. Hier herrscht momentan noch Chaos, denn wir sind erst mit der Nachmittagsfähre aus dem Urlaub zurückgekommen.«

»Wer ist denn da?«, hörte Jonas eine weibliche Stimme aus dem Hintergrund.

»Marlies, es ist Jonas.«

»Will er uns einen Strafzettel aufbrummen, weil wir durch die rote Zone gefahren sind?« Ein dunkelblond gelockter Wuschelkopf tauchte im Türrahmen auf.

»Ich bin heute nicht im Dienst.«

»Seit wann machst du in der Hochsaison Urlaub?«

Jonas überraschte Roberts Frage, schließlich waren die Ermittlungen – und seine damit verbundenen Pannen – das beherrschende Thema der Insulaner. Es war unwahr-

scheinlich, dass sein Chorfreund davon nichts mitbekommen hatte. Es sei denn …

»Seit wann wart ihr denn im Urlaub?«

»Am Tag nach Gerbers Tod sind wir bei Sonnenaufgang
mit dem Boot raus. Hast du den Täter inzwischen gefasst?«

»Demnach wisst ihr nichts?«

»Nee, wir haben bei dem Segeltörn total abgeschaltet
und weder Handy noch Internet genutzt. Auf dem Meer
gab es nur den Wind, die Wellen und uns beide. Wir hatten
eine wundervolle Zeit.« Siebert legte den Arm um seine
Frau und küsste sie zärtlich. »Was sollten wir denn wissen?«

»Nicht so wichtig«, winkte Jonas ab und überlegte.
Wenn das Ehepaar ohne Kontakt auf einem Segeltörn
gewesen war, konnte es von seiner Suspendierung noch
nichts erfahren haben. Das musste er ausnutzen.

»Kann ich kurz reinkommen?«

»Wenn dich die Unordnung nicht stört.« Siebert trat zur
Seite und ließ Jonas eintreten. »Im Vorratsraum müsste
noch eine Kiste Bier sein. Ist aber ungekühlt, weil wir
den Kühlschrank während unserer Abwesenheit ausgeschaltet hatten.«

»Kein Problem.« Jonas folgte Robert in die Küche und
setzte sich dort auf einen Stuhl. Der Urlaubsrückkehrer
holte zwei Flaschen Bier und nahm ihm gegenüber Platz.
Die Männer ploppten die Bügelverschlüsse auf, stießen
miteinander an und tranken.

»Ah, das tut gut.« Jonas wischte sich mit dem Hand-
rücken über den Mund. Bei der Bemerkung war er selbst
unsicher, ob er eher das Bier meinte oder die Gesellschaft
eines Menschen, der ihn ausnahmsweise mal nicht in die
Pfanne hauen oder an ihm herummäkeln wollte.

»Worum geht es denn?« Siebert stellte seine Flasche ab.

»Im Rahmen der Ermittlungen haben wir alle Mitarbeiter des Hotels Friesenglanz befragt. Leider hat niemand etwas gesehen oder bemerkt, was uns bei der Suche nach dem Mörder weiterhelfen könnte. Versuche jetzt bitte, dich genau an deinen letzten Arbeitstag zu erinnern. Jeder noch so kleine Hinweis kann wichtig sein.«

Robert überlegte kurz. »Nee, da war nichts Besonderes.«

Jonas sackte in sich zusammen wie eine Gummipuppe, aus der Luft abgelassen wird.

»Tut mir echt leid, dass ich dir nicht helfen kann, aber das einzig Auffällige an dem Tag war lediglich der geänderte Putzdienst. Das passiert wegen des wechselnden Personals in letzter Zeit häufiger.«

»Was meinst du mit einem geänderten Putzdienst?«, wurde Jonas sofort hellhörig.

»Am frühen Morgen habe ich eine Reinigungskraft im Wellness-Bereich angetroffen, der normalerweise erst abends sauber gemacht wird. Da die Hotelleitung wegen der fehlenden Fachkräfte immer wieder auf das Personal einer Zeitarbeitsfirma zurückgreift, habe ich mir darüber keine Gedanken gemacht. Die externen Leute bringen die Abläufe immer etwas durcheinander, aber das ist besser, als wenn die Arbeit gar nicht erledigt wird. Meinst du nicht auch?«

»Klar. Hat man vom Wellnessbereich aus Zugang zum Schwimmbad?«, fragte Jonas, der sich daran erinnerte, dass Gerber jeden Morgen im Pool seine Runden gedrehte hatte.

»Schwimmbad, Sauna, Whirlpool und Umkleidekabinen.«

»Dann werde ich mir die Mitarbeiter der Zeitarbeits-firma nennen lassen, die an dem fraglichen Tag im Hotel Friesenglanz waren«, verkündete Jonas und fragte sich im selben Moment, ob sich Bakenhus schon darum gekümmert hatte. Dass er mit ihm nicht darüber gesprochen hatte, musste schließlich nichts bedeuten.

»Da war nur ein einziger Mann. Der Kerl wäre mit seinem riesigen Zinken ein idealer Kandidat für eine Schönheitsoperation bei Gerber gewesen.«

Aufgeregt kramte Jonas sein Smartphone aus der Hosentasche und zeigte Siebert ein Foto von Holger Meinecke. »War das die betreffende Person?«

»Jo, aber wieso hat der Kerl einen weißen Kittel an? Ist das etwa ein Arzt?«

»Nee, Apotheker. Ist eine Verwechslung ausgeschlossen?« Jonas' Stimme überschlug sich vor Aufregung.

»Klar. Dieses Gesicht werde ich niemals vergessen.«

»Bist du dir sicher?«

»Absolut! Mein Oberstübchen wurde in den letzten Tagen ordentlich durchgelüftet.« Siebert tippte sich gegen die Stirn.

»Danke. Du hast mit sehr geholfen.« Jonas sprang so abrupt auf, dass der Stuhl krachend nach hinten fiel.

»Was ist denn hier los?« Marlies erschien im Türrahmen.

»Keine Ahnung.« Ihr Mann zuckte mit den Schultern.

»Robert hat mich auf einen Verdächtigen aufmerksam gemacht.« Jonas stellte den Stuhl wieder auf und verabschiedete sich hastig.

Mit schnellen Schritten eilte er zum Büro des Klabautermanns. Er riss die Eingangstür auf und trat ein. Niemand war zu sehen.

»Vadder?«

»Jo.« Eine Qualmwolke waberte über den Monitoren und nun konnte Jonas auch einen Blick auf seinen Vater erhaschen.

»Holger Meinecke ist Gerbers Mörder.« Jonas durchquerte den Raum und blieb vor dem Schreibtisch stehen.

»Der hat doch ein Alibi.« Opa Gnadderkopp zog an seiner selbst gedrehten Zigarette.

»Der Apotheker war am frühen Morgen des Mordtages im Wellnessbereich des Hotels Friesenglanz.«

»Bist du sicher?«

»Robert Siebert hat den Mann erkannt. Gerber hat jeden Morgen im Schwimmbad seine Runden gedreht. Meinecke könnte in dieser Zeit seinen Spind geöffnet und die Pillen im Deckel der Taschenuhr ausgetauscht haben.«

»Das setzt allerdings voraus, dass Gerber sich nicht im Bademantel durch das Hotel bewegt hat.«

»Vadder, ich erinnere mich genau an die Aufnahme der Überwachungskamera. Gerber ist in voller Montur durch die Flure gelaufen.«

»Meinecke hat ein wasserdichtes Alibi. Wie kann er gleichzeitig auf Borkum und dem Festland gewesen sein?«

»Nicht gleichzeitig, sondern nacheinander. Gerber war um 7 Uhr im Schwimmbad. Auf dem Festland wurde Meinecke gegen halb neun gesehen.«

»Wie soll er dorthin gekommen sein? Die Frühfähre schipperte zu diesem Zeitpunkt noch auf der Nordsee und auf der Passagierliste des Inselfliegers taucht Meinecke nicht auf.«

»Er wird mit einem Motorboot gefahren sein.«

»Du hast doch selbst gesagt, dass die Meineckes kein eigenes Boot besitzen.«

»Das stimmt auch. Er könnte sich aber einen schwimm-
baren Untersatz geliehen haben.«

»Hast du das etwa nicht untersucht?« Opa Gnadderkopp nahm einen letzten Zug und drückte den Zigarettenstummel im überquellenden Aschenbecher aus.

»Wann hätte ich das denn machen sollen? In den letzten Tagen hatte ich keine ruhige Minute. Zudem haben
wir uns bei den bisherigen Nachforschungen am Todes-
zeitpunkt orientiert und die frühen Morgenstunden nicht
berücksichtigt.«

»Dann sollten wir das schleunigst nachholen. Morgen
fahren wir mit der ersten Fähre zum Festland und werden Meinecke zur Rede stellen.«

»Vadder, ich bin …«

»… suspendiert, ich weiß.« Der alte Mann winkte genervt
ab. »Na und? Ein echter Gesetzeshüter sorgt für Gerechtigkeit und fürchtet sich nicht vor den Konsequenzen.«

»Das klingt nach dem Spruch aus einem Western.«

»Das ist mir doch egal. Was ist nur mit deiner Gene-
ration los? Zu meinen Zeiten waren Männer noch harte
Kerle, die geraucht, gesoffen und gevö…«

Jonas hob die Hand. »Vadder, lass mich mit deinen alten
Geschichten in Ruhe. Du hast mich oft genug mit deinem Seemannsgarn eingewickelt. Sollte Bakenhus erfahren, dass ich erneut auf eigene Faust ermittelt habe, bin
ich meinen Job endgültig los.«

»Dann heuerst du einfach bei mir an. Meine Reinigungs-
truppe könnte Verstärkung gebrauchen. Nach einer halb-
jährlichen Einarbeitungszeit würde ich dir das erste Gehalt
zahlen. Was hältst du davon?«

»Willst du das wirklich wissen?« Jonas stützte sich auf
dem Schreibtisch ab und beugte sich vor.

»Deinem Gesichtsausdruck nach zu urteilen, sollten wir diesen Vorschlag besser später erörtern.« Opa Gnadderkopp rollte mit dem Stuhl zurück.

»Wir werden nie wieder darüber sprechen.«

Jonas drehte sich um und stampfte zum Ausgang. Er knallte die Tür hinter sich zu und trat auf die belebte Straße.

Bakenhus würde er auf keinen Fall informieren. Nach der Beschuldigung, ihn ins Watt gestoßen zu haben, traute er seinem Vorgesetzten auch weitere Lügen zu. Das Risiko, erneut auf eigene Faust zu handeln, war Jonas bewusst. Wenn er diesen Einsatz auch noch vermasselte, würde er nie der strahlende Held sein, von dem er als Kind geträumt hatte.

EINSATZBEREITSCHAFT

Am nächsten Morgen nahmen Jonas und Opa Gnadderkopp die Frühfähre zum Festland. Vom dortigen Hafen aus fuhren sie mit einem Taxi zur Emder Zentrale der Friesenapotheke. Jonas, der seine Uniform notdürftig gereinigt hatte, stieg als Erster aus. Dabei achtete er darauf, sich nicht im Sicherheitsgurt zu verheddern und eine erneute Bruchlandung hinzulegen – was ihm glücklicherweise auch gelang.

Auf dem Gehweg drückte er die Brust raus und marschierte mit den strammen Schritten eines Feldherrn, der sich erhobenen Hauptes in die letzte Schlacht warf, zur Apothekentür und drückte sie auf.

»Moin.«

Er schleuderte den beiden Mitarbeiterinnen, die ihn beim letzten Mal mit Rektaldrogen und anderen Flunkereien in die Irre geführt hatten, seinen Gruß wie einen Fehdehandschuh entgegen. Hinter Jonas betrat sein Vater die Apotheke, zwischen dessen Lippen eine qualmende Zigarette hing.

»Ich hätte gerne mit Herrn Meinecke gesprochen.« Jonas baute sich vor dem Tresen auf.

»Bedauere. Der Chef ist momentan nicht im Haus.« Emmen drehte eine blau gefärbte Haarsträhne zwischen ihren Fingern.

»He, hier drin wird nicht gequalmt.« Imken deutete auf einen an der Decke angebrachten Rauchmelder.

Anstatt auf das Verbot zu reagieren, musterte der alte

Kruskopp ein Regal mit Diätpillen, die das Erreichen einer Traumfigur garantierten.

»Zigarette aus, habe ich gesagt.« Imken eilte hinter dem Verkaufstresen hervor. »Dies ist eine Apotheke und keine Raucherkneipe.«

»Dann sollten Sie das schnellstens ändern und mir ein Bier bringen. Werde ich auch so aussehen, wenn ich das Zeug trinke?« Opa Gnadderkopp nahm eine Flasche aus dem Regal, auf deren Etikett ein muskulöser Mann in Badehose und eine Frau im Bikini zu sehen waren, die dem Betrachter Hand in Hand entgegenliefen.

»Hierbei handelt es sich um ein wirksames Produkt aus Kräutern und Ginseng für mehr Wohlbefinden und innere Ausgeglichenheit.«

»Wohlbefinden und innere Ausgeglichenheit interessieren mich nicht. Ich will nur wissen, ob ich mit dem Gebräu auch so einen knackigen Body haben kann wie der Kerl auf dem Foto.«

»Vadder, seit wann interessierst du dich für dein Aussehen?« Jonas drehte sich verwundert zu ihm um.

»Vor einigen Tagen hatte ich eine Vision, die mich verjüngt und in männlicher Pracht zeigte. Das war kein Traum, sondern ein Wink des Schicksals, dass in meinem Leben noch große Herausforderungen und schöne Frauen auf mich warten.«

»So ein Quatsch. Auf dich warten nur das Altenheim und überforderte Pflegerinnen.«

»Ich werde euch alle überleben.« Der alte Seemann zog an seiner Zigarette, inhalierte tief und stieß eine Qualmwolke aus.

»Wenn Sie den stinkenden Sargnagel nicht sofort ausmachen, rufe ich die Polizei«, drohte Imken.

»Die ist schon vor Ort.« Gerrit deutete auf seinen Sohn.

»Vadder, lass den Blödsinn und mach die Fluppe aus.«

»Warum wollen Sie denn mit Herrn Meinecke sprechen?«, wollte Emmen von Jonas wissen.

»Das dürfen wir Ihnen nicht sagen, weil wir in geheimer Mission unterwegs sind.«

»Geheime Mission?«, schaltete sich Imken ein und zog die Augenbrauen hoch. »Ich glaube Ihnen kein Wort. Wahrscheinlich haben Sie nicht einmal einen offiziellen Auftrag.«

»Wie kommen Sie denn darauf?« Jonas straffte die Schultern.

»Weil Polizisten normalerweise nicht mit qualmenden Greisen zusammenarbeiten, die kurz vor der Mumifizierung stehen.«

»Ich bin in der Blüte meiner Jahre«, protestierte Opa Gnadderkopp.

»Vadder, du bist längst verwelkt. Du solltest mal wieder in den Spiegel schauen.«

»Glaub mir, das habe ich kürzlich getan.« Opa Gnadderkopp grinste selig.

»Stine sollte dich mal untersuchen und ... he, was machen Sie denn da?« Jonas' Frage galt der Jüngeren, die den Telefonhörer zur Hand genommen hatte.

»Ich vergewissere mich bei der Polizeistation Borkum, dass Sie tatsächlich in offiziellem Auftrag hier sind. Wenn ich das bei Ihrem letzten Besuch richtig mitbekommen habe, arbeiten Sie auf diesem Sandhaufen in der Nordsee.«

»Das ist nicht nötig«, versicherte Jonas schnell, aber davon ließ sich Emmen keinesfalls beirren.

Wenige Augenblicke später reichte sie Jonas den Hörer. »Ihr Chef will mit Ihnen sprechen.« Ein süffisantes Lächeln umspielte ihre Lippen.

»Kruskopp«, meldete sich Jonas, wobei er sich bemühte, seiner Stimme einen festen Klang zu geben.

»Drehen Sie jetzt vollkommen durch?«, schimpfte Bakenhus.

»Ich hatte neue Informationen, denen ich sofort nachgehen musste. Ein Mitarbeiter hat Meinecke am Tag des Mordes im Hotel Friesenglanz gesehen.«

»Das kann nicht sein, denn ich habe alle Angestellten befragt und auch das Videomaterial gesichtet. Niemand hat eine derartige Äußerung gemacht und Meinecke war auch nicht auf den Aufnahmen zu erkennen. Zudem hat er ein Alibi.«

»Robert Siebert war zum Zeitpunkt Ihrer Befragung im Urlaub, daher haben Sie nicht mit ihm gesprochen. Seiner Aussage nach hatte sich Meinecke als Reinigungskraft verkleidet. Wir müssen ihn unbedingt vernehmen.«

»Es wird kein *wir* mehr geben, denn mit dieser eigenmächtigen Aktion haben Sie den Bogen endgültig überspannt. Sind Sie allein vor Ort?«

»Mein Vater begleitet mich.«

»Ich fasse es nicht. Führt die Familie Kruskopp etwa eigene Ermittlungen durch?«

»Wir wollen nur helfen.«

»Ihre private Schnüffelei wird sofort enden. Sie kehren mit der nächsten Fähre nach Borkum zurück!«, schrie Bakenhus. Er schien vor Wut außer sich zu sein.

»Meinecke …«

»… ist unschuldig, das haben wir doch schon überprüft.«

»Aber ich …«

»… werde Sie am Hafen in Empfang nehmen und persönlich dafür sorgen, dass Sie die Uniform für immer an den Nagel hängen werden. Sollten Sie nicht erscheinen, werde ich Sie zur Fahndung ausschreiben. Haben Sie das kapiert?«

»Jo.«

Jonas beendete den Anruf und ließ kraftlos den Arm sinken. Wie hatte er nur so naiv sein und davon ausgehen können, dass seine Familie den Mörder auf eigene Faust ermitteln würde? Er war kein Held, sondern ein Versager, der seine Töchter enttäuschen würde und die Unschuld seiner Schwester nicht beweisen konnte. Er hatte versagt. Auf ganzer Linie.

Jonas gab der Angestellten das Telefon zurück und wandte sich an seinen Vater. »Lass uns gehen. Es ist vorbei.«

»Es ist erst vorbei, wenn ich sage, dass es vorbei ist.« Opa Gnadderkopp reckte die rechte Faust in die Luft.

»Lass gut sein. Wir haben alles versucht.« Jonas schlurrte zur Tür und trat hinaus.

Sein Vater folgte ihm. Vor der Apotheke nahm er einen letzten Zug an der Zigarette, warf die Kippe in den Rinnstein und grummelte: »Bakenhus muss diese Spur verfolgen.«

»Er wird Siebert durch die Mangel drehen und ihn mit Fotos ähnlich aussehender Menschen verunsichern. Selbst wenn Siebert bei seiner Aussage bleibt, haben wir immer noch Meineckes Alibi und das fehlende Boot.«

»Wir müssen meine Tochter entlasten!«

»Vadder, wir sind am Ende unserer privaten Ermittlungen angelangt. Ich werde meinen Job verlieren und Fenna …« Jonas verstummte und zuckte mit den Schultern.

»Was ist mit der Patientenkartei? Neben Spindler wird es bestimmt noch andere Menschen geben, die sich wegen

Kunstfehlern an Gerber rächen wollten. Zudem sollten auch wir Kollegen ausfindig machen, die Janine Meinecke die Klinikleitung nicht gegönnt und Gerber ausgeschaltet haben könnten, weil sie sich von seiner Frau eine andere Wahl erhoffen. Wir müssen also wissen, wem Sabine Gerber die Leitung der Borkumer Klinik übertragen würde.«

»Das ist ziemlich abwegig, findest du nicht auch?«

»Mag sein, aber wir müssen jeder Spur nachgehen. Zudem wurde die Witwe bisher mit Samthandschuhen angefasst. Das muss endlich aufhören!«

»Die Ermittlungen sind jetzt alleinige Sache der Polizei.«

»Noch trägst du die Uniform.«

»Das ist nur ein Kleidungsstück.« Jonas ließ den Kopf hängen. »Meine Tage bei der Polizei sind gezählt.«

»In dieser Angelegenheit wurde das letzte Wort noch nicht gesprochen.« Opa Gnadderkopp hob mahnend den Zeigefinger. »Du könntest untertauchen und im Untergrund die Fäden ziehen. Wenn wir einen Grundriss vom Gefängnis hätten, könnten wir Fenna befreien.«

»Vadder, du hast zu viele Krimis gesehen.«

»Ik meen dad ernst.«

»Genau deshalb sorge ich mich. Selbst wenn wir Fenna aus ihrer Zelle holen könnten, bräuchte sie danach ein gutes Versteck. Wo soll sie denn untertauchen?«

»Ich kenne einige Kapitäne, die sie auf ihren Schiffen mitnehmen würden. In Südamerika lässt es sich gut leben.«

»Fenna gehört zu Borkum wie der Hering in die Nordsee, das weißt du ganz genau.« Jonas drehte sich um und trottete los.

»Wo willst du denn hin?«

»Zum Hafen. Wenn wir die nächste Fähre nehmen wollen, sollten wir besser keine Zeit verlieren.«

»Willst du wirklich aufgeben?«

»Wollen tue ich nicht, ich sehe aber keine andere Möglichkeit.«

In den letzten Tagen hatte Jonas immer wieder versucht, das Richtige zu tun. Aber alle Wege hatten stets in eine Sackgasse geführt, aus der es nun keinen Ausweg mehr gab. Er hatte auf ganzer Linie versagt.

INSELFLUCHT

Holger Meinecke spazierte mit seiner Frau Hand in Hand über die Borkumer Strandpromenade. An diesem sonnigen Vormittag hatten sie sich in der Nähe des Südbades ein Haus angesehen, in dem Janine während ihrer Arbeit in der Schönheitsklinik wohnen sollte. Inzwischen trug er sich mit dem Gedanken, auf Borkum eine weitere Filiale der Friesenapotheke zu eröffnen. Auf diese Weise konnte er sein Unternehmen vergrößern und gleichzeitig mehr Zeit mit Janine verbringen.

Mit ihr hatte er die Liebe seines Lebens gefunden. Am Hochzeitstag hatten sie sich Treue bis zum Tod geschworen. Er würde sich an dieses Versprechen halten und dafür sorgen, dass auch Janine das Gelübde einhielt.

»Ich liebe dich mehr als mein Leben.« Er blieb stehen und zog Janine in seine Arme. Sie küsste ihn flüchtig auf die Lippen und wollte sich aus seiner Umarmung winden, aber er hielt sie fest umklammert.

»Du gehörst mir.«

»Ich bin doch nicht dein Eigentum. Lass mich los.«

Nach einem Moment des Zögerns gab er sie frei. »Ein Leben ohne dich ist unvorstellbar.«

»Musst du unbedingt jetzt so viel Süßholz raspeln? Lass uns lieber über die Finanzierung des Hauses reden.«

»Wie du willst. Wenn wir einen Kredit aufnehmen … Moment, ich möchte kurz nachsehen, wer anruft.«

Holger zog sein Mobiltelefon aus der Hosentasche. Im

Display wurde ihm die Rufnummer seiner Emder Apotheke angezeigt. Er trat einige Schritte zur Seite und nahm das Gespräch entgegen.

»Was ist los?«, fragte er statt einer Begrüßung.

»Dieser komische Polizist war wieder hier und hat nach Ihnen gefragt. Er hatte einen alten Mann im Schlepptau, der offensichtlich sein Vater war«, informierte ihn Frau Imken.

Die Kruskopps, ging es Holger durch den Kopf und seine Finger krallten sich so fest um das Gerät, als hätten sie sich in Klauen verwandelt.

»Was wollte der Beamte denn wissen?« Er bemühte sich um einen möglichst gelassenen Tonfall, obwohl seine Nerven angespannt waren wie Drahtseile.

»Angeblich wurden Sie am Tattag im Hotel gesehen. Der Polizist hat etwas von geheimer Mission gefaselt, während sein Vater den Verkaufsraum vollgequalmt hat. Wir haben alle Fenster geöffnet, aber hier stinkt es immer noch wie in einer Kneipe.«

»Das interessiert mich nicht. Welche Auskunft haben Sie ihm gegeben?«

»Keine. Statt mit ihm zu reden, habe ich bei der Borkumer Polizeistation angerufen, weil ich mir keinesfalls vorstellen konnte, dass der grapschende Widerling noch immer im Dienst ist.«

»Was haben Sie in dem Telefonat erfahren?«, hakte Holger sofort nach.

»Dass der Lüstling auf eigene Faust recherchiert hat. Sein Chef ist ausgerastet. Der hat so laut geredet, dass man ihn auch ohne Lautsprecher gut verstehen konnte.« Imken lachte auf und fuhr nach einem Moment des Schweigens fort: »Danach haben beide Männer die Apotheke verlassen.«

»Wo wollten sie denn hin?«

»Wahrscheinlich zurück nach Borkum. Mehr kann ich Ihnen leider nicht sagen.«

»Danke für die Information.«

Holger beendete das Telefonat und steckte das Handy zurück in die Hosentasche.

»Wer war das?«, wollte Janine wissen.

»Mein Steuerberater Ponaik. Er braucht noch einige Unterlagen wegen einer Prüfung des Finanzamtes. Wir müssen sofort zurück.« Er ergriff ihre Hand und zog sie hinter sich her.

»Hat das nicht bis morgen Zeit? Wir wollten doch heute Abend im Restaurant Störtebeker essen und anschließend im Strandkorb ein Glas Sekt trinken. Zudem haben wir schon im Hotel eingecheckt.«

»Ich lasse uns die Koffer nachschicken und werde mich um einen Flug bemühen.«

»Unser Wagen steht aber am Außenhafen.«

»Vom Flugplatz aus können wir ein Taxi nehmen.« Holger zückte sein Mobiltelefon und rief bei den Inselfliegern an, aber die nächsten freien Plätze waren erst in zwei Tagen verfügbar.

»Dann nehmen wir die Fähre. Während der Überfahrt können wir auch einen Happen essen.«

»Bisher hast du immer über die Bordgastronomie gemeckert. Was ist denn los? Warum dieser Zeitdruck? Du verheimlichst mir doch etwas.« Janine wollte stehen bleiben, aber er zog sie unbarmherzig weiter.

»Keinesfalls. Ich habe nur keine Lust, ins Visier der Steuerfahndung zu geraten. Ponaik muss die Unterlagen morgen nachreichen, sonst droht ein Verfahren.«

»Hast du etwa Steuern hinterzogen oder andere krumme Geschäfte gemacht?«

»Natürlich nicht«, entrüstete sich Holger.

»Kann keiner deiner Mitarbeiter die Dokumente raus-suchen?«

»Keinesfalls, denn dabei handelt es sich um streng ver-trauliche Schriftstücke.«

»Ich wüsste nicht, was an Steuerunterlagen so geheim-nisvoll sein sollte. Zudem ist das noch lange kein Grund, in diesem herablassenden Tonfall mit mir zu sprechen.«

»Tut mir leid, ich bin etwas angespannt.«

Holger rang sich ein Lächeln ab und eilte mit Janine zum Inselbahnhof. Dort kaufte er zwei Fahrkarten für die nächste Fähre und setzte sich neben seine Frau auf eine der Bänke. Er ergriff ihre Hand und hielt sie fest, als fürchtete er, dass sie davonlaufen könnte.

TUMULT

Bakenhus saß in seinem Büro der Borkumer Polizeistation und klatschte in die Hände, als wollte er sich selbst applaudieren. Nach dem Telefonat mit dem Einfaltspinsel hatte er sofort mit dem Polizeipräsidenten gesprochen und ihn über die ungenehmigte Aktion informiert. Wie er war auch Bekker der Ansicht, dass der bisherige Dienststellenleiter nie wieder an seinen alten Arbeitsplatz zurückkehren durfte.

Mit seinen heimlichen Ermittlungen hatte sich Kruskopp selbst aus dem Spiel genommen. Wie blöd konnte man eigentlich sein?

Dass Meinecke am Mordtag im Hotel von einem Mitarbeiter gesehen worden war, hielt Bakenhus für eine Lüge. Wahrscheinlich hatte Kruskopp dem Mann die Worte in den Mund gelegt, um eine weitere Spur verfolgen zu können, die auch wieder ins Leere führte. Sollte der Insulaner auf seiner Aussage beharren, würde Bakenhus ihn mit seinen Verhörmethoden derart verwirren, dass der Kerl eine Möwe nicht mehr von einem Seehund unterscheiden konnte.

Allerdings hätte er bei der Vernehmung aller anwesenden Hotelmitarbeiter auch an das urlaubende Personal denken müssen. Ein solcher Fehler durfte ihm keinesfalls noch einmal passieren. Da Fenna wegen der erdrückenden Beweislage sicherlich verurteilt werden würde, blieb sein Fauxpas aber hoffentlich folgenlos und er konnte sich mit dem abgeschlossenen Fall für weitere Aufgaben qualifizieren. Bevor ihm der uniformierte Vollpfosten dabei noch einmal in die Quere kommen konnte, würde er dessen Karriere heute medienwirksam beenden.

Bakenhus hatte bereits mit einem Fotografen gesprochen, der Aufnahmen von Jonas Kruskopps Verhaftung machen und diese online stellen würde. Dem jungen Polizisten war es dabei vollkommen egal, ob die Festnahme rechtlich zulässig war. Für Bakenhus zählten nur Bilder, die den selbst ernannten Retter der Familie Kruskopp in Handschellen zeigten. Wenn diese Aufnahmen erst einmal im Internet kursierten und tausendfach geteilt wurden, würde niemand nach der juristischen Richtigkeit fragen, denn im weltweiten Datenmeer interessierte sich keiner für die Realität. Dort konnte sogar eine Lüge zur Wahrheit werden, wenn man sie nur oft genug wiederholte. Den Shitstorm der blonden Influencerin hatte Kruskopp noch irgendwie überlebt. Doch nun würde Bakenhus einen Sturm entfachen, der seinen ehemaligen Peiniger für alle Zeiten von der Bühne fegen sollte. Rache schmeckte eben viel besser als Fasanenbrause.

Der Polizist warf einen Blick auf die Uhr. Die nächste Fähre würde in einer halben Stunde im Hafen einlaufen. Sollte sich Kruskopp seinem Befehl widersetzt haben und nicht nach Borkum zurückkehren, würde er ihn öffentlich als psychopathischen Polizisten brandmarken, der sich auf der Flucht vor seinen ehemaligen Kollegen befand.

Kruskopp war erledigt. So oder so.

Bakenhus stand auf und strich eine Falte aus seiner Hose. Er zog seine Uniformjacke an und polierte die Schuhe mit einem Lappen auf Hochglanz. Nach einem prüfenden Blick in den Spiegel, der über dem Spülstein der Toilette hing, verließ er die Polizeistation und stieg in den Streifenwagen.

Für den Weg zum Hafen brauchte er länger als gedacht, denn die Reedestraße war vollgestopft mit Fahrzeugen der Urlauber, die die Insel mit der Autofähre wieder verlassen wollten. Nach zehn Minuten verlor Bakenhus die Geduld und schaltete das Blaulicht ein. Dann scherte er aus der Kolonne aus und raste auf der Gegenfahrbahn seinem Ziel entgegen. Dabei sorgte er für riskante Vollbremsungen und Ausweichmanöver jener Fahrzeuge, die Richtung Inselzentrum unterwegs waren.

Er erreichte den Hafen in dem Moment, als die Fähre am Anleger festmachte. Im Schritttempo fuhr er durch die zahlreichen Menschen, die die Borkumer Kleinbahn bereits verlassen hatten und nun auf die Gangway wollten, über die sie auf das Schiff gelangen würden.

Wenige Meter vor der Gangway hielt er an. Nach einem kurzen Moment der Überlegung ließ er den Motor im Leerlauf vor sich hin tuckern und zog die Handbremse an. Das Blaulicht würde auf den Fotos spektakulär aussehen.

Da die ersten Passagiere das Schiff bereits verließen, konnte es in wenigen Augenblicken zu tumultartigen Szenen kommen, wenn die an- und abreisenden Gäste auf dem Anleger in verschiedene Richtungen drängten.

Bakenhus schaute sich nach dem Fotografen um, konnte diesen aber nicht entdecken. Hoffentlich verließ Kruskopp die Fähre nicht über das Autodeck, denn dann würde seine Inszenierung ins Leere laufen. Gebannt blickte Bakenhus in die Gesichter der anreisenden Urlauber.

RAMPENGANG

Jonas stand am Oberdeck der Fähre und ließ den Blick beim Einlaufen über den Hafen schweifen. Die linke Hand lag auf der Reling, in der rechten hielt er eine Tüte mit zwei Fischbrötchen, die er in Emden gekauft, aber noch nicht gegessen hatte. Es fehlte ihm der Appetit.

Am Anleger drängten sich unzählige Touristen. Viele von ihnen würden Borkum mit Erinnerungen an unbeschwerte Urlaubstage verlassen. Für ihn würde die Insel von nun an nur noch ein trostloser Sandhaufen in der Nordsee sein. Statt wie ein Held empfangen zu werden, musste er sich als Versager von Bord schleichen.

Sein Vater hatte während der gesamten Überfahrt kein Wort mit ihm geredet. Dafür hatte er eine Zigarette nach der anderen geraucht und war vor wenigen Minuten verschwunden.

Ob seine Töchter nach dem Fiasko überhaupt noch mit ihm reden wollten, war ungewiss. Sicher war nur, dass die Insulaner sich über den Polizisten, der wegen Unfähigkeit aus dem Dienst entlassen worden war, lustig machen würden.

Am Anleger stand ein Streifenwagen, der mit eingeschaltetem Blaulicht die Blicke vieler An- und Abreisender auf sich zog. War etwas passiert oder wollte Bakenhus ihn vor allen Menschen aus dem Verkehr ziehen?

Jonas überlegte kurz, über das Autodeck von der Fähre

zu schleichen, entschied sich aber dagegen. Er würde nicht wie ein Feigling verschwinden, sondern seinem Schicksal die Stirn bieten.

Er marschierte zum Ausgang und ließ sich mit den anderen Passagieren von Bord treiben. Die Gangway wirkte dabei wie ein Flaschenhals. Ein jüngerer Mann stieß Jonas seinen Ellenbogen in die Seite und drängte an ihm vorbei. Drei Schritte vor dem Ende der Gangway rammte ihm jemand seinen Rollkoffer in die Fersen. Jonas drehte sich um und schaute in das verärgerte Gesicht einer älteren Dame, die ein elegantes Kostüm trug.

»Geht das nicht schneller?«, keifte sie.

Er presste die Lippen aufeinander. Mit einem Ausraster würde er alles noch schlimmer machen.

Jonas schaute wieder nach vorn und erblickte Bakenhus, der direkt vor der Gangway stand und ihn angrinste. Um den Zeigefinger der rechten Hand ließ er lässig die Handschellen kreisen. Neben ihm tauchte ein schlaksiger Kerl auf, der unter dem Gewicht der beiden Kameras, die an Ledergurten um seinen Hals baumelten, zusammenzubrechen drohte.

Demnach wollte Bakenhus Jonas' Demütigung für die Ewigkeit festhalten. Er zwang sich, seinem Widersacher bei jedem Schritt in die Augen zu blicken. Jonas würde Bakenhus keinesfalls die Genugtuung verschaffen, einen gebrochenen Mann zu verhaften, sondern einen Polizisten, der im Leben zunächst wenig Glück und später viel Pech gehabt hatte.

Er war noch eine Armeslänge von Bakenhus entfernt, als urplötzlich eine Gestalt hinter dem jungen Polizisten auftauchte. Bevor Bakenhus reagieren konnte, hatte ihm die Person seine Waffe aus dem Holster gerissen und den Lauf an seinen Kopf gedrückt.

»Keine Bewegung oder du bist ein toter Mann«, befahl eine bekannte Stimme.

GEISELNAHME

Holger Meinecke hatte sich während der Fahrt in der überfüllten Kleinbahn auf eine Sitzbank neben seine Frau gequetscht. Janine hatte seit der Abfahrt kein Wort mit ihm gewechselt und demonstrativ aus dem Fenster geblickt. Demnach war sie wegen der überhasteten Abreise noch immer wütend, aber darauf konnte er jetzt keine Rücksicht nehmen. Er musste Borkum verlassen, bevor die Insel zu einer Falle wurde, aus der er nicht mehr entkommen konnte.

Er erinnerte sich noch genau an den Tag, an dem er die Tankquittung im Handschuhfach von Janines Cabrio gefunden hatte. Anscheinend hatte seine Frau diese gedankenlos zu den anderen Belegen gestopft, die sich oft monatelang dort ansammelten. Da seine Limousine in der Werkstatt gewesen war, hatte er Janines Auto genommen, um abends noch einmal zur Apotheke zu fahren. Dort angekommen, hatte er wegen einer lästigen Erkältung im Handschuhfach nach einem Papiertaschentuch gesucht. Gefunden hatte er den Zahlungsbeleg einer Greetsieler Tankstelle, der zu einem Zeitpunkt ausgegeben worden war, an dem Janine eigentlich in Oldenburg bei einem Vortrag gewesen sein sollte.

Bis zu diesem Zeitpunkt hatte Holger keine Sekunde an der Treue seiner Frau gezweifelt. Der plötzliche Gedanke, dass sie eine Affäre haben könnte, hatte sich wie ein Schlag in die Magengrube angefühlt und ihn nach Luft schnappen lassen. Zunächst hatte Holger sie zur Rede stellen wollen, sich dann aber dagegen entschieden. Bevor er Janine für ihre Untreue zur Rechenschaft ziehen würde, hatte er erst Gewissheit haben wollen.

In den folgenden Tagen war er ihr daher wie ein Schatten gefolgt und hatte ihren Anblick in den Armen eines anderen Mannes ertragen müssen. Wenige Wochen später kannte Holger nicht nur die Treffpunkte, sondern auch die Zeiten der Schäferstündchen.

Mit den Fotos, auf denen er das Liebespaar in flagranti abgelichtet hatte, hatte er Gerber zunächst erpressen wollen. Als er aber durch ein gekipptes Fenster ein Gespräch belauschte, nach dem beide ihre Ehepartner verlassen wollten, um gemeinsam ein neues Leben zu beginnen, verwarf er diesen Plan. Die Androhung einer peinlichen Enthüllung war wirkungslos, wenn die beiden mit ihrer Liebe ohnehin an die Öffentlichkeit gehen wollten.

Die Turteltäubchen hatten sogar schon einen Termin für die Bekanntgabe festgelegt: Nach der feierlichen Unterzeichnung des Kaufvertrages war geplant gewesen, dass Gerber Janine zunächst als Leiterin der Borkumer Schönheitsklinik und danach als seine neue Lebensgefährtin vorstellte.

In der Folge hatte Holger immer darauf gewartet, dass Janine die Scheidung einreichen würde. Da sie aber nie von einer Trennung sprach, war in ihm der Entschluss gereift, seinen Widersacher aus dem Weg zu räumen und anschließend Janine mit den kompromittierenden Fotos wieder in seine Arme zu treiben, weil sie die geforderte Summe niemals würde aufbringen können. In seiner Vorstellung bat sie ihn ängstlich um Verzeihung, aber das war bis heute nicht geschehen.

Das Zyankali für den Mord an Gerber herzustellen, war relativ einfach gewesen, da Holger die meisten Zutaten wie Ethanol, Schwefelsäure oder Kalilauge problemlos im Internet bestellen konnte. Zum Anfertigen der tödlichen Substanz benötigte er lediglich gängige Utensilien wie Kartuschenbrenner und Rundkolben, die ebenfalls leicht zu beschaffen waren. Viel schwieriger war es dagegen gewesen, Gerber die tödliche Pille zu verabreichen.

Um einen geeigneten Moment für den Mord zu finden, hatte er mit Janine zunächst einige Veranstaltungen besucht, an denen auch die Gerbers teilgenommen hatten. Die verstohlenen Blicke, die sich das Liebespaar bei den Begegnungen zugeworfen hatte, waren wie schmerzhafte Messerstiche gewesen. Wenn Holger mit dem Mediziner gemeinsam am Tisch saß, hatte er ihn über seine Vorlieben ausgehorcht und dabei von dem Schwimmtraining erfahren, das er jeden Morgen um 7 Uhr absolvierte. In den gemeinsamen Stunden hatte er den liebevollen Ehemann mit Bravour gespielt. Gerber sollte ihn für einen Schwachkopf halten, mit dem er beim Essen Small Talk halten konnte, bevor er mit seiner Frau ins Bett ging.

Einige Tage vor der feierlichen Unterzeichnung des Kaufvertrages hatte sich Holger in den Räumlichkeiten des Hotels Friesenglanz umgesehen und wusste daher, dass in einer Kammer, in der das Reinigungspersonal die Putzutensilien aufbewahrte, auch Arbeitskittel für die Angestellten hingen. Die Generalkarte, mit denen die Mitglieder der Reinigungskolonne den Wellnessbereich betreten und auch die Spinde zum Saubermachen öffnen konnten, befand sich in den Taschen dieser Kittel. Das war mit Sicherheit gegen die Vorschriften, aber auf diese Weise wurde zumindest garantiert, dass auch wechselnde Zeitarbeiter ihren Job erledigen konnten, ohne dass ständig neue Karten ausgestellt und alte eingesammelt werden mussten.

Im Morgengrauen der großen Feier war er mit seinem Motorboot, das er auf den Namen einer seiner Firmen gekauft hatte, nach Borkum gefahren. Holger hatte im Jachthafen angelegt und die Strecke zum Hotel mit einem zuvor abgestellten Fahrrad zurückgelegt. Durch den Lieferanteneingang war er in die Diensträume gelangt, hatte einen der Kittel übergezogen und sich Putzsachen geschnappt. Wenige Minuten später hatte er die Pillen in Gerbers Spind ausgetauscht und war in einem Wahnsinnstempo zur Villa Kutterbunt geradelt. Auf dem Dünenkutter hatte er das Pillendöschen in einem Hohlraum der Reling versteckt, um den Verdacht auf Fenna zu lenken. Glücklicherweise hatte Fenna in der Hängematte so fest geschlafen, dass sie ihren heimlichen Besucher nicht bemerkt hatte. Danach war er zum Hafen gerast und mit dem Boot auf das Festland zurückgekehrt. Dort hatte er seine Filialen besucht, um von so vielen Leuten wie möglich gesehen zu werden.

Bisher waren die Provinzbullen auf sein angeblich wasserdichtes Alibi hereingefallen, aber Kruskopp schien schlauer zu sein, als er gedacht hatte. Dass der Ordnungshüter in seiner Apotheke aufgetaucht war, musste nicht zwangsweise bedeuten, dass die Polizei eine heiße Spur verfolgte, sondern nur, dass Holger verdammt vorsichtig und auf eine Flucht vorbereitet sein musste.

Er legte Janine die rechte Hand auf den Unterarm. Ohne ihn auch nur eines Blickes zu würdigen, zog sie ihren Arm zurück. Mit ihrer Verärgerung würde er leben können. Mit einer Verhaftung nicht. Holger fragte sich, wie seine Frau wohl reagieren würde, wenn sie wüsste, dass sie neben dem Mörder ihres Liebhabers saß.

Beim Anblick des Polizeifahrzeugs stoppten seine Gedanken so abrupt, als hätte jemand im Zug die Notbremse gezogen. Obwohl es viele Gründe geben konnte, warum der Streifenwagen mit Blaulicht am Anleger stand, ging Holger davon aus, dass er aufgeflogen war.

Sein Herz legte einen Sprint ein, die Hände wurden feucht. Aufkommende Panik überflutete seinen Verstand und löschte jedes rationale Denken aus.

Der Zug wurde immer langsamer und stoppte schließlich an der Haltestelle. Wenige Augenblicke später kam es zu einem Gedränge, als die abreisenden Urlauber ungeduldig mit ihren Koffern, Taschen und Rucksäcken zu den Ausgängen strebten. Dabei gab es für Eile keinen Grund, denn die Fähre würde den Hafen erst verlassen, wenn der letzte Passagier an Bord war.

Holger stand auf. Janine starrte noch immer aus dem Fenster und ignorierte ihn, als wäre er ein Fremder. Hatte sie ihn vielleicht bei der Polizei verpfiffen? Konnte er im Schlaf gesprochen oder einen Fehler begangen haben, der ihm bisher noch nicht aufgefallen war?

»Schatz, kommst du?« Er rang sich ein Lächeln ab und reichte ihr die Hand.

Janine ergriff diese nicht, stand aber auf und ließ sich mit ihm zum hinteren Ausgang schieben. In der Enge fühlte sich Holger so willenlos wie ein Stück Vieh, dessen Herde zur Schlachtbank geführt wurde. Auf dem Bahnsteig blieb er stehen und schaute sich verstohlen um.

Als das Blaulicht über sein Gesicht huschte, senkte er instinktiv den Kopf. Er musste es irgendwie auf die Fähre schaffen.

Janine schob sich wortlos an ihm vorbei und drängte durch die Menge zur Gangway. Dort stauten sich die Passagiere, weil zwei Bedienstete des Fährunternehmens die Fahrkarten scannten. Da der Barcode einiger Tickets schwer lesbar war, dauerte die Überprüfung der gültigen Fahrausweise mitunter etwas länger. Ungeduldig trat Holger von einem Bein auf das andere, wie ein Kind, das dringend zur Toilette musste.

In Trippelschritten ließ er sich von der Menge bis zur Gangway schieben. Als ihn noch ein letzter Meter von den beiden Kontrolleuren trennte, sah er Bakenhus am Ende des stählernen Steges stehen. Holger folgte seinem Blick und erkannte den vertrottelten Inselbullen, der die Fähre gerade verlassen wollte. Bisher war er davon ausgegangen, dass die beiden Ordnungshüter gegeneinander arbeiteten, aber das schien nicht der Fall zu sein. Während ihn Kruskopp in Emden festnehmen wollte, hatte sein jüngerer Kollege auf der Insel nach ihm gefahndet.

Mit einem Mal begriff Holger den Trick, auf den er die ganze Zeit hereingefallen war: Die beiden Polizisten waren ein gut eingespieltes Team. Statt »guter Bulle, böser Bulle« spielten sie »schlauer Bulle, dämlicher Bulle«. Unter dieser Betrachtungsweise machte auch der Begriff des »strategischen Missgeschicks« einen Sinn, von dem Kruskopp ständig gesprochen hatte. Demnach hatte er den blonden Wonneproppen nicht sexuell belästigt, sondern ihn mit der Aktion nur ablenken und in Sicherheit wiegen wollen.

Wenn Holger die Zusammenarbeit der beiden Polizisten schneller durchschaut hätte, wäre er längst von der Bildfläche verschwunden. Kruskopp hatte den dusseligen Bullen aber mit einer derart filmreifen Hingabe gespielt, dass er dafür einen Oskar verdient hätte.

Selbst wenn sich hinter dem bandagierten Quadratschädel bestimmt kein Superhirn verbarg, hatte es gereicht, um ihn in die Irre zu führen. Holger zweifelte nun keine Sekunde mehr daran, dass er aufgeflogen war und verhaftet werden sollte. Wahrscheinlich hatten sich auch Polizeibeamte in Zivil unter die Menge gemischt und warteten nur auf einen Befehl zum Zugriff. Wenn Holger die Insel als freier Mann verlassen wollte, musste er sich etwas einfallen lassen.

Sofort.

Zwischen Janine und ihn drängte sich ein beleibter Mann und versperrte Holger die Sicht auf den jungen Polizisten am Ende der Gangway. Als dieser wieder in seinem Blickfeld auftauchte, ließ er die Handschellen um den Zeigefinger seiner rechten Hand kreisen.

Holger überlegte keine Sekunde, sondern handelte instinktiv. Kraftvoll stieß er den beleibten Mann zur Seite und machte einen schnellen Schritt auf Bakenhus zu. Bevor dieser reagieren konnte, hatte er ihm schon die Pistole aus dem Halfter gerissen und die Mündung an seinen Kopf gedrückt. »Keine Bewegung oder du bist ein toter Mann«, befahl Holger.

MÖWENSCHWARM

Bakenhus hatte sich von dem Angreifer wie ein Anfänger überrumpeln lassen. Fieberhaft suchte er nach einem Ausweg aus seinem Dilemma, konnte vor Angst aber keinen klaren Gedanken fassen. Er hatte sich so sehr auf Kruskopp konzentriert, dass er seiner Umgebung keine Beachtung geschenkt hatte.

Ein Fehler.

Ein tödlicher Fehler.

Die Menge, die bisher zur Gangway gedrängt hatte, zog sich zurück. Bakenhus hörte angstvolle Schreie und Hilferufe.

Obwohl er den Fotografen nicht mehr sehen konnte, war Bakenhus sicher, dass dieser wie verrückt knipste und die Szene auf Video festhielt. Vielleicht konnte er die Aufnahmen an große Tageszeitungen oder sogar Fernsehstudios verkaufen. In seiner Fantasie hatte sich Bakenhus immer wieder auf den Titelseiten der Gazetten und als Gast in Talkshows gesehen. Dabei war er allerdings stets in die Rolle eines Superbullen geschlüpft, der mal wieder einen spektakulären Fall gelöst hatte, und nicht in die eines Vollidioten, dem der Lauf seiner eigenen Waffe an den Kopf gehalten wurde. Diese Aktion würde ihn einige Stufen auf der Karriereleiter kosten.

Aber darüber konnte sich Bakenhus später immer noch Gedanken machen. Wenn es ein Später gab.

Innerhalb weniger Minuten war der Anleger wie leer gefegt. Die meisten Menschen hatten sich hinter der noch immer im Bahnhof stehenden Kleinbahn in Sicherheit gebracht. Nur ein paar unterbelichtete Schwachköpfe hatten sich aus der Deckung gewagt und hielten die Szene mit ihren Handykameras fest.

Kruskopp, der das Schiff als letzter Passagier verlassen hatte, stand wie versteinert am Ende der Gangway und war damit ein leicht zu treffendes Ziel. Doch anstatt sich in Sicherheit zu bringen, machte er einen Schritt auf Bakenhus zu. Dabei griff er in die Tüte, die er bei sich trug, und holte ein Fischbrötchen daraus hervor. Wollte Kruskopp etwa jetzt einen Happen essen?

»Stehen bleiben oder ich werde Sie erschießen«, drohte der Angreifer hinter Bakenhus.

»Das Spiel ist aus. Sie können nur einen von uns töten.« Kruskopp sprach so ruhig, als würde er dem Bewaffneten den Weg zur nächsten Kneipe erklären.

»Das klingt wie ein alberner Spruch aus einem Actionfilm.«

»Der Spruch *ist* aus einem Actionfilm.« Kruskopp streckte die Hand, in der er das Fischbrötchen hielt, nach oben. »Er ist allerdings keinesfalls albern, sondern wahr. Wenn Sie die Waffe auf mich richten, wird mein Kollege Sie überrumpeln. Sollten Sie ihn erschießen, werde ich Sie entwaffnen, bevor Sie erneut abdrücken können. Sie haben die Wahl.«

»Ich möchte nicht sterben«, wimmerte Paul Bakenhus.

»Dann sollten Sie mich erschießen.« Kruskopp sah Meinecke unbeirrt in die Augen und schob den rechten Fuß wenige Zentimeter nach vorn. »An Ihrer Stelle würde ich die Pistole weglegen, denn Sie können Borkum nicht als freier Mann verlassen. Mit einem weiteren Mord machen Sie alles nur noch schlimmer.«

»Mit einer Geisel kann ich mich an einen Ort meiner Wahl bringen lassen.« Meinecke drückte den Lauf fester an Bakenhus' Kopf. »Ich verlange einen Hubschrauber.«

»Es wird keinen Hubschrauber geben. Hier fliegen nur die Möwen.« Kruskopp deutete mit dem Fischbrötchen zu einem Möwenschwarm, der über ihm kreiste.

»Denken Sie ernsthaft, dass ich auf so einen billigen Trick reinfalle?« Meinecke schüttelte den Kopf. »Damit wollen Sie mich doch nur ablenken.«

»Keinesfalls. Ich wollte Sie vor einem Angriff der Silbermöwen bewahren!« Mit diesen Worten schleuderte Kruskopp sein Fischbrötchen in Richtung Meinecke.

Sekundenbruchteile später explodierte die Welt. So zumindest kam es Bakenhus vor.

Dann bellte ein Schuss auf und er wurde zu Boden geschleudert. Alles versank in Dunkelheit und Schweigen. Kurz darauf hüllte eine Qualmwolke sein Gesicht ein und ließ ihn husten.

War er erschossen worden und in der Hölle gelandet? Musste er für alle Zeiten den Rauch des Fegefeuers einatmen und die Schreie der Verdammten hören? Zu seiner Verwirrung vernahm Bakenhus eine knarzige Stimme: »Steh auf, du Landratte.«

Er blinzelte. Über ihm tauchte ein verschwommenes Gesicht auf, das immer mehr Konturen annahm. Als er es erkannte, stöhnte er innerlich auf. Neben ihm kniete keinesfalls der Leibhaftige, sondern ein alter Mann mit einer brennenden Zigarette im Mundwinkel.

Bakenhus setzte sich auf. Bei der Bewegung durchfuhr ein Schmerz seinen Schädel und er tastete unwillkürlich über seinen Hinterkopf. Als er eine klebrige Flüssigkeit spürte, wimmerte er: »Ich habe einen Kopfschuss!«

»Du hast den Schuss nicht gehört«, grummelte Opa Gnadderkopp und erklärte: »Das ist nur eine Platzwunde. Wir haben dir das Leben gerettet.«

»Wer ist … *wir*?«

»Mein Sohn und ich. Die Möwen sollten wir auch nicht vergessen.«

»Möwen?« Bakenhus erhob sich. Dabei wurde ihm so schwindelig, dass er sich an dem alten Mann festhalten musste. Dieser ergriff seinen Arm und stützte ihn.

Nach und nach drangen Stimmen an sein Ohr. Zunächst schienen sie aus weiter Ferne zu kommen, dann schwollen sie an zu einem lautstarken Chor. Der Schwindel legte sich und Bakenhus erblickte Meinecke mit auf dem Rücken gefesselten Händen.

Kruskopp stand neben dem Verhafteten und hielt ihn mit einer Hand am Ellenbogen fest. Mit der anderen reichte er Bakenhus seine Dienstpistole. »Ihre Waffe.«

Wortlos und mit zittrigen Händen steckte Paul sie in sein Holster.

Inzwischen hatten sich vereinzelte Urlauber aus der Deckung gewagt und bewegten sich in kleinen Schritten auf die Männer zu. Einige hielten Smartphones in den Händen. Andere klatschten oder pfiffen. Viele riefen »Hurra«, eine Gruppe von sieben Männern skandierte sogar »Superbulle, Superbulle«.

Bakenhus hob beide Arme und winkte. »Danke, aber ich habe nur meinen Job gemacht.«

Die Menschen, die sich immer zahlreicher um ihn scharten, schauten ihn derart konsterniert an, als wäre ihm eine zweite Nase gewachsen. Dann begannen die ersten Leute zu buhen, und innerhalb weniger Augenblicke schwollen die Rufe auf die Lautstärke eines Nebelhorns an.

»Du bist nicht gemeint«, erklärte das Räuchermännchen überflüssigerweise und trat seine Kippe aus. Dann reckte er den rechten Arm in die Höhe, was mit Beifall quittiert wurde.

»Was ist überhaupt passiert?«, fragte Bakenhus verwirrt.

»Jonas hat die Möwen mit dem Fischbrötchen angelockt. Als sich diese im Sturzflug auf die Mahlzeit befanden, hat er Meineckes Überraschung genutzt und ihm mit einem Hechtsprung die Beine weggezogen. Ich hatte mich in der Zwischenzeit hinter den Apotheker geschlichen und ihm die Waffe aus der Hand geschlagen. Er konnte zwar noch abdrücken, aber der Schuss ging ins Leere. Im Fallen hat sich Meinecke an dir festgehalten und dich mit umgerissen. Während du selig auf dem Asphalt geschlummert hast, hat Jonas dem Verbrecher Handschellen angelegt und ich habe den Rettungsdienst informiert. Du könntest eine Gehirnerschütterung haben, obwohl ich mir nicht sicher bin, ob es da bei dir was zu erschüttern gibt.«

»Demnach sind …«

»… die Kruskopps Helden und du ein elender Loser.« Opa Gnadderkopp grinste. »Außer dir scheinen das alle kapiert zu haben.«

Er deutete auf die Menge, die Jonas, der Meinecke nun Richtung Streifenwagen bugsierte, applaudierte, wobei einige Leute weiterhin »Superbulle, Superbulle« skandierten. »Ich muss mich jetzt vom Acker machen«, erklärte er dann. »Die Sanitäter werden sich gleich um dich kümmern.«

Bakenhus blinzelte irritiert dem Rettungswagen entgegen, der sich einen Weg durch die dicht gedrängt stehenden Menschen bahnte und vor ihnen anhielt.

»Und was haben Sie vor?«, wandte er sich wieder dem alten Kruskopp zu.

»Ich muss Interviews geben, Fotoshootings absolvieren, Termine für Talkshows ausmachen, so was in der Art.«

»Nichts da, ich komme mit.«

»Sie gehen nirgendwohin«, ordnete ein Sanitäter an, der inzwischen ausgestiegen war und die letzte Äußerung gehört hatte.

»Aber ich muss doch …«

»… den Sabbel halten und unseren Anweisungen folgen, sonst werde ich Ihnen ein Beruhigungsmittel spritzen.«

»An Ihrer Stelle würde ich kooperieren. Mit den Jungs ist echt nicht zu spaßen.«

»Jo«, bestätigte der zweite Sanitäter, dessen Gesicht hinter einem wild wuchernden Bart kaum zu erkennen war.

Bakenhus schaute von den beiden Ersthelfern zu Gerrit Kruskopp, der sich nun umdrehte und zu seinem Sohn aufschloss. Gemeinsam stiegen sie in den Streifenwagen und fuhren davon.

PROTOKOLL

Der mutmaßliche Täter Holger Meinecke wurde mit einem minutiös geplanten strategischen Missgeschick derart ablenkt, dass der Zugriff ohne Gefahr für die anwesenden Personen erfolgen konnte. Im Einsatz zog sich der Beamte Paul Bakenhus eine Platzwunde zu, die ambulant behandelt werden musste. Bei der anschließenden Vernehmung verstrickte sich Holger Meinecke durch geschulte Verhörmethoden der beiden anwesenden Personen immer weiter in Widersprüche, bis er den Mord an Dr. Alexander Gerber schließlich gestand. Die Tat sei in rasender Eifersucht erfolgt, da das Opfer seit längerer Zeit eine intime Beziehung mit seiner Ehefrau unterhielt. Um diese für die Affäre zu strafen, spielte ihr Holger Meinecke heimlich kompromittierende Fotos zu. Eines davon war mit einer Todesdrohung versehen, die Meinecke, ebenso wie die Lösegeldforderung, nicht ernst gemeint haben will. Aus diesem Grund verlief die Observierung der als Lockmittel dienenden Tasche erfolglos. Fenna Kruskopp wurde aus der Untersuchungshaft entlassen. Meinecke erwartet ...

»Strategisches Missgeschick?«

Der Polizeipräsident musterte zunächst Jonas und danach Bakenhus mit kritischem Blick. Die Polizisten hockten auf Plastikstühlen vor dem Schreibtisch im Büro der Borkumer Polizeistation wie zwei Schüler, die etwas ausgefressen hatten und nun zum Rapport beim Direktor antreten mussten. Bekker thronte ihnen gegenüber und wedelte mit dem Protokoll, als wollte er damit lästige Fliegen verscheuchen.

»Dabei handelt es sich um eine psychologische Methode, bei der ein mutmaßlicher Täter zunächst in Sicherheit gewiegt werden soll, bevor er die ganze Härte des Gesetzes zu spüren bekommt.« Jonas klatschte die rechte Faust in die linke Handfläche.

»Kruskopp, davon habe ich noch nie etwas gehört.«

»Da das strategische Missgeschick nur von ausgewählten und besonders geschulten Beamten in der Praxis eingesetzt werden darf, ist es vielen Polizisten nicht bekannt.«

Bekker legte das Schriftstück vor sich auf den Schreibtisch, lehnte sich im Stuhl zurück und schwieg einen Moment.

Dann nickte er.

»Selbstverständlich ist mir das strategische Missgeschick ein Begriff. Kruskopp, ich wusste nur nicht, dass Sie mit einer derart anspruchsvollen Aufgabe betraut wurden, bei der psychologisches Fingerspitzengefühl notwendig ist.«

»Meine Frau ist Psychologin. Neben ihr habe ich es täglich mit Fenna, Emilia und meinen Töchtern zu tun. Ohne psychologisches Feingefühl können Sie als Mann keine Stunde in der Familie Kruskopp bestehen. Jede dieser Frauen ist eine emotionale Bombe, die jederzeit explodieren kann.«

»Mein Beileid. Mir war bisher nicht klar, dass jeder Tag für Sie eine Art Überlebenskampf ist.«

»Meine besondere Situation hat mich über Jahre hinweg geschult. Inzwischen bin ich so etwas wie ein Experte im Umgang mit dem weiblichen Geschlecht.«

»So wie bei dem sexuellen Übergriff auf die Blondine?«

»Das war ein strategisches Missgeschick, um Meineckes Vertrauen zu gewinnen und ihm ermittlungsrelevante Informationen zu entlocken.«

»Das hat prima funktioniert. Kruskopp, ich muss zugeben, dass ich Ihre Fähigkeiten unterschätzt habe. Mir ist nur nicht klar, warum Sie überhaupt vor Ort waren, denn meines Wissens waren Sie zum Zeitpunkt der Ergreifung suspendiert und sind es noch immer.«

»Ich hatte mit meinem betagten Vater einen Tagesausflug gemacht.«

»In Uniform?«

»Richtig. Wegen des strategischen Missgeschicks.« Jonas nickte.

»Aha.« Bekker griff wieder nach dem Bericht.

»Hier steht, dass Meinecke von zwei Personen verhört wurde. Da Bakenhus zum Zeitpunkt der Vernehmung im Krankenhaus war, würde ich gerne wissen, wer noch dabei gewesen ist.«

»Einer der führenden Köpfe auf dem Gebiet der psychologischen Gesprächsführung.«

»Und der wäre?«

»Mein Vater. Er hat Fenna und Emilia durch die Pubertät begleitet. Glauben Sie mir, eine härtere Schule gibt es nicht.«

»Sie können eine Vernehmung doch nicht mit einer Zivilperson durchführen.« Bekker schüttelte entrüstet den Kopf.

»Ich weiß, aber im Rahmen des strategischen Missge-schicks …«

»Jetzt reicht es mir aber!« Der Polizeipräsident schlug mit der flachen Hand so fest auf den Tisch, dass es wie ein Gewehrschuss knallte. »Wie lange wollen Sie mich eigent-lich noch verarschen? Es gibt kein strategisches Missge-schick, sondern nur bodenlose Unfähigkeit.«

»Der Täter hat ein Geständnis abgelegt. Die Ermitt-lungen sind damit abgeschlossen.« Jonas beugte sich vor.

»Meinecke behauptet, dass er den Mord nur unter Androhung physischer Gewalt gestanden hat. Im Falle mangelnder Kooperation sollte er bei Sturm über die Plan-ken gehen oder mit einem Tau unter dem Rumpf eines Schiffes durchgezogen werden.«

»Das nennt man kielholen«, warf Jonas ein.

»Das ist mir doch egal. Wo ist die Aufzeichnung der Vernehmung?«

»Die ist … wie soll ich sagen … nicht vorhanden.« Jonas schaute betreten zu Boden.

»Haben Sie den Verhafteten zumindest über seine Rechte belehrt?«

»Mein Vater hat ihm klar und deutlich zu verstehen gegeben, dass er ihn ohne Geständnis mit seiner Rechten zu Fischfutter verarbeiten würde.«

»Das ist nicht dasselbe.«

»Dachte ich mir.«

»Demnach gibt es also weder eine vernünftige Beleh-rung noch eine Aufzeichnung der Vernehmung.«

»Kann man so sagen.«

»Dann ist das Geständnis wertlos.«

»Wir haben den Mörder geschnappt, was wollen Sie denn noch?« Jonas schaute Bekker trotzig in die Augen.

»Vernünftige Polizeiarbeit und nicht so einen … einen … weiß auch nicht.« Der Polizeipräsident fuchtelte mit den Armen, als könnte er damit seinem Gedächtnis bei der Wahl des richtigen Wortes auf die Sprünge helfen. Dann verstummte er und fixierte Jonas mit grimmiger Miene.

»Sie haben den Fall aufgeklärt und mit Ihrem Einsatz großen Mut bewiesen, das muss ich Ihnen lassen. Dasselbe gilt für Ihren Vater. Für Sie …«, Bekker deutete mit seinem knochigen Zeigefinger auf Bakenhus, »… gilt das keinesfalls. Oder wollen Sie mir ernsthaft erzählen, dass Sie sich im Rahmen eines strategischen Missverständnisses von dem Mörder haben entwaffnen lassen?«

Statt einer Antwort senkte Bakenhus den Kopf und betrachtete seine auf Hochglanz polierten Schuhe. Dabei wurde die ausrasierte Stelle auf seinem Hinterkopf sichtbar, auf der ein großes Pflaster klebte.

»Trotz aller Bedenken werde ich den Bericht zur Akte nehmen, schließlich wurde der Gerechtigkeit Genüge getan.« Bekker seufzte vernehmlich.

»Was ist mit meiner Suspendierung?«, hakte Jonas nach.

»Die ist hiermit aufgehoben. Ab sofort übernehmen Sie wieder die Leitung der Borkumer Polizeistation. In den Medien und den sozialen Netzwerken werden Sie dermaßen abgefeiert, dass ich es mir einfach nicht leisten kann, einen *Helden* …«, bei dem Wort malte der Polizeipräsident zwei imaginäre Gänsefüße in die Luft, »… wie Sie aus dem Dienst zu entfernen oder ihm die Leitung zu entziehen. Die Leute überschlagen sich geradezu vor Begeisterung. Der Bürgermeister will Sie sogar zum Ehrenbürger der Insel machen, ist das denn zu fassen?« Bekker schüttelte derart vehement den Kopf, dass dieser wie ein Punchingball hin und her wippte.

»Was ist mit mir?« Bakenhus schaute auf.

»Sie sind eine einzige Enttäuschung. Nach dem Vorfall mit der Fasanenbrause habe ich noch ein Auge zudrücken können, das geht nach der Festnahme am Hafen nicht mehr. Mit Ihrem leichtsinnigen Verhalten haben Sie Menschenleben gefährdet, ist Ihnen das eigentlich klar?«

»Ich weiß.« Bakenhus sprach so leise, dass er kaum zu verstehen war.

»Sie werden zunächst einen Schreibtischjob auf dem Festland übernehmen. Sollten Sie sich dabei bewähren, können Sie in einigen Jahren vielleicht zum Streifendienst abkommandiert werden.«

»Aber ich will …«

»Was Sie wollen, interessiert mich nicht«, schrie Bekker.

Bakenhus bewegte den Kopf vor und zurück, wie ein pickender Vogel.

»Schön, dass wir das geklärt hätten. Kruskopp, Sie machen sich sofort an die Arbeit. Bakenhus, mitkommen.«

Der Polizeipräsident stand auf und schritt zu Tür.

Bakenhus murmelte etwas in Richtung Jonas, das wie »Tut mir leid« klang, und erhob sich ebenfalls. Dann trottete er Bekker mit gesenktem Kopf hinterher.

»Ich könnte hier eine Aushilfe gebrauchen, die mit dem Fall vertraut ist. Trotz des Geständnisses müssen noch Beweise gesichtet, Spuren ausgewertet und Zeugen befragt werden.«

»Ich kenne die Aufgaben«, versicherte Bekker. »Leider kann ich bei der dünnen Personaldecke niemanden entbehren. Ihre Kollegen kommen doch bald zurück.«

»Die haben genug zu tun, schließlich müssen wir uns auch um die anderen Fälle kümmern.«

»Mag sein, aber damit müssen Sie alleine klarkommen.«

»Bakenhus könnte mir helfen. Der kennt sich doch aus.«

Der junge Polizist drehte sich überrascht um und schaute Jonas mit großen Augen an.

Bekker war ebenfalls irritiert. »Bisher hatte ich keinesfalls den Eindruck einer harmonischen Zusammenarbeit.«

»Wir hatten Startschwierigkeiten«, gab Jonas zu. »So etwas kommt vor.«

»Das ist mir klar, aber … ich weiß nicht. Sind Sie sicher, dass das eine gute Idee ist?«

»Nee, bin ich nicht, aber ich brauche Unterstützung und er kann mir helfen. So einfach ist das. Wenn er sich geschickt anstellt, kann er zukünftig mein Team verstärken. Sollte er Mist bauen, kann er immer noch Akten sortieren.«

»Zwei Armleuchter sorgen noch lange nicht für ein helles Licht. Bakenhus wird sich aber nur in diesem Gebäude aufhalten. Ist das klar?«

»Jo.« Jonas nickte.

»Ich erwarte Ergebnisse, an die Arbeit.« Bekker verließ ohne ein Wort des Abschieds die Polizeistation.

Die beiden Beamten standen sich eine Weile schweigend gegenüber.

»Warum haben Sie das gemacht?« Bakenhus trat einen Schritt vor.

»Weil ich Unterstützung brauche.«

»Das hätten Sie auch allein geschafft.«

»Stimmt.« Jonas kniff die Lippen zusammen. Dann atmete er tief ein und ließ die Luft langsam wieder entweichen, bevor er weitersprach: »Betrachten Sie es als eine Art Entschuldigung.«

»Entschuldigung wofür denn?« Bakenhus sah Jonas irritiert an.

»Ich habe Sie damals den Musikpavillon schrubben lassen, obwohl Sie für die Schmiererei nicht verantwortlich waren. Bisher hatte ich nicht den Mut, Sie dafür um Verzeihung zu bitten.«

»Wenn ich mich weniger auf meine Rache und mehr auf die Ermittlungen konzentriert hätte, wäre uns die gefährliche Situation erspart geblieben. Sie haben mir das Leben gerettet, obwohl ich Sie immer wieder schikaniert habe«, gab sich Bakenhus reumütig.

»Ich denke nicht, dass Meinecke Sie umgebracht hätte. Obwohl er Gerber vergiftet hat, halte ich ihn keinesfalls für einen skrupellosen Killer.«

»Auf jeden Fall haben Sie mich vor einer Geiselnahme mit ungewissem Ausgang bewahrt.«

»Da ist was dran.«

»Ich wüsste nicht, wie ich mich dafür jemals revanchieren könnte.«

»Wie wäre es mit einem Bier im Aikes?« Jonas grinste.

HELDENTAT

Fenna Kruskopp stand am frühen Abend an der quietschgelb gestrichenen Reling der Villa Kutterbunt und schaute
auf die wundervolle Dünenlandschaft. Eine Windbö trug
Brandungsrauschen und die Schreie der Möwen zu ihr.

Sie drehte sich um. Ihr Blick verweilte lange auf den in
roter und blauer Farbe gestrichenen Masten, zwischen die
sie ihre Hängematte gespannt hatte, in der sie auch in dieser Nacht schlafen würde. Zusammen mit Ziepeltriene, die
auf dem roten Mast hockte, als würde sie nach den Besu-
chern Ausschau halten.

Auf dem Deck hatte Fenna ihre beiden Klapptische
zusammengestellt und mit einem weißen Tischtuch in eine
festliche Tafel verwandelt. Das Geschirr, das sie in Ein-
zelstücken auf verschiedenen Flohmärkten gekauft hatte,
passte nicht zusammen, aber das störte Fenna keinesfalls.
Das Leben war schließlich bunt.

Auch zehn Tage nach ihrer Entlassung plagten sie noch
immer Albträume, in denen sie zu einer lebenslangen Freiheitsstrafe verurteilt wurde. Dabei war ihre Sorge vor
einer erneuten Inhaftierung unberechtigt, da ihr Bruder
bei Meinecke inzwischen viele Beweise – wie die Appara-
turen und Rohstoffe, die man zur Herstellung von Zyankali benötigte – gesichert und weitere Spuren ausgewertet hatte.

Experten hatten zudem an einem der Arbeitskittel, die
das Reinigungspersonal im Hotel Friesenglanz trug, Haut-

schuppen des Apothekers entdeckt. Und Robert Siebert hatte den Verdächtigen bei einer Gegenüberstellung eindeutig als den Mann identifiziert, der am Todestag im Wellnessbereich gewesen war.

Meinecke würde daher trotz seines inzwischen widerrufenen Geständnisses, das angeblich unter Gewaltandrohung erzwungen worden war, sicherlich zu einer langen Haftstrafe verurteilt werden.

»Schwesterherz!«

Fenna winkte Emilia zu, die mit einem Lastenfahrrad angeradelt kam. Ziepeltriene flog vom Mast und landete auf dem Lenker.

»Für dich habe ich einen ganz besonderen Leckerbissen.« Emilia stieg ab und schob das Rad die letzten Meter zum Kutter. Sie lehnte das Gefährt an den Rumpf, nahm ihren Korb heraus und trug ihn an Deck. Dort stellte sie ihn neben den Tisch auf die Holzplanken. Ziepeltriene pickte mit dem Schnabel auf den Deckel des Korbes.

»Hast du wieder nur an die Möwe gedacht?« Fenna zog eine Flunsch.

»Keine Sorge, du wirst schon nicht verhungern.«

Emilia öffnete den Korb und stellte Ziepeltriene eine mit Heringshappen gefüllte Box auf den Boden. Während sich die Möwe darüber hermachte, drapierte sie Schälchen mit Labskausmaultaschen, Matjesspätzle und Fischbrötchen auf dem Tisch.

»Das sieht echt lecker aus. Im Gefängnis hatte ich keinen Appetit.«

»Das sieht man. Du hast abgenommen.«

»Meine Friesentorte sorgt wieder für das nötige Hüftgold.« Stine, die Emilias letzte Bemerkung gehört hatte, kam an Deck. In der rechten Hand hielt sie eine mit Sektflaschen gefüllte Tasche, in der anderen eine riesige Torte, die sie auf den Tisch stellte.

»Eigentlich habe ich keine Lust zu feiern.«

»Fenna, du hast allen Grund zur Freude, denn du wurdest aus der Haft entlassen. Zudem will die Witwe auf den Bau der Borkumer Schönheitsklinik verzichten. Darauf sollten wir unbedingt anstoßen.«

»Mein Erbpachtvertrag ist vor drei Tagen ausgelaufen und wurde noch nicht verlängert.«

»Ach was, das ist sicher nur eine Formsache. Der Stadtrat wird die Villa Kutterbunt nach den dramatischen Ereignissen sicherlich nicht mehr versenken wollen«, winkte Emilia ab.

»Da bin ich keinesfalls sicher, denn an der klammen Haushaltskasse hat sich während meiner Untersuchungshaft nichts geändert. Stine, warum schaust du mich so traurig an?«

»Ich musste gerade daran denken, was du im Gefängnis alles durchgemacht hast.«

»Darüber hatten wir doch schon gesprochen. Also, was ist wirklich los?«

»Nichts, was uns den Abend verderben sollte.«

»Butter bei die Fische«, verlangte Emilia.

Stine seufzte vernehmlich. Dann sagte sie: »Das Grundstück soll in den nächsten Tagen verkauft werden.«

»Weißt du das von Jonas?«, fragte Fenna.

»Nee, sondern von der Geschäftsleitung meiner Rehaklinik, die ebenfalls Interesse an dem Grundstück bekundet hat. Für unsere Behandlungen brauchen wir dringend mehr Räumlichkeiten. Die Klinik hat den Zuschlag aber nicht bekommen.«

»Wer wird das Grundstück denn dann erwerben?«

»Keine Ahnung. Der Käufer will anonym bleiben.«

»Die Villa Kutterbunt wird niemals untergehen!« Fenna reckte den rechten Arm in den Abendhimmel.

Emilia verdrehte die Augen. »Dein Widerstand bringt doch nichts. Lass uns heute Nacht feiern und uns morgen nach einer neuen Bleibe für dich umsehen.«

»Was ist mit Ziepeltriene?«

»Für die Möwe wird sich bestimmt auch eine Lösung finden.«

»Damit meinst du sicherlich einen Käfig.« Fenna verschränkte trotzig die Arme vor der Brust.

»Nee … ja … kann sein.«

»Wollen wir die erste Sektflasche köpfen?«, lenkte Stine vom Thema ab und ließ, ohne eine Antwort abzuwarten, bereits den Korken knallen. Eine kleine Fontäne sprudelte aus der Flasche und Stine füllte Sekt in drei Wassergläser.

»Nicht für mich.« Fenna hob die Hand.

»Ich verstehe deine Enttäuschung, aber du musst nach vorne schauen.« Emilia nahm ihre Stiefschwester in den Arm.

»Ein Kapitän ist immer auf Kurs!« Opa Gnadderkopp betrat das Deck und ging zu den Frauen. Zwischen seinen Lippen tanzte eine brennende Zigarette.

»Nimm den stinkenden Sargnagel aus dem Mund.«

»Fenna, du hast immer was zu meckern.«

»Ich habe mein Raucherentwöhnungsprogramm weiterentwickelt. Mit meinem psychologisch fundierten Aussteigerplan garantiere ich dir innerhalb weniger Tage ein Ende deiner Sucht.« Stine baute sich vor ihrem Schwiegervater auf.

»Wenn das Programm so gut ist wie dein Täterprofil, werde ich danach mehr rauchen als jemals zuvor.«

»Wie meinst du das denn?«

»Deinem Profil nach hatten wir es mit einer weiblichen Täterin zwischen 30 und 40 Jahren zu tun, die sozial integriert und von überdurchschnittlicher Intelligenz sein sollte. Meinecke aber ist ein Mann und nicht die hellste Kerze auf der Torte, sonst wären wir ihm nie auf die Schliche gekommen.«

»Das sind nur marginale Abweichungen«, winkte Stine ab und fuhr fort: »Was die Raucherentwöhnung betrifft, bin …«

»… ich nicht interessiert«, beendete Opa Gnadderkopp den Satz, setzte sich an den Tisch und schaufelte eine Portion Labskausmaultaschen auf einen Teller.

»He, wir warten noch auf Jonas.«

»Stine, mein Sohn wird selbst zu seiner eigenen Beerdigung zu spät kommen. Ich habe Hunger.«

»Ich könnte auch einen Happen vertragen.« Emilia setzte sich ebenfalls.

»Jonas ist die wichtigste Person dieses Abends, denn ohne seine Ermittlungen wäre ich noch immer im Gefängnis.«

»So ein Quatsch. Ohne meine Hilfe hätte er Meinecke niemals überwältigt und wäre jetzt ein toter Mann. Der VIP bin ich.«

»Stimmt.« Fenna nickte. »Du bist ein echter VIP, eine Vollkommen Inkompetente Person.«

»Das kann man so nicht sagen und … ah, da kommt er endlich.« Gerrit deutete auf Jonas, der mit strammen Schritten zur Villa Kutterbunt marschierte. Begleitet wurde er von Bürgermeister Puschen und dem Notar Oldrich.

»Die unheilige Dreifaltigkeit kommt bestimmt mit

schlechten Nachrichten«, orakelte Fenna. »Ich wette, dass
der Bürgermeister als Repräsentant des Stadtrats die Villa
Kutterbunt nach dem Ablauf des Erbpachtvertrages räumen lassen will. Da Oldrich auch Rechtsanwalt ist, wird
er die juristisch korrekte Ausführung der Räumung über-
wachen, die Jonas als Polizist mit allen Mitteln durchset-
zen wird. Aber nicht mit mir!«

»Fenna, was hast du vor?«

»Ich werde auf den Mast klettern und mich dort fest-
binden. Sollte Jonas mich verhaften wollen, muss er mit
energischem Widerstand rechnen.«

»Ich rede mit ihm.« Stine trat an die Reling und stützte
sich mit den Händen darauf ab.

»Das ist eine Familienfeier«, rief sie den Männern entgegen.

»Der Bürgermeister hat etwas zu sagen«, verkündete
Jonas.

»Der Rechtsverdreher und er werden die Villa Kutterbunt nicht betreten.« Fenna, die sich neben Stine gestellt
hatte, drohte den Männern mit den Fäusten.

»Es geht um den Grundstücksverkauf.« Jonas hob
beschwichtigend die Arme. »Lasst uns bei einem guten
Essen in aller Ruhe darüber reden.«

»Die beiden Clowns sind nicht eingeladen und werden
den Kutter keinesfalls betreten.« Fenna deutete zunächst
auf Puschen und dann auf Oldrich.

»Hast du noch nicht mit ihr gesprochen?«, fragte ein
sichtlich verdutzter Bürgermeister, der auch heute seinen
schlecht sitzenden Anzug trug und in der rechten Hand
eine Plastiktüte hielt. Oldrich, der seine Dokumentenmappe wie einen Schild vor die Brust hielt, schaute Jonas
ebenfalls irritiert an.

»Dazu hatte ich noch keine Zeit.« Jonas stieg über die Treppe an Deck, die beiden Männer folgten ihm.

»Warum musst du immer alles zerstören?«, giftete Emilia und stellte sich neben Stine und Fenna. Gemeinsam wirkten die Frauen wie eine lebende Mauer, an der niemand vorbeikam.

»Hätte das nicht bis morgen Zeit gehabt? Wir wollten an diesem Abend einfach nur feiern«, fauchte Stine ihren Mann an.

»Das werden wir auch.« Jonas grinste schelmisch.

»Findest du es etwa witzig, wenn deine Schwester ihr Zuhause verliert?« Emilias Stimme schraubte sich in atemberaubende Höhen.

»Ähem.« Der Bürgermeister räusperte sich. »Nach dem bedauerlichen Ableben von Alexander Gerber haben wir uns im Stadtrat über weitere Investoren Gedanken gemacht. Wir freuen uns, einen finanzstarken …«

»Ihr habt mein Zuhause verhökert«, fiel ihm Fenna ins Wort.

»Der Käufer hat ausdrücklich darauf bestanden, den Kaufvertrag heute Abend auf diesem Kutter zu unterzeichnen«, informierte Oldrich, ohne auf Fennas Bemerkung einzugehen.

»Ich werde …«

»… endlich den Sabbel halten. Fenna, wenn du noch einen dummen Spruch machst, werde ich dich vom Schiff jagen und die Villa Kutterbunt in den Dünen versanden lassen. Ist das klar?« Jonas' Stimme donnerte über das Deck.

»Dazu hast du kein Recht. Das kann nur der neue Eigentümer und der ist …« Fenna schlug sich die Hand vor den Mund.

»Jeder Wattwurm hat mehr Grips als die Frauen in meiner Familie«, nölte Opa Gnadderkopp und fing sich dafür bitterböse Blicke ein.

»Jonas, wirst du das Grundstück etwa kaufen?« Emilia riss die Augen auf.

»Das ist unmöglich, denn so viel Geld haben wir nicht auf der hohen Kante«, wandte Stine ein.

»Jetzt schon, denn Oldrich hat meinen Rechtsanspruch auf das Kopfgeld der Witwe durchgesetzt, weil ich Meinecke als Mörder überführt habe«, erklärte Jonas.

»Aber das sollte doch an Polizisten nicht ausbezahlt werden.«

»Nicht an *diensthabende* Polizisten«, korrigierte der Rechtsanwalt Emilias Einwand. »Mit der Suspendierung war Kruskopp aber kein diensthabender Polizist mehr und hatte daher einen juristischen Anspruch auf das Geld.«

»Von dieser Prämie will er nun das Grundstück kaufen«, ergänzte der Bürgermeister überflüssigerweise.

»Echt jetzt?« Stine schaute ihren Mann an und dieser nickte.

»Bruderherz, du bist mein Superheld.« Fenna stürmte so ungestüm auf Jonas zu, dass dieser gefallen wäre, wenn Stine ihn nicht rechtzeitig aufgefangen hätte.

»Können wir das Vertragliche endlich regeln? Ich muss noch zu einem anderen Termin.« Oldrich schaute auf seine Uhr.

»Selbstverständlich.« Jonas schritt zum Tisch und setzte sich ans Kopfende. Puschen und Oldrich postierten sich links und rechts daneben. Der Notar schob einen Teller zur Seite und legte die Dokumentenmappe vor sich ab.

Ziepeltriene, die zu merken schien, dass etwas Besonderes vor sich ging, flog zu Fenna und setzte sich auf ihre ausgestreckten Hände.

Die Frauen bildeten einen Halbkreis um die drei Männer und lauschten dem Notar beim Verlesen des Vertrages so andächtig, als würde dieser eine wundervolle Geschichte erzählen. Nach der feierlichen Unterzeichnung des Kaufvertrags riss Fenna die Arme hoch und hüpfte wie ein Gummiball über das Deck. Ziepeltriene ließ sich von ihrer Freude anstecken und flog wie eine außer Kontrolle geratene Drohne über ihren Köpfen.

»Das müssen wir feiern!« Der Bürgermeister zog zwei Flaschen Fasanenbrause aus der Tüte und stellte sie auf den Tisch. Opa Gnadderkopp, der sich bereits das dritte Stück Friesentorte einverleibt hatte, füllte die Gläser und wenige Augenblicke später stießen alle miteinander an.

Puschen verabschiedete sich eine Stunde später und überließ die Villa Kutterbunt den Kruskopps, die bis zum Morgengrauen feierten. Bei Sonnenaufgang machte sich Jonas auf den Weg zur Polizeistation. Dort würde er sich einen starken Kaffee kochen und mit der Arbeit beginnen. Superhelden waren schließlich immer im Einsatz.

ENDE

Weitere Titel finden Sie auf den folgenden Seiten und im Internet:

WWW.GMEINER-VERLAG.DE

Kathrin Hanke
Heide-Novela
Kriminalroman
272 Seiten, 12,5 x 20,5 cm,
Broschur
ISBN 978-3-8392-0785-7

Während das Team um Oberkommissarin Katharina von Hagemann nach einer vermissten Frau fahndet, verbreitet sich Angst in Lüneburgs Party-Szene: Irgendjemand scheint in den Clubs K.-o.-Tropfen einzusetzen. Auch Katharinas Kollegin Vivien Rimkus ist nach einem ausgelassenen Abend betroffen. Die Ermittlungen nehmen Fahrt auf, als ein junger Mann kollabiert. Handelt es sich wirklich um K.-o.-Tropfen? Was bedeuten die Einstichstellen bei den vermeintlichen Opfern, die weder beraubt, noch misshandelt werden, jedoch alle eine Verbindung zu der Lüneburger TV-Soap »Gelbe Tulpen« haben?

GMEINER SPANNUNG

WWW.GMEINER-VERLAG.DE
Wir machen's spannend

Alida Leimbach
Mord im Strandcafé
Kriminalroman
416 Seiten, 13,5 x 21 cm,
Premiumklappenbroschur
ISBN 978-3-8392-0808-3

Dana Weghorst, Saisonkraft in einem Juister Strandcafé, setzt einen Notruf ab. Die Studentin gibt an,
Zeugin des Mordes an ihrer Chefin geworden zu
sein. Sie steht unter Schock, kann sich am Telefon
kaum mitteilen. Doch als die Kommissare Swantje
Brandt und Henry Olsen an der Strandbar eintreffen,
fehlt von Dana jede Spur. Der Verdacht fällt schnell
auf Onno Dierken, der wegen Mordes eine langjähri-
ge Haftstrafe verbüßt hat und erst seit wenigen Tagen
zurück auf der Insel ist. Als zwei weitere Frauen verschwinden, beginnt ein Wettlauf gegen die Zeit.

GMEINER SPANNUNG

WWW.GMEINER-VERLAG.DE
Wir machen's spannend

Mario Bekeschus
Teufelsspring
Kriminalroman
384 Seiten, 12,5 x 20,5 cm,
Klappenbroschur
ISBN 978-3-8392-0823-6

Der Mord an der jungen Joelle Winter erschüttert
die Öffentlichkeit. Der Leichenfundort direkt neben
dem historischen Pissoir im Braunschweiger Muse-
umpark sorgt für Aufsehen und Gerüchte. Kom-
missar Wim Schneider und seine Kollegin Rosalie
Helmer nehmen die Ermittlungen auf und stoßen auf
Parallelen zu einem mysteriösen Cold Case aus dem
Jahr 1993. Gibt es eine Verbindung nach Hannover?
Die Spuren führen zur düsteren Sage vom »Teufelsspring« und einem gut gehüteten Geheimnis.

GMEINER SPANNUNG

WWW.GMEINER-VERLAG.DE
Wir machen's spannend